文化学&文学研究丛书

王炳钧 冯亚琳 主编

文学与知识

1800年前后德语小说中人的构想

贾涵斐 ◆ 著

LITERATUR UND WISSEN

Zum Menschenbild in drei deutschen Romanen um 1800

北京师范大学出版集团
BEIJING NORMAL UNIVERSITY PUBLISHING GROUP
北京师范大学出版社

总　序

如果我们按照德国社会学家马克斯·韦伯的定义，把文化理解为人为自己编织的一张“意义网”，那么，文化学的意义正是在于探究这张网的不同节点乃至整个体系，探究它的历史生成、运作机制及其对人的塑造功能，探究它如何影响了历史中的人对自身以及世界的理解。

诚然，探究这样一个网络的整个体系，或者用德国文化学倡导者的话说，人的“所有劳动与生活形式”这样一个宏大工程，对于一个个体来说，是无法完成的事情。因此，从文化学所统领的跨学科的视角出发，探究这张网在不同历史阶段的具体节点，或者说一个文化体系的具体侧面，则可揭示其运作方式并为观察整个文化体系提供有益的启发。

如果我们尝试用一两个关键词笼统概括20世纪后半叶以来德语文学研究范式的转换，那么在20世纪50年代占据主导地位的是“文本”“形式”，60年代是“社会”“批判”，70年代是“结构”“接受”，80年代是“话语”“解构”，90年代至今便是“文化”。

而任何笼统的概括，都有掩盖发展本身所具有的复杂性的嫌疑。因为涌动在这些关键词之下的是历史进程中的一系列对话、碰撞、转换机制。正是这一发展促成了所谓“文化学转向”。经过三十多年的发展，对文化的研究已经成为研究领域的一种基本范式。尽管对文化问题的关注与探讨，在它被称为“文化研究”的英美国家与被叫作“文化学”的德语国家有着不同的历史语境与出发点——在社会等级与种族问题较为突出的英美国家主要针对的是所谓高雅与大众文化的差异和种族文化差异问题，而在殖民主义历史负担相对较轻、中产阶级占主导地位的德国主要侧重学科的革新，其核心标志是对中心主义视角秩序的颠覆与学科的开放。

以瓦解主体中心主义为目标的后结构主义赋予了他者重要的建构意义，这种“外部视角”将研究的目光引向了以异质文化为研究对象的人类学或民族学。美国文化人类学重要代表人物克利福德·格尔茨（Clifford Geertz)提出的“深描”文化阐释学，尝试像解读文本一样探索文化的结构，突出强调了对文化理解过程具有重要意义的语境化。将“文化作为文本”①来解读也就构成了

① Doris Bachmann-Medick（Hg.）：*Kultur als Text. Die anthropologische Wende in der Literaturwissenschaft*. Frankfurt am Main：Fischer Taschenbuch Verlag 1996.

文化研究的关键词。这一做法同时为以文本阐释见长的文学研究向文化领域的拓展提供了新的路径，成为福柯影响下关注“文本的历史性与历史的文本性”[①]的新历史主义的文化诗学纲领。

那么，对于文学研究而言，文学的虚构性与文化的建构性之间是怎样的关系？将文学文本与文化文本等同起来，是否恰恰忽略了文学的虚构性？作为文化体系组成部分的文学，一方面选材于现实世界，另一方面又摆脱了现实意义体系的制约，通过生成新的想象世界而参与文化的建构。相对于现实世界，文学揭示出另一种可能性、一种或然性，通过文学形象使得尚无以言表的体验变得可见，从而提供新的经验可能。正是基于现实筛选机制，文学作品提供了丰富的历史材料来源。有别于注重“宏大叙事”的政治历史考察的传统史学，文学作品以形象的方式承载了更多被传统历史撰写遮蔽或边缘化的日常生活史料，成为丰富的历史与文化记忆载体。

在历史观上，法国编年史派以及后来的心态史派，对于德国文化学的发展起了重要的推动作用。20 世纪 30 年代，编年史派摆脱了大一统的以政治历史为导向的史学研究，转向了对相对长时间段中的心态（观念、思

---

① Louis Montrose：“Die Renaissance behaupten. Poetik und Politik der Kultur”. In：*New Historicism. Literaturgeschichte als Poetik der Kultur*. Hg. von Moritz Baßler. Frankfurt am Main：Fischer Taschenbuch Verlag 1995，S. 67f.

想、情感)的变化的考察。[①] 对法国新史学的接受强化了德国的社会史与日常史的研究。20 世纪 80 年代中期，历史人类学在德国逐渐形成。相较于传统的哲学人类学，它所关心的不再是作为物种的抽象的人，而是历史之中的人及其文化与生存实践。研究的着眼点不是恒定的文化体系，而是在历史进程中对人及其自身理解起到塑造作用的变化因素。

文化学发展的一个重要动因，是关于人文科学在社会中的合理性问题的讨论。由于学科分化的加剧，人文科学的存在合理性遭到质疑，讨论尝试对此做出回应。争论的焦点是人文科学的作用问题：它究竟是仅仅起到对自然科学与技术的发展所造成的损失进行弥补的作用，还是对社会发展具有导向功能。代表弥补论一方的是德国哲学家乌多·马克瓦德(Udo Marquard)。他发表于 1986 年的报告《论人文科学的不可避免性》认为："由

---

① 如马克·布洛赫从比较视角出发对欧洲封建社会的研究：Marc Bloch：*Die Feudalgesellschaft*. Frankfurt am Main/Wien：Propyläen 1982 (zuerst 1939/40)；吕西安·费弗尔从多学科视角出发对信仰问题的研究：Lucien Febvre：*Das Problem des Unglaubens im 16. Jahrhundert：die Religion des Rabelais*. Mit einem Nachwort von Kurt Flasch. Aus dem Franz. von Grete Osterwald. Stuttgart：Klett-Cotta 2002 (zuerst 1942)；菲力浦·阿利埃斯对童年、死亡与私人生活的研究：Philippe Ariès：*Geschichte der Kindheit*. Übers. von Caroline Neubaur und Karin Kersten. München：Hanser 1975 (zuerst 1960)；Philipe Ariès：*Studien zur Geschichte des Todes im Abendland*. München/Wien：Hanser 1976；Philippe Ariès/Georges Duby (Hg.)：*Geschichte des privaten Lebens*. Frankfurt am Main：S. Fischer 1991.

实验科学所推进的现代化造成了生存世界的损失，人文科学的任务则在于对这种损失进行弥补。"①所谓弥补就是通过讲述而保存历史。② 另一方则要求对人文科学进行革新，通过对跨学科问题进行研究来统领传统的人文科学。针对马克瓦德为人文科学所做的被动辩解，在20世纪80年代末期，联邦德国科学委员会和校长联席会议委托康斯坦茨大学和比勒费尔德大学成立人文科学项目组，对人文科学的合理化与其未来角色的问题进行了调研。德语文学教授、慕尼黑大学校长弗吕瓦尔德，接受理论主要代表人物姚斯，著名历史学家科泽勒克等五名重要学者于1991年发表了上述项目的结项报告《当今的人文科学》。报告认为："人文科学通过研究、分析、描述所关涉的不仅仅是部分文化体系，也不仅仅是迎合地、'弥补性地'介绍自己陌生的现代化进程，它的着眼点更多地是文化整体，是作为人类劳动与生存方式总和的文化，也包括自然科学的和其他的发展，是世界的文化形式。"③因此，他们建议放弃传统的"人文科学"概念，以"文化科

---

① Odo Marquard: "Über die Unvermeidlichkeit der Geisteswissenschaften". Vortrag vor der Westdeutschen Rektorenkonferenz. In: ders.: *Apologie des Zufälligen. Philosophische Studien*. Stuttgart: Reclam 1986, S. 102f.

② 参见 ebd., S. 105f.

③ *Geisteswissenschaften heute*. Eine Denkschrift von Wolfgang Frühwald, Hans Robert Jauß, Reinhart Koselleck, Jürgen Mittelstraß, Burkhart Steinwachs. 2. Aufl. Frankfurt am Main: Suhrkamp 1996 (1991), S. 40f.

学”取而代之。在某种程度上，可以把该书看成是要求整个人文科学进行文化学转向的宣言。

研究视角与对象的变化，也要求打破传统的专业界限，进行多学科、跨学科的研究。这种势态催生了人文研究的所谓“文化学转向”。此中，文学研究摆脱了传统的对文学作家、作品与文学体系的研究范式，转向对文学与文化体系关系的探讨。文化学研究的领域主要涉及：知识的生产传播与文化语境的关联，文化史进程中所生成的自然构想，历史中的人所建构的对身体、性别、感知、情感的阐释模式，记忆的历史传承作用与运作机制，技术发展对文化产生的影响，媒介的文化意义及其对社会产生的影响，等等。①

研究领域的扩大无疑对研究者的能力与知识结构提出了挑战。比如，探讨文学作品中身体、疾病、疼痛的问题，必然要采用相关的医学或人类学等文献，探讨媒介、技术、机器等问题，又需要相关的理工科专业的知识，涉及感知、情感等问题时又必须对心理学、哲学等相关专业了解。尽管这些问题可以通过跨学科的合作加

① 参见 Hartmut Böhme/Peter Matussek/Lothar Müller (Hg.)：*Orientierung Kulturwissenschaft. Was sie kann, was sie will.* Hamburg: Rowohlt 2000. Kap. III; Claudia Benthien/Hans Rudolf Velten (Hg.)：*Germanistik als Kulturwissenschaft. Eine Einführung in neue Theoriekonzepte.* Hamburg: Rowohlt 2002, S. 24-29; Christoph Wulf (Hg.)：*Vom Menschen. Handbuch Historische Anthropologie.* Weinheim/Basel: Belz 1997.

以解决，但这种合作要求相同的视角与方法基础。鉴于人文科学基于经验积累的特点，研究者遭受着“半吊子”的质疑。

而对作为文化学的文学学的关键质疑仍是方法上的。这一点特别反映在具有代表性的“豪克—格雷弗尼茨论战”中。论战的关键问题是坚持文学研究的“自治”还是向文化体系开放。1999 年，图宾根大学教授瓦尔特·豪克（Walter Haug）发表了题为《文学学作为文化学?》的论文。他认为，文学研究应当坚守文学所具有的自我反思特点：文学之所以存在是因为有解决不了的问题，文学存在的意义不是要解决问题，而是要生成并坚守问题意识。因此，文学研究向文化学开放，并不是要转变成为文化学的一部分，而是要强化文学的内在问题、文学“特殊地位”的意识。① 而格哈德·冯·格雷弗尼茨（Gerhart von Graevenitz）在其发表在同一期刊的文章《文学学与文化学——一回应》中则否认自我反思是文学独有的特性，认为大众文化也同样表现出了这种特点，因此文学研究应当重视多元化的文化语境。② 他认为，豪克坚持文学研究的“内在视角”，忽略了关于文化

① 参见 Walter Haug：“Literaturwissenschaft als Kulturwissenschaft?” In：*Deutsche Vierteljahrsschrift für Literaturwissenschaft und Geistesgeschichte* 73 (1999)，S. 92f.

② 参见 Gerhart von Graevenitz：“Literaturwissenschaft und Kulturwissenschaften. Eine Erwiderung”. In：*Deutsche Vierteljahrsschrift für Literaturwissenschaft und Geistesgeschichte* 73 (1999)，S. 107.

学的讨论是各学科的普遍结构变化的表达。[①] “文化学”所要探究的是文化的多元性，而被理解为传统的“人文科学”一部分的、以阐释学为导向的文学学则以一统的“精神”为对象。[②]

这场论战所涉及的是研究的基本视角问题，这首先关涉18世纪以来的文学自主性的观点是否还能够成立，被理解为高雅艺术的文学是有修养的市民阶层的建构，抑或是民族主义话语驱动的产物，还是由社会文化与物质媒介发展导致的交往派生物？对此，系统论给出的答案是，它是社会分化的结果。在卢曼影响下的文学系统论代表格哈德·普隆佩(Gerhard Plumpe)、尼尔斯·威尔伯(Nils Werber)认为，18世纪以来的社会分化、人的业余时间的增加导致了消遣娱乐需求的增长，使得文学成为独立的系统，因此文学的功能不再以思想启蒙时期的真或伪的标准来衡量，而以有意思与否为标准。[③] 在这一点上，他们与格雷弗尼茨的消解高雅与大众文化等级的做法不谋而合。

---

① 参见 Walter Haug: “Literaturwissenschaft als Kulturwissenschaft?” In: *Deutsche Vierteljahrsschrift für Literaturwissenschaft und Geistesgeschichte* 73 (1999), S. 95.

② 参见 ebd., S. 96.

③ 参见 Gerhard Plumpe/Niels Werber: “Literatur ist codierbar. Aspekte einer systemtheoretischen Literaturwissenschaft”. In: Siegfried J. Schmidt (Hg.): *Literaturwissenschaft und Systemtheorie. Positionen, Perspektiven, Kontroversen.* Opladen: VS Verlag für Sozialwissenschaften 1993, S. 30ff.

如此，文化学研究的关注点不再是传统的精英文化，而是高雅与通俗文化的复杂体及其相互间的关联。文化产物对不同社会群体所产生的作用，话语语境、文化阐释模式的生成、转换、再生的机制，社会现象被不同的社会群体感知、接受的过程，成了研究的主要任务。在历史的层面，则要重构其文化阐释模式。分析的关键是从这些语境中产生出了哪些理解与误解，人类自己编织的意义网是怎样把人自己套入其中的，这些文化实践是怎样对他们进行编码的。在德语中大多以复数形式出现的 Kulturwissenschaften（文化学）称谓反映出的也正是这种对多元化的承认。在研究方法上，文化学也不再要求排他的、放之四海而皆准的理论体系，研究的多种方法并存。如果说后现代的讨论与后工业社会的发展紧密相关，那么文化学的诞生也是多媒体社会挑战的结果。

对此，深受后结构主义影响的弗莱堡大学日耳曼学者弗里德里希·基特勒（Friedrich Kittler）在他发表于 1985 年的教授资格论文《记录体系 1800/1900》[1]中，要求打破传统的文学研究的界限与做法，摆脱传统的作品阐释，将关注以精神预设的所谓意义为前提的人文科学

---

① Friedrich Kittler：*Aufschreibesysteme 1800/1900*. München：Fink 1985.

研究转向媒介研究。[1] 在他看来，近几百年的人文科学忽略了简单的事实：认识的条件是由技术前提决定的。1800年前后普遍的文字化过程引发的教育革命，并非源自形而上学的知识，而是源自媒介。1900年前后电影、留声机、打字机等数据储存技术的发展，打破了文字的垄断，形成了媒介的部分组合，催生了心理物理学、心理技术学、生理学等学科。2000年前后"在数字化基础上的媒介的全面融合"[2]带来对数据的任意操控，决定什么是真实的，不是主体或意识，而是集成电路。如此，文化也就是一个数据加工的过程。当今的新媒介的挑战不仅对媒介研究的兴起起到了催化作用，新媒介生成的格局也促使研究重新审视媒介的历史，重构当今与历史的关联。

随着文化学研究的展开，历史的建构特点更加凸显出来，几乎成为研究界的共识，因此，对历史传承方式的追问，对记忆的运作方式、媒介条件以及个体记忆的社会关联的探讨成为关注的热点。海德堡大学埃及学教授扬·阿斯曼(Jan Assmann)在他发表于1992年的重要论著《文化记忆——早期文明中的文字、回忆与政治同

---

① 参见 Friedrich Kittler："Wenn die Freiheit wirklich existiert, dann soll sie heraus. Gespräch mit Rudolf Maresch". In：*Am Ende vorbei*. Hg. von Rudolf Maresch. Wien：Turia & Kant 1994，S. 95-129.

② Friedrich Kittler：*Grammophon Film Typewriter*. München：Brinkmann & Bose 1986，S. 8.

一性》[1]中，对在文化认同上具有重要意义的集体记忆做了“交往记忆”与“文化记忆”的区分：前者依赖于活着的人，主要通过口头形式传承，它构成了个体与同代人的认同感的基础，并建立了与前辈的历史关联；而后者则是“每个社会、每个时代特有的重复使用的文本、图像与仪式的存在”[2]，“那些塑造我们的时间与历史意识、我们的自我与世界想象”[3]的经典。“文化记忆”通过生成回忆的象征形象，为群体提供导向和文化认同基础。因此，阿斯曼的研究更加关注文化记忆，即超越交往记忆的机构化的记忆技术。如此，记忆研究的核心问题是探讨个人、群体是怎样通过记忆的中介而建构对自身与世界的理解模式的。这样，记忆研究可以重新建构同时存在的不同时期的回忆过程。

作为表述形式，或者说讲故事，文学是人的存在的基本条件，它不仅述说着人的经验与愿望，阐释着世界与自身，同时也承载着人类的知识与传统。随着文字的发明，储存于人的身体之内的经验、知识、记忆得以摆脱口耳相传这种单一的外化的流传方式，通过文字书写

---

① 参见 Jan Assmann：*Das kulturelle Gedächtnis. Schrift, Erinnerung und politische Identität in frühen Hochkulturen*. München：Beck 1992.

② Jan Assmann：“Kollektives Gedächtnis und kulturelle Identität”. In：Jan Assmann/Tonio Hölscher（Hg.）：*Kultur und Gedächtnis*. Frankfurt am Main：Suhrkamp 1988，S. 15.

③ Jan Assmann：“Das kulturelle Gedächtnis”. In：*Thomas Mann und Ägypten*. München：Beck 2006，S. 70.

而固定下来。而印刷术的发明不仅为机械复制提供了技术条件，使得远程交往成为可能，同时也导致了知识秩序的重组，感知方式的变化，想象力的提高。以百科全书派为标志的启蒙运动推动了知识的普及，促成了文学发展的高峰。特别是被称为“市民艺术”的小说的发展，不仅迎合了市民随着教育的普及、业余时间的增多而产生的消遣的需求，而且“孤独”的小说阅读促进了人的个性发展。工业化、城市化的进程改变了人的交往方式、空间理解，促使人重新思考人的定位，机器作为新的参照坐标，加入了以上帝、动物为参照的对人的理解模式之中。

把文学作为鲜活生动的文化史料置于历史语境中来考察，不仅可以观察文化的建构机制，同时也可以凸显出文学的历史、社会、文化功能。而在如此理解的文化学视角下的文学研究中，文学不再是孤立的审美赏析对象，也不是某种思想观念或社会状况的写照，或者某种预设的意义载体，而是文化体系的重要组成部分，文学以其虚构特点，以其生动直观的表述方式，在与其他话语的交织冲撞中参与着文化体系的建构与对人的塑造。

二十多年来，我们尝试将这种文学研究的范式纳入德语文学研究与研究生教学实践中。可以说，“文化学视角下的德语文学研究系列”所展现的就是这一尝试的成果。这些成果从文化体系的某一个具体问题入手，尝试探究这一问题的历史转换与文学对此的建构作用。这些成果的生产者大多从硕士学习阶段就以文化学研究视角为基本导向开始了研究实践。每周100～200页的文学与理论文本阅读、集体讨论，每学期3～4次的读书报告、十几页的期末论文，不定期的研读会、国内与国际的学术研讨会，使这些论著的作者逐步成长为有见地的研究者。如果说现在流行的“通识教育”大多已沦为机构化的形式口号，那么这些作者则在唯分数、唯学位模式的彼岸，在文化学问题意识的引导下，把思考、探讨、研究变成了一种自觉。问题导向把他们引向了历史的纵深、学科的跨界、方法的严谨、理论的批判与对当今的反思。

希望这些论著的出版在展示文化学研究范式的同时，能够对文学与文化的理解提供有益的帮助，对文学研究的发展起到推动作用。

衷心感谢该系列丛书作者的辛勤劳动，诚挚感谢北京师范大学出版社谭徐锋工作室的精心编辑。

王炳钧 冯亚琳

2019年8月中旬

目录

导　言

作为文化的建构物，人这个符号经历了丰富多样的历史时期，统合了包容万千的知识型，也被赋予过太多正面或负面的意义。要探究某种历史处境中的人所承载的本无法穷尽的丰富性，无疑是庞大的工程。本书与其说怀有不切实际的野心，不如说是一次秘密的探险，正如人之成人也要历经多重挑战一样。文化归根结底与人相关，其中孕育的“知识”和“文学”亦不例外。近年来，文化学已成为人文学科的重要研究方法。一方面，它将人置于历史语境中，突出人与时代之间千丝万缕的关联，同时也将自身置于动荡的历史长河中，反观这一理论方法的特质及局限；另一方面，它促使研究者重新审视早已被熟视无睹的事物或仿佛是人与生俱来的能力，反思人所负载的“第二自然”。

具体到知识与文学而言，它们在不同的时代有过偶然或必然的分歧乃至冲突，但如今的首要问题不再是它们究竟孰轻孰重，或者究竟哪一方才是人的更关键的塑造者、更有优势的伴侣，而是它们关系的演变是如何为时代所限定的。当前研究注重动态的知识史和文学史，不仅承认知识对文学的影响，而且尤其强调文学的功用。文学参与知识秩序的构建，是知识史不可或缺的组成部分。知识与文学既是众人皆知的词汇，又因文化学的推动而获得了研究的新维度。

文学研究中文化学视角的引入是文学理论方法的一次革新，也是后现代话语发展的必然结果。打破学科壁垒、打破话语界限意味着开启“后两种文化”时代的新的可能。中国文学批评中有“知人论世”的说法，德国也曾有精神思想史和实证主义的研究思潮，而文化学观照下的文学研究并不局限于此，它并非简单的对应论，亦非单纯论证因果关联、作用与反作用，而是在承认文学具有历史性、建构性的基础上，关注文学文本的独特参与，关注文学与其他话语在具体情形下的互动，这种互动往往充满张力，因为文学有可能顺应主流话语，也有可能对其进行批判、戏仿、破界或与之对抗。文化学视角下的文学研究兼顾文学的多义性与对话性，兼顾其审美性与社会性，也可借助文学媒介更深入细致地开启一段历史。

回溯现代社会的源头，正是人逐渐取代了神，成为自然与文化的中心。如果说古希腊时期常被视为拥有神性及总体性的“黄金时代”，自然与文化、感性与理性在此圆满交融，而中世纪的民众生活在宗教与贵族的权威下，由神祇及出身决定，那么，在与世俗化进程相伴的启蒙运动之后，人拥有了更大的自决空间。德国的启蒙思潮产生较晚，社会的一系列变革都产生在 18 世纪。也是在 18 世纪中后期，许多新的学科得以建立，知识秩序发生显著转型，人成为知识链条上至高的一环，既成为知识的客体、各学科竞相研究的热点，也毋庸置疑地成为知识的主体、管理者和操控者。此时，百科全书的兴起、学科概念的出现也意味着知识的重组，随之而来的是知识结构与知识秩序的改变。人的学科化与人的自我发现同步进行，知识和人同时被推向高峰。

1800 年前后这个时期既延续了启蒙运动宣扬的理性传统，又吸收了古希腊时期的和谐理念，催生出新人文主义的理想方案。如果说现代社会的发展逐步导致了人的分裂和异化，19 世纪晚期的高度工业化和大城市的兴起带来了更多的精神危机，那么 18 世纪末可谓最后的“黄金时代”或对曾经的黄金时代的模仿。如一名研究者所指出的那样，18 世纪的人和文学还处在一种较为统一的知识结构中，这种统一性虽已开始消解，但其框架尚存；到了 19 世纪，这种统一性已不复存在。[①] 虽说在世纪转折的当口，亦有分裂和危机，以及对秩序、理性的反

---

① 参见 Thomas Klinkert：*Epistemologische Fiktionen. Zur Interferenz von Literatur und Wissenschaft seit der Aufklärung*. Berlin/New York：de Gruyter 2010，S. 349f.

思和对片面性、功利性的批判，但“完整的人”之方案作为理想的建构，仍代表着人类学话语和教育学话语的范式。

人类学(Anthropologie，也可译为“人学”，有别于民族学)及人的构想(Menschenbild)深刻地影响了欧洲现代国家的建立和社会秩序的形成。18 世纪 70 年代，以普拉特纳为代表的“哲学医生”创建了德国的人类学，试图将传统二分法系统中的身体与灵魂结合起来，赫尔德、康德等哲学家也主张推动哲学转向人类学，从而促使关于人的知识大量生成。值得关注的是，文学在何种程度上对这门关于人的科学有所贡献，以及文学人类学是如何形成的。同时，与人类学话语相关联的教育学(Pädagogik)话语开始兴盛，这对塑造人、培养人或促进人的自我修养起到了重要作用。人类学最基本的问题是，人究竟是什么。随之而来的问题便是如何塑造人，如何以行之有效的手段使人的天性得到最充分的发展、达到多层面的均衡。反过来说，人类学也是教育学发展的基础，正是人的重新定位和发现，才使得培养人成为可能，人才能期许自身向理想方向发展。

本书考察的是 1800 年前后知识秩序中由人类学、教育学及文学共同构建的知识复合体(Wissenskomplex)。之所以限定在 1800 年前后这段时期，一方面是因为试图以此打破传统文学史既有的时代和流派划分，而代之以历史语境中的问题视角；另一方面是因为这个时期的人的构想问题尤为典型。之所以着眼于这样的一种复合体，是因为三者之间并没有绝对的、固定的界限，三个系统的知识不免交错重合，其间不免产生交互作用。与教育学、人类学这样的学科概念相比，教育学知识、人类学知识则带有新的理论视角印记，更能彰显其历史性和建构性，具有规范性的学科并不是静态的、神圣的、与日常生活脱节的绝对权威，科学知识实则与文学这种特殊的知识形态一样，是由文化和社会条件决定的产物，是某些知识在一定历史秩序中演变出来的受到一定认可的形式。

在知识秩序关联之中，在上述知识复合体之中，本书着重探讨三部叙事作品：约翰·沃尔夫冈·冯·歌德（Johann Wolfgang von Goethe，1749—1832）的《威廉·迈斯特的学习时代》（*Wilhelm Meisters Lehrjahre*，1795/1796，以下简称《学习时代》）、让·保尔（Jean Paul，1763—1825）[①]的《赫斯珀洛斯或四十五个狗邮日：一本传记》（*Hesperus oder 45 Hundposttage. Eine Lebensbeschreibung*，1795/1798/1819，以下简称《赫斯珀洛斯》）和博纳文图拉（Bonaventura，1777—1831）的《守夜》（*Nachtwachen*，1804），它们不但与同时期的文学文本

① 让·保尔原名为约翰·保尔·弗里德里希·里希特（Johann Paul Friedrich Richter）。本书中的德语译名主要参照新华通讯社译名室编：《德语姓名译名手册：修订本》，北京，商务印书馆，1999；新华通讯社译名室编：《世界人名翻译大辞典》，北京，中国对外翻译出版公司，1993。

互文连通，而且与伊曼纽尔·康德(Immanuel Kant)、弗里德里希·冯·席勒(Friedrich von Schiller)、约翰·戈特弗里德·冯·赫尔德(Johann Gottfried von Herder)、约翰·约阿希姆·温克尔曼(Johann Joachim Winckelmann)、弗里德里希·威廉·冯·洪堡(Friedrich Wilhelm von Humboldt)等人的美学、人类学、教育学思想密切对话，生成了独特的教育方案，参与构建市民社会的教育理想，亦质疑和解构规范性话语，为现代“人的构想”提供了生动的模式，勾勒出丰富的可能性。

长篇小说在18世纪逐渐发展为最受欢迎的文学体裁，这与市民社会的建立密切相关。① 长篇小说的结构和内容有助于人们的自我探索和自我修养，刻画个体的内心世界及其与现代社会的复杂关系。启蒙运动晚期著名作家、教育家约翰·卡尔·韦策尔(Johann Karl Wezel)在小说《赫尔曼与乌尔里克》(*Herrmann und Ulrike*, 1780)的前言中写道，长篇小说这种新的艺术是“真正的**市民史诗**”②。其中，歌德的《学习时代》不仅堪称百科全书式的市民史诗，而且也为修养小说(Bildungsroman)这个文学门类树立了典范，启发了后世的修养和反修养

---

① 参见范大灿主编：《德国文学史》第2卷，384页，南京，译林出版社，2006。

② Johann Karl Wezel: “Vorrede zu ‘*Herrmann und Ulrike*’”. In: Hartmut Steinecke/Fritz Wahrenburg (Hg.): *Romantheorie. Texte vom Barock bis zur Gegenwart*. Stuttgart: Reclam 1999, S. 204. 引文中的黑体字对应德语原文中的斜体字，后同。

小说。关于这部作品的研究文献很多，从时人的强烈反响到后世的研究讨论，小说许多层面的问题都得到了反复探讨。无论是其中的“塔社”(Turmgesellschaft)，还是充满魅力的不同的女性形象，无论是主人公成长之路的不同阶段，还是他的结业仪式和结业证书，都赢得了研究者的关注，也引发了不少争论。同样，对贵族与市民关系的讨论也是研究的重要组成部分，尤其在阶级意识强烈的20世纪六七十年代，研究界对小说中阶级的对立与融合以及“修养市民阶层”“开明贵族”等概念格外关注。而后来的研究则具有超越阶级意识、专注于作品中美学策略的趋势，也有一些在新的理论视角指导下进行的分析，如考察其中的自然科学知识、心理学知识，亦有对小说中加入的作者生平知识的分析，其中一些研究却不免落入精神分析和实证主义的窠臼。研究语境中对教育、修养或人的形象的考察，对本书皆有一定的启发作用。在国内研究界，这部小说及其中的修养、教育、市民等问题也受到不少关注，而从知识的视角考察的做法则很少。

让·保尔的《赫斯珀洛斯》被精神思想史的开创者威廉·狄尔泰(Wilhelm Dilthey)同样视为修养小说。它与歌德《学习时代》的相似点在于，二者都以内心丰富、追求修养的青年为主人公，主人公都曾在不同的环境里生活，在世上寻找心灵的回应；与《学习时代》不同的是，《赫斯珀洛斯》并未塑造与教育学话语相呼应的“完善的人”，它取消了社会维度、实用层面，而允许主人公保留其诗学天性，更多流连于自己的内在世界。让·保尔的语言风格独树一帜，尤其受到18世纪后期阅读热潮中女性读者的追捧。尽管他的这部成名之作在当时比歌德的作品更为畅销，后世的研究界却远未给予它同等的关注。让·保尔研究虽已具备一定规模，但仍有很大的发展空间。2013年在德国举行的一系列纪念他诞辰250周年的活动是他受到关注的佐证，也反映出让·保尔研究的新动向。

《赫斯珀洛斯》奠定了让·保尔在文坛的声誉，也影响了当时人们的社会交往和阅读模式。其中的幽默、诙谐等要素、对善感主义的化用及指向内心和“第二个世界”的人的模式都格外受到了研究者的关注。让·保尔本人也有美学、教育学等方面的论著，相关研究中亦不乏从他本人的思想体系出发考察这部小说的做法。此外，这部作品不仅风格鲜明，而且融合了许多异质元素，为读者和研究者设置了不小的挑战，其叙述策略是研究的一个重点，如作者与叙述者的身份、多种元素的拼贴、别出心裁的框架叙述和破框叙述，都是研究涉及的问题。此外，不仅作品中的贵族圈子和操控一切的英国公爵受到了研究者的关注，主人公的印度老师达霍这一形象，以及他代表的生存模式和对主人公的教育也是常被讨论的主题。本书则在这些研究的基础上，进一步发掘小说的文本张力，围绕文本对人及其独特修养模式的设计，探讨文本与外界知识形态之间的关联和对立。

小说《守夜》作者的身份在近两个世纪的时间里都是一个谜团。或许正是考虑到这部小说的破界实验和反叛精神，作者为避免招惹太多是非，便使用了富有歧义的笔名，并在其有生之年都未揭开真相。在经历了许多错认之后，研究界终于认定博纳文图拉这个笔名背后的作家是恩斯特·奥古斯特·弗里德里希·克林格曼(Ernst August Friedrich Klingemann)①。他也是一位重要的剧作家。《守夜》的结构松散，情节性较弱，由断片式叙述和与现实交织的回忆构成，在当时并非一部受欢迎的作品。在后来的研究中，它却恰因其强烈的反叛性、挑战性而受到关注。对当今的研究者而言，它早已不再那么难以理解。迄今为止针对小说的研究主要集中在以下方面：夜游者形象与魔鬼、吸血鬼等形象有何关联；愚人、丑角和疯狂之人的形象受到了先前哪些文本的影响；如何看待其中黑暗、荒诞的东西；如何看待疯人院、坟地等特殊的机构或场所；这部诞生于 19 世纪初

---

① 研究界曾认为《守夜》或为谢林(Friedrich Wilhelm Joseph Schelling)、霍夫曼(E. T. A. Hoffmann)、韦策尔或布伦塔诺(Clemens Brentano)等作家的作品，直至文学研究者约斯特·席勒迈特(Jost Schillemeit)于 1973 年提出《守夜》的作者实为克林格曼这个观点后，研究界才逐渐达成了共识。参见 Peter Kohl：*Der freie Spielraum im Nichts. Eine kritische Betrachtung der "Nachtwachen" von Bonaventura*. Frankfurt am Main u. a.：Lang 1986，S. 12ff.；Wolfgang Paulsen："Nachwort" zu Bonaventuras *Nachtwachen*. In：Bonaventura：*Nachtwachen*. Hg. von Wolfgang Paulsen. Stuttgart：Reclam 2010，S. 168ff.

期的作品中反映出的理念与早期浪漫派作家的理念有何不同；小说是否倡导彻底的虚无主义；它更多地是对理性主义和古典文学的颠覆、倒置，还是另一种形式的启蒙。这部小说打破了当时公众的期待视域，也正是由于这种超前性而受到了越来越多的关注，曾有研究者指出它与卡夫卡作品的相似。国内虽尚无相关研究，但对类似问题的研究已不在少数。本书的着眼点在于，将这部小说与前面两部风格迥异的小说并置于问题领域，考察其中生成了何种独特的人之构想。

本书第一章论述文化学视野下的知识问题，考察知识这一概念的词源及流变，梳理动态的知识史脉络，着重介绍当前的研究和论争，在此基础上界定本书所谈的知识范畴，继而具体分析知识与文学关系的发展变化，探讨当前研究语境中知识与文学的交集。第二章着眼于1800年前后德国学界对人的认识和塑造，在具体考察时代知识秩序中的人类学和教育学话语时，不仅关注它们与文学的密切关系，而且也探究它们在时代语境中是如何构建的，并将其划分为几个主要方向，以便更好地把握这个转折期内关于人的知识类型。在此基础上，本书第三章至第五章分别着重探讨三部文学作品。第三章探讨了经典修养小说《学习时代》，它范式性地展现了一个人——而非艺术家、政治家、学者等——受到全面塑造的过程，着重探讨主人公在发展过程中所获取的修养、教育知识，以及小说如何回应“完整的人”的理念。第四章的考察对象是让·保尔的《赫斯珀洛斯》。相对于《学习时代》的范式性方案而言，它生成了另一种修养话语，与文本外的人类学和教育学话语之间形成了更大的张力。第五章的研究重点是博纳文图拉的《守夜》。小说中摒弃外界、生活于黑暗空间之中的主人公的想象力不再是与理性相结合的要素，亦不再指向更高的世界，而是延展至神秘、纵深的幽暗世界，其中呈现的人之形象是支离破碎、荒诞可笑的。如果说《赫斯珀洛斯》针对理性方案提供了人的另一种塑造可能，那么《守夜》则否定了所有试图对人进行塑造和完善的尝试，积极的人类学观念和人文主义教育理念被彻底颠覆，也为人的自我理解增添了新的维度。

无论是认为以上三部小说代表着文学发展的一种走向，即由外转向内，从重视和谐、完善过渡到探索黑暗、堕落，从追求完整性过渡到尽数呈现分裂，还是认为它们更多地是并存于这个时期，在共生关系中作用于文学场域和知识秩序，我们都不可否认的是，它们分别代表着各异的文学方案，代表着丰富的人之构想。它们与时代话语的复杂关系在具体分析作品的过程中将得到相应的展现，这是文化学视角下进行文学分析的研究实践，从中我们也可看出文学对人类学和教育学知识的独特贡献。

第一章　文化学视野中的“知识”

一、动态的知识与知识史

自20世纪80年代中期“文化学转向”以来，文化学研究方法已在德国学界受到普遍关注，应用也渐趋广泛。[①] 文化学主张打破各学科间的界限，尝试将不同专业的研究视角引入文学研究，这可被视为一种调和自然科学与人文科学之间分化、对立的方案，它在英国学者

① 文化学的相关参考书目很多，最具代表性的包括：Doris Bachmann-Medick（Hg.）：*Kultur als Text. Die anthropologische Wende in der Literaturwissenschaft*. 2. aktualisierte Aufl. Tübingen/Basel：Francke 2004；Hartmut Böhme/Peter Matussek/Lothar Müller：*Orientierung. Kulturwissenschaft. Was sie kann，was sie will*. Hamburg：Rowohlt 2000；Ansgar Nünning/Vera Nünning（Hg.）：*Konzepte der Kulturwissenschaften. Theoretische Grundlagen - Ansätze - Perspektiven*. Stuttgart/Weimar：Metzler 2003.

斯诺(C. P. Snow)论述的“两种文化”[①]之间斡旋，缓解二者的矛盾，并为受到冷落的人文学科寻找立身之据，是“对人文研究的危机的反应”[②]。同时，它也是“对历史哲学的危机的反应”[③]，线性的历史已经断裂，宏大元叙事被各种小叙事取代，持续进步的乐观理念遭到质疑，传统的启蒙思潮和形而上学被颠覆[④]，这些都使得人文科学领域转而关注历史问题。

文化学将文化现象都视为一定历史话语的产物，主张将它们置于具体的历史语境中进行解读，其基本出发点是研究“人自己创造的处于相对恒定与变化之中的文化意义体系”，“而这一视角所观察的人，不再是生物人类学所探讨的作为物种的人、生物进化进程中的人，也不是哲学人类学所探讨的抽象的、超历史的、男性的、欧洲中心主义视野中的人，而是历史之中的人，不同的历史时期、不同的文化体系中的人”。[⑤] 同文化现象一样，人也是历史和文化的建构，不同时代的人身上或多

---

① “两种文化”的分化与对立参见[英]C. P. 斯诺：《两种文化和科学革命》《再谈两种文化》，见[英]C. P. 斯诺：《两种文化》，纪树立译，北京，生活·读书·新知三联书店，1994。

② 王炳钧：《文学研究中的历史人类学视角》，载《外国文学》，2005(4)，33页。

③ 王炳钧：《文学研究中的历史人类学视角》，载《外国文学》，2005(4)，33页。

④ 参见[法]让-弗朗索瓦·利奥塔尔：《后现代状态：关于知识的报告》，车槿山译，2页，北京，生活·读书·新知三联书店，1997。

⑤ 王炳钧：《文学研究中的历史人类学视角》，载《外国文学》，2005(4)，33页。

或少都带有时代的印记和文化的编码。

在文化学研究中，往往会涉及彼此关联的专题，而这些专题归根到底都与人相关。当代教育学家、历史人类学家克里斯托夫·伍尔夫(Christoph Wulf)的《论人：历史人类学手册》这本主题覆盖广泛的选集中包含数百篇文章，划分为宇宙、世界和万物、谱系和性别、身体、媒介和修养、偶然与命运、文化七个专题，是文化学领域的范例读本。① 文化学研究从不同角度考察人，考察这些看似庞杂繁复实则彼此相关的人的建构物，为人对自身的理解和对周围世界的认识开启了新的视窗。在这广阔的研究场域中，“知识”是不可或缺的范畴。它是文化的重要组成部分，人类历史也可以说是一部知识发展史，承载了知识被生产、存储、加工和传播的动态过程。这一过程与文字、图像等媒介相互推动，并得到了教育机构、档案馆等各种组织的协助，同时与权力密切相连。知识在被人建构的同时，也建构着群体与个体的意识和行为。

自古希腊时代起，西方社会就对知识领域进行了多层次、多维度的探讨。Wissen(知识)一词可作名词，亦可作动词，其印欧语系词源是 veid，意为“看、看见”；在哲学传统中，研究者常将它与“信念”和“意见”放在一

---

① 参见 Christoph Wulf(Hg.)：*Vom Menschen. Handbuch historische Anthropologie*. Weinheim/Basel：Beltz 1997.

起进行对比。[①] 在认识论的逻辑系统中，知识是有根有据的信念，是经过论证的意见，早在柏拉图和亚里士多德那里，知识便意味着一种本身为真的意见，它必须是有据可依、令人信服的，因而，在传统的认识论中，知识往往与真理、真相、客观等概念绑定在一起。[②] 在《理想国》中，柏拉图不仅借苏格拉底之口将爱智慧、求真理的人(即哲学家)推崇为城邦的理想守护者，而且提出要将诗人驱赶出治理良好的城邦，因为诗人的模仿只是游戏，真实性太低，诗人并不具备关于自己所模仿东西的知识，此种无知与心灵的低贱部分相关，会毁坏人的理性，进而毁损人心。[③] 这种观点在古希腊乃至后世影响深远，直至今天也未完全消失。到了中世纪，知识与信仰处于张力关系之中。这个深受基督教影响的时代对知识的理解往往与上帝及其所代表的真理相关，也受到宗教教义和机构的限定。有研究者指出，此时真理与知识掌握在上帝手中，人并未成为知识生产的主力军，而

---

① 参见 Hermann Krings/Hans Michael Baumgartner/Christoph Wild (Hg.)：*Handbuch philosophischer Grundbegriffe. Studienausgabe.* Band 6. München：Kösel 1974，S. 1723.

② 参见 Artikel：“Wissen，Wissenschaft”. In：Friedo Ricken (Hg.)：*Lexikon der Erkenntnistheorie und Metaphysik*. München：Beck 1984，S. 237.

③ 参见[古希腊]柏拉图：《理想国》，郭斌和、张竹明译，北京，商务印书馆，1986。着重参考该书第 2 卷、第 7 卷、第 10 卷。

更多是探求和秉承神的意旨。[①] 研究者乌多·弗里德里希(Udo Friedrich)亦指出，当时的口头、手头等媒介更多着眼于储存知识，而非发现新的知识。[②] 而自近代早期之后，尤其从启蒙运动开始，理性逐渐打破了上帝的权威，人开始拥有强烈的“求知欲”[③]，成为知识的主体，开始大规模地生产、操控知识，由此推动了知识的世俗化和普遍化。现代意义上的学科开始建立，自然科学及种种学说对神创论构成挑战，成为解释自然的另一种途径。辞书和百科全书的涌现也体现了人的求知欲和收集、掌握知识的野心，知识体系的建构及其中反映出的知识秩序的变化都是知识史上的重要一笔。

18世纪，康德在《纯粹理性批判》(*Kritik der reinen Vernunft*)中亦结合主观与客观论述了意见、信念和知识的差别，试图再次明确知识与非知识的边界。他写道：

> 视之为真，是我们知性中的一件事情，它可以依据客观的根据，但也要求在此作判断的人心灵中

① 参见 Hans Ulrich Gumbrecht：*Diesseits der Hermeneutik - die Produktion von Präsenz*. Aus dem Amerikanischen Englisch von Joachim Schulte. Frankfurt am Main：Suhrkamp 2004，S. 43.

② 参见 Udo Friedrich：“Ordnung des Wissens. a) Ältere deutsche Literatur”. In：Claudia Benthien/Hans Rudolf Velten (Hg.)：*Germanistik als Kulturwissenschaft. Eine Einführung in neuere Theoriekonzepte*. Hamburg：Rowohlt 2002，S. 93.

③ Hans Blumenberg：*Die Legitimität der Neuzeit*. 3. durchges. Aufl. Frankfurt am Main：Suhrkamp 1984，S. 446.

> 的主观原因……视之为真或者判断的主观有效性在与确信(它同时是客观地有效的)的关系上有以下三个阶段：**意见、信念和知识**。**意见**是一种自觉其既在主观上又在客观上都不充分地视之为真。如果视之为真只是在主观上充分，同时被视为客观上不充分的，那它就叫作信念。最后，既在主观上又在客观上充分的视之为真叫作**知识**。主观上的充分叫作确信(对我自己来说)，客观上的充分叫作**确定性**(对任何人来说)。[①]

然而，在康德所处的时代，这种等级划分已然遭到质疑，如人类学的重要奠基者约翰·戈特弗里德·赫尔德便指出，意见、信念与知识并不应被视为真的三个阶段，而是它的不同种类。[②] 由此，几个概念原本的等级关系被打破，知识与非知识之间的界限开始松动。[③]

---

① [德]康德：《纯粹理性批判》，见李秋零主编：《康德著作全集》第3卷，523～524页，北京，中国人民大学出版社，2004。除特别说明外，引文内的省略号均为笔者所加。

② 参见 Johann Gottfried Herder：*Eine Metakritik zur Kritik der reinen Vernunft*. In：ders.：*Werke in 10 Bänden*. Hg. von Martin Bollacher/Ulrich Gaier/Hans Dietrich Irmscher u. a. Band 8. Frankfurt am Main：Deutscher Klassiker Verlag 1998，S. 585.

③ 参见 Michael Gamper：Einleitung. In：Michael Bies/Michael Gamper (Hg.)：*Literatur und Nicht-Wissen. Historische Konstellationen 1730-1930*. Zürich：diaphanes 2012，S. 9.

如今，针对知识问题的讨论在文化学语境下掀起了新的热潮和论争。根据文化学的基本预设，“知识”的含义随时代变迁而改变，研究者关注的便不再是其形而上学的固定意义，而是历史语境中的动态知识。从知识史的角度看，没有一成不变的知识，知识都是在某个时期为满足特定的群体和社会的需要被生产出来的，具有有效期限和适用范围，不同时代有不同的知识形态和知识秩序。所以说：“由于强调知识生产的相应历史语境，已经无须区分正确的知识与错误的观点了。因为，在某种语境下被视为知识的论断，在另一种语境下可能被看作谬论而被冷落在一旁，人们无法最终确定，哪种语境能阐明‘正确’的立场。”①

相应地，对“知识”不再有权威定义，有的只是从不同角度出发的界定和探讨。例如，柏林重要文化学者、文学研究者约瑟夫·福格尔(Joseph Vogl)在20世纪90年代提出的“知识的诗学”②概念大大拓展了知识范围，

---

① Achim Landwehr：“Wissensgeschichte”. In：Rainer Schützeichel (Hg.)：*Handbuch Wissenssoziologie und Wissensforschung*. Konstanz：UVK Verlagsgesellschaft 2007，S. 802. 此处也参考了 Claus Zittel：“Einleitung：Wissen und soziale Konstruktion in Kultur，Wissenschaft und Geschichte”. In：ders. (Hg.)：*Wissen und soziale Konstruktion*. Berlin：Akademie Verlag 2002，S. 7-11.

② “知识的诗学”概念可参见 Joseph Vogl：“Mimesis und Verdacht. Skizze zu einer Poetologie des Wissens nach Foucault”. In：François Ewald/Bernhard Waldenfels (Hg.)：*Spiele der Wahrheit. Michel Foucaults Denken*. Frankfurt am Main：Suhrkamp 1991，S. 193-204；Joseph Vogl：Einleitung. In：ders. (Hg.)：*Poetologien des Wissens um 1800*. München：Fink 1999，S. 7-16.

将文学纳入知识体系，丰富了知识的内涵。在加斯东·巴什拉（Gaston Bachelard）、汉斯·布鲁门贝格（Hans Blumenberg）、吉尔·德勒兹（Gilles Louis René Deleuze）等哲学家、理论家的影响下，福格尔的基本观点是，知识并非一成不变的陈述，而是各种动态方法的呈现场所，是物质性或象征性的实践，与时代特征密不可分；文学与知识之间存在交集，不同知识形态之间也会互相转换。[①] 福格尔的思想可被视为从文学研究的视角出发对法国哲学家米歇尔·福柯（Michel Foucault）“知识考古学”方案的进一步发展——在福柯看来，知识与话语形态及其实践密切相关，话语是在特定时期有效的知识的载体。他的观点为理解知识概念开创了新维度。[②] 文学研究者吉德恩·施蒂宁（Gideon Stiening）则持相反观点，他曾针锋相对地反驳道，所谓知识的诗学其实是“知识的危机”[③]，福格尔理解的知识其实等同于信息；知识的含义不能被无限扩展或完全相对化，即使

---

① 参见 Joseph Vogl：“Robuste und idiosynkratische Theorien”. In：*KulturPoetik* 7 (2007)，S. 254 u. S. 256.

② 参见 Michel Foucault：*Archäologie des Wissens*. Übers. von Ulrich Köppen. 7. Aufl. Frankfurt am Main：Suhrkamp 1995，S. 259ff. 本书中使用的“话语”概念即源自福柯，他认为话语是一种显性的知识的载体，它在特定的文化语境中流通，影响着人们的思维方式、知识构成和权力结构。

③ Jürgen Mittelstraß：*Wissen und Grenzen. Philosophische Studien*. Frankfurt am Main：Suhrkamp 2001，S. 55.

它不代表真理，至少也要有根有据、切实可信。[①] 这两种代表性观点也决定了对知识与文学关系的不同理解。

针对以福格尔、尼古拉斯·佩特斯(Nicolas Pethes)等人为代表的“知识诗学”一派，除施蒂宁的批判外，也有其他质疑声音，如学者克劳斯·齐特尔(Claus Zittel)对于“建构”的反思，他曾探讨知识的社会建构与文化建构之间的关联和区别。[②] 在2014年发表的一篇论文中，齐特尔指出，知识研究方兴未艾，而研究者虽然远离了哲学对知识的经典定义，却仍保留了知识这个概念，这意味着“哲学的知识论与历史的知识方案之间的鸿沟”[③]。他不赞成不加反思地频繁使用“知识”及“知识文化”等概念，主张审慎地对待知识，有根据地区分它与其他概念，区分知识史与精神思想史、文化史等。[④] 这种反思对于当下的知识研究而言很有意义，不过，齐特尔笔下的鸿沟未必是危机的呈现，它反映出的分裂与变化，却是时代变迁的必然结果。如文学研究者罗兰·博尔加

---

① 参见 Gideon Stiening: “Am ‘Ungrund’ oder: Was sind und zu welchem Ende studiert man ‘Poetologien des Wissens’?” In: *Kultur-Poetik* 7 (2007), S. 241f.

② 参见 Claus Zittel: “Konstruktionsprobleme des Sozialkonstruktivismus”. In: ders. (Hg.): *Wissen und soziale Konstruktion*. Berlin: Akademie Verlag 2002, S. 92f.

③ Claus Zittel: “Wissenskulturen, Wissensgeschichte und historische Epistemologie”. In: *Rivista Internazionale di Filosofia e Psicologia*. Vol. 5 (2014), n. 1, S. 33.

④ 参见 ebd., S. 35.

斯(Roland Borgards)所指出的那样，在当下的研究语境中，再去谈论既定的、绝对的知识意义已经不大，研究知识史的前提便是承认知识的历史性。[①]

为进一步厘清知识的含义，讨论中不乏对知识进行分类的尝试。柏林文学研究者拉尔夫·克劳斯尼策(Ralf Klausnitzer)区分了三个层面的知识：普遍性知识，即日常认知；专门化、分门别类的知识，即从认识论角度而言的科学成果；最后是参与文学交际的知识。[②] 此外还有许多分类的方法，如分为实践与理论知识，显性与隐性知识，个体与集体知识，孤立的与语境中的知识，确定与不确定的知识，以及参与话语的导向性知识与隐匿、禁忌的知识，等等。

基于当前的研究状况，本书首先会避免滥用知识概念，防止将知识与文化等同。[③] 同时，本书将与传统观念保持距离，不再受缚于哲学的经典定义，尤其避免将知识等同于真理，致使知识重新落入本体论的窠臼，落

---

① 参见 Roland Borgards：“Wissen und Literatur. Eine Replik auf Tilmann Köppe”. In：*Zeitschrift für Germanistik*. N. F. 17（2007），S. 427.

② 参见 Ralf Klausnitzer：*Literatur und Wissen. Zugänge-Modelle-Analyse*. Berlin/New York：de Gruyter 2008，S. 42.

③ 历史学家阿希姆·兰德魏尔(Achim Landwehr)认为，从广义上说，知识甚至可以等同于文化。参见 Achim Landwehr：“Das Sichtbare sichtbar machen. Annäherungen an ‘Wissen’ als Kategorie historischer Forschung”. In：ders.（Hg.）：*Geschichte(n) der Wirklichkeit. Beiträge zur Sozial- und Kulturgeschichte des Wissens*. Augsburg：Wißner 2002，S. 70ff.

入绝对权力的场域。如前所述，须将知识置于社会和历史关联中考察，着眼于考察新的认知和行为模式是如何产生的，而非单纯关注结果。考察不同的知识类型或者区分知识与非知识时，始终要顾及它们所产生的时代，考察特定的前提和影响因素。这与"知识的诗学"一脉相承，但也须看到其中的问题，因为任何模式都不是绝对普适的。

根据文学理论家米夏埃尔·蒂茨曼(Michael Titzmann)的观点，在某个时代被某个群体(极端情况下被所有群体)认为是真实的论题都属于知识，其中包括日常知识，也包括专门化、理论性的知识，如被归入"神学""哲学""艺术""科学""经济"等门类的知识。[①] 此种界定指出知识要求"真实"，即一定的客观性和根据，而这里的真实又与历史条件和特定群体相关联，具有动态性特征和适用范围。克劳斯尼策对知识的理解亦具有借鉴意

① 参见 Michael Titzmann："Bemerkungen zu Wissen und Sprache in der Goethezeit (1770-1830). Mit dem Beispiel der optischen Kodierung von Erkenntnisprozessen". In：ders.：*Anthropologie der Goethezeit. Studien zur Literatur und Wissensgeschichte*. Berlin/Boston：de Gruyter 2012，S. 174. 蒂茨曼在界定知识概念时指出，这一较为宽泛的释义以新近的知识史研究(如福柯)或知识社会学研究为出发点。知识社会学研究的代表人物为美国社会学家、神学家彼得·L. 伯格(Peter L. Berger)和奥地利—美国社会学家托马斯·卢克曼(Thomas Luckmann)，两人合著有《社会建构现实：论知识社会学》(*The Social Construction of Reality：A Treatise in the Sociology of Knowledge*，1966)。此书为研究知识社会学的经典著作，标题便反映出书的核心思想。

义：“可以将**知识**理解为**经过论证**（或可以论证）**的认识**，这些认识**在文化体系中**通过**观察和分享**，即通过**经验和学习过程**被获取和传播，从而提供**由思考、导向及行动的可能性组成的可复制的储备物**。”[1]换言之，知识指的是人对某个领域的了解，是理解和把握世界的一种方式，它潜移默化地进入并构成人的意识（如常识），指导人的行为。知识自身包含着普遍化的可能，知识的生产意味着一些原本是隐性的东西变为清晰可见的概念、话题，变得能够被传播、讲授和习得，如烹饪术、各类教材或法国百科全书派试图构建的知识体系，它们反映出人对待知识的不同范式。正如德国文化研究者、文学理论家哈特穆特·波默（Hartmut Böhme）所指出的那样，在文化中流通的知识具有媒介性和述行性，而内在于文化实践当中的潜在知识则可能会通过各种方式转化为显性知识。[2]

总之，知识能够提供一种思维范式、一种新的观察方式。知识是文化不可或缺的部分，但它并不等同于文化，知识史与文化史、思想史不同；知识可以构成话语，但并不等同于话语，话语是一种机制，而知识是一种对象；知识包括自然科学，包括各种现代学科，但并

---

① Ralf Klausnitzer：*Literatur und Wissen*. a. a. O.，S. 12.

② 参见 Hartmut Böhme：“Hängt ‘Kultur’ von Medien ab?” In：*Zeitschrift für Literaturwissenschaft und Linguistik*. Jg. 33. Heft 132 (2003)，S. 17f.

不止于此，知识的范围大于科学。如今，谈论知识首先意味着了解其生成过程。知识的形成需要一定的历史条件和一定的群体，故而并非不可撼动的真理，而是具有历史性和相对性。尤其值得强调的是，科学知识亦为人所创造，因而，它虽具有较高的可靠性，但也并非一成不变的，而同样具有偶联性（Kontingenz）和时空性。同时由于学科的分化，普适性的知识越发失去存在的前提，各学科的知识都具有一定的正确性及局限性。故而，一方面，知识和非知识之间的界限并不绝对；另一方面，在日常知识、科学知识与文学生成的知识之间也始终存在交换。

二、知识与文学

在德国当前的研究中，不仅对知识史——尤其是对科学史——的考察方兴未艾，而且知识、科学与文学间的关联亦备受关注。如前所述，在柏拉图时代，知识的功能是区分真假，文学曾长期被排除在知识领域之外。近代早期以来，尤其是在启蒙运动之后，学界不仅改变了对“知识”的理解，对“文学”的定义也增加了新的维度。

随着不止一次的范式转换，知识不再与真理、上帝等范畴密不可分，甚至不再成为理性或反思力的证明——因为知识可能正是未经反思的成见，而是成为人和权力建构与操控的对象；同时，“真实”与“虚构”的界限被打破，“虚构”不再意味着无意义的谎言，而是成了文本的有效建构手段——当然，此处的文本不止包括文学读物。对知识研究具有重大影响的话语概念一经提出，学界便面临以下问题——文学会以何种方式回应时代话语秩序，而福格尔“知识的诗学”这一说法更明确地强调了文学对知识的生产、存储、传播所起的作用。[①]自尼克拉斯·卢曼(Niklas Luhmann)的社会系统论提出以来，文学与知识也被一些研究者视为两个功能系统，它们发挥着不同的功能，却有着不可忽视的交集。

这却并非一蹴而就的。虽说在近代早期，甚至早在中世纪晚期，随着社会的转型，文学的虚构性便受到了关注，虽说早在古希腊亚里士多德的《诗学》(*Poetik*)中便能找到诗学经由模仿导向认识的蛛丝马迹，但首次里程碑式的转折当属18世纪中期美学作为一个独立学科的创建。美学一词源自古希腊语，原意为感性感知，在亚历山大·戈特利布·鲍姆加滕(Alexander Gottlieb Baumgarten)的影响下，它开始具有感性认识的含义，

---

① 参见 Yvonne Wübben：Einleitung zu “Ansätzen”. In：Roland Borgards/Harald Neumeyer/Nicolas Pethes u. a.（Hg.）：*Literatur und Wissen. Ein interdisziplinäres Handbuch*. Stuttgart/Weimar：Metzler 2013，S. 4.

即获得与理性认识平等的认知功能，成为独立的学科。[1]鲍姆加滕于18世纪中期出版的《美学》(*Ästhetica*)一书为美学的自治打下了根基。[2] 在书的开头，鲍姆加滕对长期以来将艺术排除在科学之外的观点做出了回应："对于美学是艺术而非科学的说法，我的回答是：①二者并非对立的门类。曾是纯粹艺术的东西今天却也成了科学的，这种情况已出现过多少次？②我们的艺术能够进行科学性的阐述，经验会证明这一点。"[3]他提出"美学真实"这一概念，强调美学具有认知功能，但这里的真实并非绝对真理，而是"感官所能认识的范畴的真实"："可以将形而上的真实称作客观真实，而将在某灵魂中对客观真实事物的想象称作主观真实。"[4]他还专门提及诗学真实，认为它绝非建立在可信性基础上，其基础并

---

① 参见 Artikel："ästhetisch/Ästhetik". In：Jürgen Mittelstraß (Hg.)：*Enzyklopädie Philosophie und Wissenschaftstheorie*. Band 1：A-G. Stuttgart/Weimar 1995，S. 191-193.

② 在1735年的博士论文《关于诗歌决定因素的哲思》(*Meditationes philosophicae de nonnullis ad poema pertinentibus*)中，鲍姆加滕便提出了"美学"这个概念，后来他也不断在讲座中提及该概念，《美学》一书的出版则是关键的一步。这本书与其早年的博士论文一样，都是用拉丁语写成的。第一部分于1750年发表，1758年第二部分问世。后人将其译为德语。

③ Alexander Gottlieb Baumgarten：*Theoretische Ästhetik. Die grundlegenden Abschnitte aus der "Ästhetica" (1750/58)*. Übers. und hg. von Hans Rudolf Schweizer. Hamburg：Meiner 1983，S. 7.

④ Ebd.，S. 53.

非逻辑、科学、历史或理念，而是美学本身的内在规则。[①] 美学以艺术作品为研究对象，要求受众具有审美判断力、鉴赏力，这也意味着一种引导，使读者、观者学习如何面对想象力的自由王国。

继美学独立之后，同时代及后世的美学理论家继续推动其发展。[②] 可以说，自18世纪中期起，由想象力支配的感性领域受到了一定程度的认可，美学在一定范围内成为独立的自洽体系，不再仅仅被视为对自然的模仿或感情的倾泻，也不再完全依附于神学或道德而存在。18世纪末，康德在《判断力批判》(*Kritik der Urteilskraft*)中进一步强调了感性认识和美学的价值。相应地，文学自身的定位也发生了转变，它成为独立的系统、自主的知识体系，不仅提供了独特的审美空间，也影响了

---

① 参见 Alexander Gottlieb Baumgarten：*Theoretische Ästhetik. Die Grundlegenden Abschnitte aus der “Ästhetica” (1750/58)*. a. a. O., S. 175f.

② 从瑞士神学家、哲学家祖尔策(Johann Georg Sulzer)的《关于美艺术的一般理论》(*Allgemeine Theorie der schönen Künste*, 1771—1774)——首部德文美学百科全书，到温克尔曼从古希腊雕塑中发现的“高贵的单纯”和“静穆的伟大”(Johann Joachim Winckelmann：*Gedancken über die Nachahmung der Griechischen Wercke in der Mahlerey und Bildhauer-Kunst*. In：ders.：*Kleine Schriften, Vorreden, Entwürfe*. Hg. von Walther Rehm. Berlin：de Gruyter 1968，S. 43)及其与莱辛(Gotthold Ephraim Lessing)、歌德等人针对古时雕塑作品《拉奥孔》(Laokoon-Gruppe)的讨论，席勒18世纪末的美学著作，直至19世纪初黑格尔(Georg Wilhelm Friedrich Hegel)的美学讲座，以及后世的卢卡奇(Georg Lukács)、阿多诺(Theodor W. Adorno)等人的著作，都是人类在美学领域的杰出成就。

现代社会中主体性的构建。虽然无法将两千多年来西方对文学的认识趋势简化为从对虚构的不屑到对其价值的承认，虽然在任何时代，都有不止一种关于文学的见解，文学的价值也并非呈直线上升的趋势，但可以确定的是，在当今的研究中，文学是整个知识结构和知识秩序中的重要一环，对不同历史时期的知识样貌影响重大。“知识有文学的参与，这一点已经多次强调过了：通过以修辞学方式组织知识、叙事性地建立关联并对其进行虚构试验，文学可以补充、扩展、介绍、阐明、普及、展示、加工、反思、问题化论述、预言和生产知识。”①

2007—2008年，几名研究者以《文化诗学》(*Kultur-Poetik*)杂志和《日耳曼学杂志》(*Zeitschrift für Germanistik*)为平台，展开了一场有关知识与文学之间关系的论辩。前者刊登了施蒂宁批判知识诗学时论及福格尔的回应文章，后者则先后登载了文学研究者蒂尔曼·克佩(Tilmann Köppe)的文章和几篇批驳克佩观点的论文。克佩认为，文学作品中不包含知识，文学并不传递知识，无法成为知识的来源；人们可以问，什么知识进入了文学作品，但如果要问，什么样的知识存在于文学作

---

① Michael Gamper: Einleitung. In: Michael Bies/Michael Gamper (Hg.): *Literatur und Nicht-Wissen. Historische Konstellationen 1730-1930*. a. a. O., S. 14.

品之中，或者作品“知道”什么，则是没有意义的。[1] 对此，文学研究者博尔加斯和安德烈亚斯·迪特里希（Andreas Dittrich）均撰文反驳。博尔加斯开宗明义地指出，将文学作为知识史的建构要素，是很有意义的，正因如此，过去二十年间，这个研究领域得以确立；克佩的论点无非是重提两种文化的对立，即真理对抗谎言，严肃对抗游戏，事实对抗虚构，科学对抗文学，但这些概念之间的对立早已不再尖锐。[2] 迪特里希从释义角度出发，指出知识的词义并不局限于认识论层面，不应将其限制在哲学领域，不宜将“知识”与“认识”混为一谈，他反对认识论为知识绑定一个普适定义的做法。此外，他批判了克佩对两类知识的区分，即个体知识与非个体知识。[3]

而后，克佩针对两人的表态再做回应。他首先强调自己并非要否定先前学者的工作，而是想指出基本概念上的缺陷。[4] 针对博尔加斯批驳的老调重弹，他坚持认

---

① 参见 Tilmann Köppe：“Vom Wissen *in* Literatur”. In：*Zeitschrift für Germanistik* N. F. 17（2007），S. 402ff.

② 参见 Roland Borgards：“Wissen und Literatur. Eine Replik auf Tilmann Köppe”. In：*ZfG* N. F. 17（2007），S. 425f.

③ 参见 Andreas Dittrich：“Ein Lob der Bescheidenheit. Zum Konflikt zwischen Erkenntnistheorie und Wissensgeschichte”. In：*ZfG* N. F. 17（2007），S. 632ff.

④ 参见 Tilmann Köppe：“Fiktionalität，Wissen，Wissenschaft. Eine Replik auf Roland Borgards und Andreas Dittrich”. In：*ZfG* N. F. 17（2007），S. 638.

为虚构文本与非虚构文本之间的界限应该分明；针对迪特里希的说法，他重申，若说文学作品中包含知识，就一定要澄清知识的概念，并最好用"见解"这一说法替代知识。① 2008年，语言学及文学学者福蒂斯·扬尼迪斯(Fotis Jannidis)在《日耳曼学杂志》上对克佩的观点进行质疑的同时，认为博尔加斯和迪特里希的反驳观点亦无甚贡献，扬尼迪斯主要批判了克佩对知识和虚构性的定义以及他对"文学中知识"的理解，但他肯定了克佩对待概念的严谨立场。② 2011年，克佩主编了一本论文集，涉及对文学与知识、科学的关系的不同立场和分析方法，他虽持保守态度，却为这个领域的发展做出了进一步的贡献。③

本书的基本出发点是，文学作品中包含知识，在知识史的书写中，文学是不可缺少的一环，它为建构知识

---

① 参见 Tilmann Köppe："Fiktionalität, Wissen, Wissenschaft. Eine Replik auf Roland Borgards und Andreas Dittrich". In：*ZfG* N. F. 17 (2007), S. 639f. u. S. 642f.

② 参见 Fotis Jannidis："Zuerst Collegium Logicum. Zu Tilmann Köppes Beitrag 'Vom Wissen *in* Literatur'". In：*ZfG* N. F. 18 (2008), S. 373 u. S. 376.

③ 参见 Tilmann Köppe (Hg.)：*Literatur und Wissen. Theoretisch-methodische Zugänge*. Berlin/New York：de Gruyter 2011. 克佩在该书首篇文章中指出，文学与知识的关联当时已经受到了多个学科的关注，有从不同角度的研究。他总结了一些新的研究方向，其中包括"知识的诗学"。在分析文学与知识的关系时，他区分了作者、文本、读者与历史语境四个层面。在讨论文本层面时，他重新提出了以下问题：从何种意义上可以说在文学文本中存在知识(参见该书 S. 1-28)。

秩序做出了不可或缺的贡献；同时，文学与知识的概念始终应置于历史语境中进行考察，不仅要考察它们之间的关联，更要探讨这种关联是如何产生的。文学是特定知识秩序下的产品，其中融入了时代的各种知识；它既与异质知识体系存在交集，又非单纯的知识储存器，而是“知识的媒介”[①]，因为它生成了独特的知识——文学包含的并非史实或经过实验证明的科学知识，但它创造出一种“元知识”[②]，即将原本不可见的东西呈现出来。反过来，文学生成的知识会影响知识秩序，对整个知识秩序提出质疑、做出修正和进行颠覆。

文学在知识秩序中所发挥的作用除上述几个方面外，还包括另一个维度。如佩特斯斯和伊冯娜·维本(Yvonne Wübben)等研究者所指出的那样，由静态理论知识演变为动态历史实践的科学实则受到文学的诸多影响，具体而言，阅读、书写、叙述这些行为，以及隐喻、象征等文学技法，都对知识的生产和储存不可或

---

① Christian Kohlross："Ist Literatur ein Medium? Heinrich von Kleists Über die allmähliche Verfertigung der Gedanken beim Reden und der Monolog des Novalis". In：Thomas Klinkert/Monika Neuhofer (Hg.)：*Literatur, Wissenschaft und Wissen seit der Epochenschwelle um 1800. Theorie - Epistemologie - komparatistische Fallstudien.* Berlin/New York：de Gruyter 2008，S. 32.

② Thomas Klinkert：*Epistemologische Fiktionen. Zur Interferenz von Literatur und Wissenschaft seit der Aufklärung*. a. a. O.，S. 21.

缺，(科学)知识本身就是被建构的文本。[①] 佩特斯在2003年发表的《文学史与科学史：一篇研究报告》(“Literatur- und Wissenschaftsgeschichte. Ein Forschungsbericht”)一文中提到，对于历经转型的科学史而言，有五个方面至关重要，即社会性、历史性、话语性、建构性和诗学性。[②] 无论是科学史还是知识史，都开始用新的眼光看待自己的来源，即所谓非文学文本，并开始从文学性、叙事性、修辞学等角度分析这些文本；同时，文学理论的发展也扩充了文本的概念，强调文学文本与其他文本之间的互文性，促使文学得以并列于另一些知识形态之侧。[③]

20世纪下半叶，学界对隐喻的研究渐趋兴盛，备受关注的是隐喻在科学乃至整个知识体系的建构过程中发挥的作用。研究中的讨论主题包括，是否应将隐喻视为一种认识论现象，或是美学现象，或是修辞手法。[④] 在

---

① 参见 Nicolas Pethes：“Literatur- und Wissenschaftsgeschichte. Ein Forschungsbericht”. In：*Internationales Archiv für Sozialgeschichte der deutschen Literatur*. Band 28 (2003). Heft 1. S. 205f u. S. 222ff.；Yvonne Wübben：Einleitung zu “Ansätzen”. In：Roland Borgards/Harald Neumeyer/Nicolas Pethes u. a. (Hg.)：*Literatur und Wissen. Ein interdisziplinäres Handbuch*. a. a. O.，S. 4.

② 参见 Nicolas Pethes：“Literatur- und Wissenschaftsgeschichte. Ein Forschungsbericht”. In：*Internationales Archiv für Sozialgeschichte der deutschen Literatur*. Band 28 (2003). Heft 1. S. 208.

③ 参见 Bernhard J. Dotzler：“Ordnung des Wissens. b) Neuere deutsche Literatur”. In：Claudia Benthien/Hans Rudolf Velten：*Germanistik als* Kulturwissenschaft. a. a. O.，S. 110.

④ 参见 Christina Brandt：“Metapher”. In：Roland Borgards/Harald Neumeyer/Nicolas Pethes u. a. (Hg.)：*Literatur und Wissen. Ein interdisziplinäres Handbuch*. a. a. O.，S. 21f.

知识研究的视域中，学者分外重视隐喻的认识论功能。德国哲学家、理论家布鲁门贝格和比利时裔美国文学理论家、哲学家保尔·德·曼(Paul de Man)等人对于隐喻是否可以作为认识模型发挥作用进行了详细论证——虽然隐喻意味着不清晰，即非概念、非理论化，但它仍有助于理解事物间的关联性，是一种通向认识的途径。[①] 因而，在科学写作与文学写作之间也存在交集；当然，这并不意味着二者可以混为一谈，因为二者的结构模式和功能不同。[②] 作为文学研究者，从知识的视角考察文本，或者研究科学与文学的交互关系，着眼点依然是文学作品本身，是文本在时代关联、知识秩序中的独特性。

基于以上论点，本书拟考察的问题是，在 1800 年前后的德国社会中，人类学知识、教育学知识与作为一种特殊知识形态的文学作品之间存在怎样的关联和张力；在三者相互渗透、相互交织的知识复合体中，人处于怎样的地位，有哪些人的构想得以形成，又以怎样的方式被反思、质疑和颠覆。

---

① 参见如 Hans Blumenberg：*Paradigmen zu einer Metaphorologie*. Frankfurt am Main：Suhrkamp 1999；Hans Blumenberg：*Die Lesbarkeit der Welt*. Frankfurt am Main：Suhrkamp 1983；Paul de Man，*Allegories of Reading. Figural Language in Rousseau，Nietzsche，Rilke，and Proust*，New Haven/London，Yale University Press，1979.

② 参见 Thomas Klinkert：*Epistemologische Fiktionen. Zur Interfereuz von Literatus und Wissenschaft seit der Aufklärung*. a. a. O.，S. 15.

第二章　1800 年前后对人的认识与塑造

一、时代语境中的知识秩序

1800 年前后这段历史时期是充满张力的，德国社会正在经历多个方面的转型。在 1792 年 11 月致出版商福斯(Christian Friedrich Voß)的信中，作家、民族学家格奥尔格·福斯特(Georg Forster)写道："我们生活在一个至关重要的世界时代。自基督教诞生以来，历史上从未出现过类似的时代。"[①]法国大革命的风暴触动了德国各个阶层，由出身决定的阶级差距在经济和社会发展中逐渐站不住脚；德国四分五裂的状况与人们渴望统一的愿望并存，而围绕民族文学与世界文学的关系也有颇多

---

① Georg Forsters Brief an Christian Friedrich Voß. In：Georg Forster：*Georg Forsters Werke. Sämtliche Schriften，Tagebücher，Briefe.* Hg. von der Akademie der Wissenschaften der DDR. Band 17. Berlin：Akademie Verlag 1989，S. 250.

论争。市民阶层在各个领域争取自身利益，而正因为政治、社会领域的改革举步维艰，文艺、教育领域才更受重视，从某种意义上说，文学、艺术成为市民阶层的先行军，“修养市民阶层”(Bildungsbürgertum)这一概念也充分说明了他们对修养、教育的关注。[①]

在特定的历史条件下，当时的知识秩序处于充满张力的演变中，18 世纪中后期出现了许多新兴学科，如人类学、心理学、民族学、美学等。尤其值得关注的是，这一时期既有针对教育、修养问题(可归结为教育学知识)的热烈讨论、著书立说，又不乏围绕关于“人的科学”，即人类学的论争，无论是人文科学还是自然科学[②]，都在讨论“人”这个问题。而在同样关注人的文学领域，丰收的果实亦比比皆是。继《学习时代》之后，歌德已开始着手创作《浮士德》(*Faust*)，席勒的历史剧《瓦伦施泰因》(*Wallenstein*)以及《威廉・退尔》(*Wilhelm Tell*)也被搬上了舞台。歌德与席勒两位作家合作掀起了叙事诗(Ballade)的新热潮；诺瓦利斯(Novalis)则以其截然不同的组诗《夜颂》(*Hymne an die Nacht*)进入了公众视野。弗里德里希・荷尔德林(Friedrich Hölderlin)的书信体小说《许佩里翁》(*Hyperion*)和使让・保尔声名鹊起

---

① 此处是对市民社会进行的背景介绍，并非要从阶级的观点去谈当时的问题。本书意欲避免局限于强烈的阶级对立意识的研究视角。

② 此处是在如今的研究层面上谈及“人文科学”和“自然科学”，当时尚无这样的概念区分。

的几部小说均是此时代之作，克莱门斯·布伦塔诺、阿希姆·冯·阿尼姆(Archim von Arnim)等年轻作家也已崭露头角。赫尔德、康德、席勒等人对文学系统持续的影响力同样不容忽视，福斯特对法国大革命的记述也在文学界获得了强烈反响。与此同时，施莱格尔兄弟，即奥古斯特·施莱格尔及弗里德里希·施莱格尔(August Wilhelm Schlegel，Karl Wilhelm Friedrich Schlegel)的文艺评论和断片式理论书稿，以及约翰·戈特利布·费希特(Johann Gottlieb Fichte)、黑格尔的哲学思想也影响了文学创作。[①] 文学的繁荣不可不归功于历史语境的动态、多样，文学不仅与历史事件、社会变迁有着千丝万缕的联系，与思想家、哲学家的思考品评、理论著述有着密切互动，也与各种科学知识频繁互动。

传统文学史将这一时期的文学主要划分为两派，即魏玛古典文学和浪漫派文学，而让·保尔、荷尔德林和海因里希·威廉·冯·克莱斯特(Heinrich Wilhelm von Kleist)等人则被归入“古典文学与浪漫派文学之间”的模糊地带。但本书的立足点并非传统分期，而是以具体问题进入历史时期。其实，古典文学这个名称是历史的产物，是后人书写文学史时所创造的，当时活跃于文坛的

---

① 本段从开头到此处请参见 Günter Mieth：*Vom Beginn der großen Französischen Revolution bis zum Ende des alten deutschen Reiches 1789-1806*. Berlin：Rütten & Loening 1988，S. 7f.

人，无论是歌德、席勒，还是其他作家，都从未称自己或时人为古典作家；歌德和席勒虽被历史学家格奥尔格·戈特弗里德·格维努斯(Georg Gottfried Gervinus，1805—1871)视为古典作家，但他们认为自己颇受同时期浪漫派文学的影响。① 将作家、作品简单归入一种文学流派的做法是值得商榷的，而将1800年前后的文学样貌简化为古典文学与浪漫派的对立，实则是将整个文学领域局限于某个地带，并将一些本有研究意义的作家排除了出去。② 这个时期的作家面临着共同的问题，他们以不同形式对此做出了回应，文学界一时百花齐放，因而本书关注的是时代的丰富性和文本的对话性。③ 当然，这并不意味着完全摒弃文学史，拒绝使用任何常规术语，而是要与线性叙述、大叙事保持距离，深入历史，具体考察多重文本。

如前所述，人类学知识、教育学知识与文学文本之间的界限并非绝对分明，而是有所重合的，在复杂的张力关系之中共同参与构建知识秩序。由于人类学与教育

---

① 参见 Hans-Georg Werner："Literarische 'Klassik' in Deutschland? Thesen zum Gebrauch eines Terminus". In：*Jahrbuch der Deutschen Schillergesellschaft*. Jg. 32 (1988)，S. 360f. 在1988年这期《德国席勒协会年刊》中记录了一场关于古典文学与浪漫派名称的讨论，几名学者针对传统文学史的时代划分和"古典文学"作为既定流派分别提出了质疑。

② 参见 ebd.，S. 360.

③ 参见 Günter Mieth：*Vom Beginn der großen Französischen Revolution bis zum Ende des alten deutschen Reiches 1789-1806*. a. a. O.，S. 8.

学都将“人”作为出发点和关注点，讨论的问题自然会有所重合。同样，当时的思想家、理论家往往身兼数职，各学科领域的界限划分并不像今天这样严格，歌德就是最好的例子。对人的构想以及人类学、教育学、文学三者构成的知识复合体是本书的核心论题，因而，在具体考察文学文本之前，需要先重点研究文本外的两种规范性话语。

二、人类学话语

德国 2013 年出版的研究文献《文学与知识：一部跨学科手册》中这样解释人类学：“人类学是近代才出现的概念，18 世纪末以来，可将其视为不同知识领域的集合——所涉学科分布很广，从医学、生物学、生理学、古人类学到心理学、心理分析、民族学、历史学和社会学，直至哲学和现象学——其根基是对人的把握，将人理解为与身体相依存的文化生物。”①这门学科如此包罗万象，教育学可被视为其中的一个分支，不过，也可以把二者看作并列的学科。② 要考察这个庞大的体系，定

---

① Johannes F. Lehmann：“Anthropologie”. In：Roland Borgards/Harald Neumeyer/Nicolas Pethes u. a.（Hg.）：*Literatur und Wissen. Ein interdisziplinäres Handbuch*. Stuttgart/Weimar：Metzler 2013，S. 57.

② 参见 Alexander Košenina：*Literarische Anthropologie. Die Neuentdeckung des Menschen*. Berlin：Akademie Verlag 2008，S. 87.

然无法面面俱到，而本书拟将人类学理解为教育学的基础和前提。因为，人的教育无疑是建立在对人的理解和把握的基础上，以人具备学习才能和趋向完善的可能为前提。若缺少这些基础，教育便成为无本之木。因而，在详细考察教育学话语之前，应先考察人类学知识型。

早在1734年，英国诗人亚历山大·蒲柏(Alexander Popes)便在书信体长诗《人论》(*An Essay on Man*)中写下了后来德国人亦常援引的诗句："那么，认识你自身，勿擅自审视上帝/当由人类研究的正是人自己。"[①]蒲柏主张将注意力从上帝转移到人自身，"研究"意味着门类、科学的产生，对单个人的研究将汇合成广阔的图景。在现代人类学诞生的启蒙运动时代，"认识你自己"这句自古希腊时代起便流传下来的箴言获得了新的意味，自我认知的过程也是关于人的知识的创造过程。

如果说蒲柏在诗中虽体现出对世俗世界的关注，却仍在一定程度上保留了对上帝和更高力量的敬畏，那么歌德写于1772—1774年的《普罗米修斯》(*Prometheus*)一诗则彻底地反叛了神灵与宗教，将人置于世俗化世界的中心：

---

① Alexander Pope: *Vom Menschen/Essay on Man*. Hg. von Wolfgang Breidert. Hamburg: Meiner 1993, S. 38f. 《人论》于1740年被译为德语，在德国影响很大。

我就坐在这里，请按照
我的模样造人吧，造出
一个跟我一模一样的种族，
去受苦，去哭泣，
去享受，去取乐——
而且不尊重你，
也像我！[①]

普罗米修斯所代表的反叛者形象根植于大地，立足于人世，与神界的统领宙斯相对立，反抗、蔑视其至高权威，其中包含着新的主体形象，一种新的人类学。[②]人的地位上升，成为自然和文化的中心。在赫尔德眼中，人亦成为新兴学科研究的核心："人啊，为你的地位感到高兴，并于生活在你周围的万物之中研究你这高贵的核心造物吧！"[③]

人类学作为学科在德国创建之后，便受到了越来越

① ［德］歌德：《普罗米修斯》，绿原译，见《歌德文集》第8卷，79页，北京，人民文学出版社，1999。

② 参见 Alexander Košenina：*Literarische Anthropologie*. Die Neuentdeckung des Menschen. a. a. O.，S. 111.

③ Johann Gottfried Herder：*Werke in 10 Bänden*. Band 6. Frankfurt am Main：Deutscher Klassiker Verlag 1989，S. 76.

多的关注。尤其是自 18 世纪 70 年代开始的“人类学转向”[①]使“人”及与人相关的各方面成为各领域书目的关键词，如德国医生约翰·戈特劳布·克吕格尔(Johann Gottlob Krüger)的著作《论实验灵魂学》(*Versuch einer Experimentalseelenlehre*，1756)，赫尔德的论著《人类形成历史的另一种哲学》(*Auch eine Philosophie der Geschichte zur Bildung der Menschheit*，1774)，格奥尔格·克里斯托夫·利希滕贝格(Georg Christoph Lichtenberg)的著作《论相面术、反相面术士》(*Über Physiognomik；wider die Physiognomen*，1777)，洪堡的《人类学对比方案》(*Plan einer vergleichenden Anthropologie*，1795)，等等。

此外，当时不仅有兼为哲学家和医生的梅尔希奥·亚当·魏卡德(Melchior Adam Weikard)主办的杂志《哲学医生》(*Der philosophische Arzt*)，而且卡尔·菲利普·莫里茨(Karl Philipp Moritz)主编的德国首份心理学刊物《经验心灵学杂志——给学者和外行的

---

① 许多研究者都提到当时的“人类学转向”或人类学的兴盛，可参考 Jutta Müller-Tamm：*Kunst als Gipfel der Wissenschaft. Ästhetische und wissenschaftliche Weltaneignung bei Carl Gustav Carus*. Berlin/New York：de Gruyter 1995，S. 57；Johannes Friedrich Lehmann：“Vom Fall des Menschen. Sexualität und Ästhetik bei J. M. R. Lenz und J. G. Herder”. In：Maximilian Bergengruen/Roland Borgards/Johannes Friedrich Lehman（Hg.）：*Die Grenzen des Menschen. Anthropologie und Ästhetik um 1800*. Würzburg：Könighausen & Neumann 2001，S. 15.

读物》(*Magazin zur Erfahrungsseelenkunde als ein Lesebuch für Gelehrte und Ungelehrte*，1783—1793)也推动了心理学和心理人类学的发展。杂志通过大量案例向专业研究者及外行人士介绍心理学知识，更确切地说，是关于人的灵魂、精神的知识，其中涉及精神和心理病症及其治疗、自杀与谋杀、梦游、妄谈、预感、死亡恐惧、聋哑人研究等。这些案例通过深入观察和研究人的精神、灵魂，扩充了人对自我和他人的认识，不仅普及了关于人的知识，也为小说家提供了丰富的素材，使叙事更具心理化倾向，人类学知识对文学的影响日益明显。莫里茨在 1782 年的一篇文章中提到，诗人和小说家应该意识到，对实验心理学进行一番研究之后再下笔写作是很有必要的，实验心理学这本杂志对于“书写人的心灵的作家”而言是不可或缺的。①

莫里茨在杂志第 1 期的序言中表达了自己的初衷：“……我所提供的是事实，而非道德空谈，亦非小说或喜剧；我也不抄录其他书本。”②他十分强调经验观察和实例收集。在第 8 期的开篇，他重申了这一观点，

---

① 参见 Karl Philipp Moritz：“Aussichten zu einer Experimentalseelenlehre”. In：ders.：*Werke in 3 Bänden*. Hg. von Horst Günther. Band 3. Frankfurt am Main：Insel 1981，S. 91.

② Karl Philipp Moritz：*Die Schriften in 30 Bänden*. Hg. von Petra und Uwe Nettelbeck. Band 1. Nördlingen：Greno 1986，S. 8.

认为在求真的研究中，“经验之路”[①]是最可靠的，它能提供坚实的基础，而对灵魂这一内在本质的研究是对人进行研究的前提。这种对经验、实证的强调显然是由于受到了自然科学方法论的影响，在宗教信仰和先验命题开始遭受质疑的时代，研究者信赖的更多是自身的观察和实践，结合具体经验与理性思索，生产新的知识。这种实验性模式也影响了文学写作，因为，在人类学研究的热潮中，个体的经验更受重视，它们转换为知识的可能性增加了，文学与科学体系之间进行交换的可能性也随之增加。[②]

人类学一方面提供给教育家和作家以关于人的知识，使他们得以设计出效果更好的教育方案，或写出更精准、更深入的作品[③]；另一方面，人类学话语也少不了文学的构建。如赫尔德在《论人灵魂的认识与感受》（“Vom Erkennen und Empfinden der menschlichen Seele”，

---

① Karl Phillip Moritz：*Die Schriften in 30 Bänden*. Band 8. Nördlingen：Greno 1986，S. 7.

② 参见 Nicolas Pethes：*Zöglinge der Natur. Der literarische Menschenversuch des 18. Jahrhunderts*. Göttingen：Wallstein 2007，S. 26.

③ 莫里茨也表达过使《经验心理学杂志》为教育学服务的愿望：“我确信，许多教师也曾对一个个主体进行过这种同我一样或者比我更细致的观察，并将其记录下来，接下来的关键之处就在于，他们也能使这些观察为人所知，以使人们普遍获益，并且将它们刊登于一本即将筹办的经验心灵学杂志上面，这样的话，这本杂志同时就能成为对教育学而言最为重要的作品之一。”(Karl Philipp Moritz：“Aussichten zu einer Experimentalseelenlehre”. In ders：*Werke in 3 Bänden*. Band 3. a. a. O.，S. 99.)

1773)一文中指出，有三条途径通向人类学，其一是“生平记述”，即人物传记或自传；其二是“医生和朋友的评论”，即病史记录和旁人观察；其三是“作家预言”，如莎士比亚这样的作家塑造的角色里往往蕴藏着“人的全部生活”。① 康德在谈到实用人类学时也指出，一些东西虽非其源泉，却是辅助手段，即“世界历史、传记，甚至戏剧和小说。因为，虽然配给后两者的真正说来不是经验和真实，而仅仅是虚构……却毕竟在其基本特点上必须取材于对人的现实活动的观察”②。

书写人类学知识史，若少了文学的参与，则必定有所缺失。18 世纪晚期，无论是赫尔德、莫里茨，还是歌德、席勒等人，都通过文学活动丰富了人类学知识。莫里茨不仅创办了心理学杂志，而且通过叙事实践探究人的心理发展历程。他的长篇小说《安东·赖泽尔》(*Anton Reiser*，1785—1790)的副标题即“一部心理学小说”，记录的是“一个人的**内在**故事”③。小说追求的是“将人的注

---

① 参见 Johann Gottfried Herder：*Werke in 10 Bänden*. Band 4. Frankfurt am Main：Deutscher Klassiker Verlag 1994，S. 340-343. 赫尔德的例子也反映出莎士比亚剧作在当时的反响，带有人类学视角的接受者将莎士比亚视为描摹人物的实验性作家，尤其关注其作品中对人的边缘状态和特殊行为方式的刻画。参见 Wolfgang Riedel：“Anthropologie und Literatur in der deutschen Spätaufklärung. Skizze einer Forschungslandschaft”. In：*IASL*. Sonderheft 6. Tübingen 1994，S. 111.

② [德]康德：《实用人类学》，见李秋零主编：《康德著作全集》第 7 卷，116 页，北京，中国人民大学出版社，2008。

③ Karl Philipp Moritz：*Die Schriften in 30 Bänden*. Band 15. Nördlingen：Greno 1987，S. 7.

意力更牢地固定在人本身，使人更能感受到自己作为个体存在的重要性”[1]。除此之外，作家克里斯托夫·马丁·维兰德(Christoph Martin Wieland)的长篇小说《阿伽通的故事》(*Geschichte des Agathon*，1766/1767)描写了主人公阿伽通的成长过程和心理状态发展，也为人的构想提供了文学上的可能。初期研究话语认为，这部小说是以《威廉·迈斯特的学习时代》为代表的德语修养小说的前身。[2] 还有流行作家、剧作家克里斯蒂安·海因里希·施皮斯(Christian Heinrich Spieß)的小说《疯人的生平》(*Biographien der Wahnsinnigen*，1796)，它讲述了一些疯狂之人的故事。作者在前言中写道：“疯狂是可怕的，但更可怕的是，人们如此轻易就成为其受害者。……当我向你们讲述这些不幸之人的生平时，并非只想唤起你们的同情，而更希望向你们充分证明，其中的每个人都是自身不幸的始作俑者。因而，避免类似的不幸，是我们力之所及的。”[3]他想用自己的作品开辟一片知识领域，警示读者避开危险，防止被过度的激情和幻想吞没理智。这些故事都展现了理性的对立面，叙述了人是如何行至边缘，进入失控状态的。这片黑暗、

---

① Karl Philipp Moritz：*Die Schriften in 30 Bänden*. Band 15. a. a. O.，S. 8.

② 参见 Jutta Heinz (Hg.)：*Wieland - Handbuch*. *Leben - Werk - Wirkung*. Stuttgart/Weimar：Metzler 2008，S. 268.

③ Christian Heinrich Spieß：*Biographien der Wahnsinnigen*. Hg. von Wolfgang Promies. Neuwied/Berlin：Luchterhand 1966，S. 7.

“非正常”而需规避的区域，其实是人类学不可缺少的部分。

人类学涵盖的知识领域繁多，当代文学研究者沃尔夫冈·里德尔(Wolfgang Riedel)在考察1750—1800年的人类学领域时，依据研究状况，将考察重点归纳为以下几类：①重新认识感性；②发现潜意识；③人的自然化趋势(以及反潮流)；④文学心理化、文学人类学；⑤文明的进程；⑥野人与文明人；⑦性别的秩序。[①] 由于本书的考察重点并非种族、民族志学或性别问题，因而后面三类不属本书首要关注的范围。前四类实则可概括为两方面：对人心理的探究，及文学与心理学、人类学的互动；身体—灵魂的模式，及在此基础上对感性和理性的把握。第一点前文已有论述，接下来着重探讨的是后一点。

在当时的人类学话语场中，对“完整的人”的构想是一条不容忽视的主线。[②] 虽然针对这一构想有质疑的声音和替代方案，如里德尔提及的人的自然化方案；对人类学的研究也有其他切入点，如对人与动物之间界限的

---

① 参见 Wolfgang Riedel：“Anthropologie und Literatur in der deutschen Spätaufklärung. Skizze einer Forschungslandschaft”. In：*ISAL*. Sonderheft 6. a. a. O.，S. 94.

② 关于“完整的人”的研究可参见 Jürgen Barkhoff/Eda Sagarra (Hg.)：*Anthropologie und Literatur um 1800*. München：Iudicium 1992；Hans-Jürgen Schings (Hg.)：*Der ganze Mensch. Anthropologie und Literatur im 18. Jahrhundert*. DFG-Symposion 1992. Stuttgart/Weimar：Metzler 1994.

探讨，或者对人的心理疾病、反常行为的关注，但“完整的人”不仅为时人所津津乐道，而且与教育学话语结合紧密。概括而言，在对勒内・笛卡尔（René Descartes）的身体—灵魂二分法进行批判性接受的基础上，形成了新的关于身体、灵魂及其关联的话语。笛卡尔的二分法明确区分了自然世界与精神世界，认为作为灵魂存在的人代表纯粹的意识，而作为身体存在时，人则是机器，遵循数学、机械学的解释原则；与之相反，新的人类学关注的是身体与灵魂、精神与物质的关联和互动，着眼于二者的交互影响、共同运行。[①]

“完整的人”这一理念可追溯至人类学建立初期的代表人物恩斯特・普拉特纳（Ernst Platner）。这位莱比锡大学的医学与哲学教授为人类学的发展开辟了一条影响深远的道路。在 1772 年出版的《写给医生和智者的人类学》（*Anthropologie für Ärzte und Weltweise*）一书中，他将医生与哲学家（智者）的任务统合于人类学研究，反对将解剖学、生理学与哲学、心理学截然分离，主张建立将生理与心理层面结合的完整人类学。在书的前言中他写道：“人既非单纯的身体，也非单纯的灵魂；人是

---

① 参见 Jutta Müller-Tamm：*Kunst als Gipfel der Wissenschaft. Ästhetische und wissenschaftliche Weltaneignung bei Carl Gustav Carus*. Berlin/New York：de Gruyter 1995，S. 57.

二者的和谐统一。”[1]在此基础上，他如此定义人类学："终于可以将处于交互关系、约束和关联中的身体和灵魂放在一起考察了，这便是我所说的人类学。”[2]普拉特纳的身体—灵魂方案主张建立各学科之间的联系，将生理与心理、物质与精神统一于人这个复杂的有机生命体之中。他的设想既不同于法国哲学家、医生朱利安·奥弗雷·德·拉·梅特里(Julien Offray de La Mettrie)提出的“人是机器”(1748)的说法——这种机械论观点认为“机体组织健全是人的首要美德”[3]，亦非形而上学将灵魂理解为独立于身体的更高级抽象物的做法[4]，而是“完整的人”。自此，“完整的人”成为人类学知识大厦的基石，打破了哲学传统中身体与灵魂的界限，代表着一种

① Ernst Platner：*Anthropologie für Ärzte und Weltweise. Erster Teil.* Hildesheim/Zürich/New York：Olms 1998，S. IV.

② Ebd.，S. XVIf. 席勒在博士论文《论人的动物本性与精神本性的关联》(*Über den Zusammenhang der tierischen Natur des Menschen mit seiner Geistigen*，1780)中也表达了相似的观点。

③ [法]拉·梅特里：《人是机器》，顾寿观译，35页，北京，商务印书馆，1996。此外，拉·梅特里还在该书73～74页写道："我所引用的那些推理，即使是最严格、最直接的推理，也没有一个不是经过大量的物理观察才提出来的，这些观察是没有一个科学家会不同意的……一切胸怀偏见的人……既不是解剖学家，也不懂得这里所讨论的唯一的哲学：人体的哲学。神学、形而上学、经院哲学这些脆弱的芦苇，怎样能对抗这样一棵牢固、坚实的橡树呢?”

④ 参见 Alexander Košenina：*Literarische Anthropologie. Die Neuentdeckung des Menschen.* a. a. O.，S. 13.

新的身体—灵魂模式。① 不仅如此，“完整的人”的设想也影响着教育学和美学的发展轨迹。

韦策尔的人类学著作《试论关于人的知识》(*Versuch über die Kenntnis des Menschen*，1784/1785)也宣扬了“完整的人”这一设想。此前他更多地是因文学和教育学作品而为人所知。他指出，与此前的人类学区分身体与灵魂界限、考察身体对灵魂影响的做法不同，自己在研究中“考察的是**完整**的人，一个能够感知体内发生的影响、能够自如地运用一些器官和力量的生物体”②。他在前言中写道：“通过将人分割为重要的两部分，并将身体这一部分付与解剖学家和生理学家，而将精神这一部分交到哲学家手中，我们的认识收获颇丰；然而，我们似乎完全忘了，这两部分是一个整体，它们必须处在最精确的相互关联中。”③韦策尔欲打破学科界限，获取关于人的知识，并将其系统化，他分类探讨了人所具有的不同层面的能力及其影响力，而普拉特纳等人此前也做过相关研究。虽然韦策尔与普拉特纳此前有过激烈论争，但从根本上而言，韦策尔并未超越其同时代人类学

---

① 参见 Maximilian Bergengruen/Roland Borgards/Johannes Friedrich Lehmann：Einleitung. In：dies.（Hg）：*Die Grenzen des Menschen. Anthropologie und Ästhetik um* 1800. a. a. O.，S. 7.

② Johann Karl Wezel：*Gesamtausgabe in 8 Bänden*. Hg. von Klaus Manger. Band 7. Heidelberg：Mattes 2002，S. 11.

③ Ebd.，S. 10.

家的讨论范围。[①] 书的第一部分中有关于人之作为机器的论述，这个比喻可追溯至拉·梅特里。不过，拉·梅特里的身体一元论并非韦策尔的出发点。韦策尔在接受英、法哲学家影响的同时，也承认自己受到了德国当时研究的影响，因而他并未走上拉·梅特里机械物质论的道路。[②]

与莫里茨一样，以普拉特纳为代表的"哲学医生"[③]注重观察、实践，重视直观经验，普拉特纳明确指出自己的目的是提供"更多的事实而非推理"[④]。韦策尔也认为，几千年来，人的精神都在"找寻通向真理之路，而在我们这个时代，它才找到这条路——观察和经验之路"[⑤]，强调感知与经验在人类学领域激发了对感性的重视，这与作为感性认识的美学的发展相辅相成。此时的

---

① 参见 Johann Karl Wezel：*Gesamtausgabe in 8 Bänden*. Band 7. a. a. O.，S. 638 u. S. 642. 韦策尔的《试论关于人的知识》原本设计的有四册，但最后只出版了两册，可能是普拉特纳从中阻挠，他觉得韦策尔的论述是对自己作品内容的模仿甚至抄袭，因为在韦策尔的书中没有任何地方注明对他作品的参考。参见 Alexander Košenina：*Ernst Platners Anthropologie und Philosophie. Der philosophische Arzt und seine Wirkung auf Johann Karl Wezel und Jean Paul*. Würzburg：Königshausen & Neumann 1989，S. 94.

② 参见 ebd.，S. 94f.

③ 除《哲学医生》杂志外，普拉特纳在《写给医生和智者的人类学》中也使用过"哲学医生"这一说法(Vorrede，S. XXIV)。

④ Ernst Platner：*Anthropologie für Ärzte und Weltweise. Erster Teil*. a. a. O.，S. XVIII.

⑤ Johann Karl Wezel：*Gesamtausgabe in 8 Bänden*. Band 7. a. a. O.，S. 27.

人类学既告别了传统神学和哲学对人的解释和定位，又与数学、物理学等自然科学对人的机械理解保持距离，而更加注重直观、观察、实验，以及对比、比喻(隐喻)等文学手法的运用；同时，人类学学科的建立也标志着人对自身的重新理解，即同时视自身为认识的主体和认识的对象。[①]

在"完整的人"这一构想之外，自然也有其他的身体—灵魂方案。人类学家、解剖学家萨穆埃尔·托马斯·泽默林(Samuel Thomas Sömmerring)的小册子《论灵魂的器官》(*Über das Organ der Seele*，1796)一经出版便反响强烈。泽默林曾将此书献给康德，希望得到他的支持，并请他撰写后记。但康德在后记中对此书提出了批评，歌德、席勒、洪堡等人也都不认同泽默林的观点。泽默林试图找到与灵魂准确对应的身体器官，他提出，灵魂的器官位于大脑，在脑室的液体中；感官的总和存在于大脑，大脑是所有神经的交汇处，脑室对身体与灵魂的互动至关重要，脑室的液体不仅是中介物、连通物，而且包含着人的全部精神和自我。[②] 在解剖学界，这一观点尚且存在争议，对于当时的哲学家而言，这一

---

① 参见 Jutta Müller-Tamm：*Kunst als Gipfel der Wissenschaft. Ästhetische und wissenschaftliche Weltaneignung bei Carl Gustav Carus*. a. a. O.，S. 56f.

② 参见 Samuel Thomas Sömmerring："Über das Organ der Seele". In：ders.：*Werke*. Hg. von Jost Benedum und Werner Friedrich Kümmel. Band 9. Basel：Schwabe 1999，S. 198f. u. S. 204.

结论更是令人难以接受。[①] 康德指出，书的题目虽为灵魂的器官，但泽默林的论述实际上一再涉及灵魂的处所，这是前人已经研究过的，泽默林将属于形而上学范畴的灵魂概念及其所在与属于解剖学领域的“器官”相提并论，混淆了两个学科的范围，这种不伦不类的组合会引发学科之争。[②] 康德认为，身体只能借助于外部感官，而灵魂只能借助于内部感官为人感知。在他看来，灵魂代表着主体、精神、理性，无法找到确切器官来与之对应，他反对将灵魂这个重要范畴器官化，将其限定于狭窄的身体空间里。[③]

当然，泽默林的研究并非空中楼阁。18 世纪中后期，灵魂器官这一问题受到了学界的许多关注。较具代表性的观点是，灵魂的器官占据具体的物质空间，是神经的交汇点，这实则是唯物主义和二元论之间的调和。[④] 而除了“灵魂的器官”这一指称外，当时也使用“总感知器官”(sensorium commune)、“灵魂的处所”等说法，都

---

① 参见 Manfred Wenzel：Vorwort. In：Samuel Thomas Sömmerring：*Werke*. Band 9. a. a. O.，S. 7.

② 参见 Nachwort von Kant. In：Samuel Thomas Sömmerring：*Werke*. Band 9. a. a. O.，S. 243f. 编者曼弗雷德·文策尔(Manfred Wenzel)在该书 84 页指出，如果泽默林单从自然科学角度将脑室的液体作为一种“器官”来讨论，而不把在自然科学领域可以确定的对象(器官研究)与形而上学无法确指的范畴(灵魂的处所)混为一体，那么或许他不会受到那么多攻击。

③ 参见 ebd.，S. 244ff.

④ 参见 Manfred Wenzel：Einleitung. In：Samuel Thomas Sömmerring：*Werke*. Band 9. a. a. O.，S. 12.

是为了描述一种秩序——这种秩序一方面能确保身体感知和思考过程的统一，另一方面则为敏感而庞杂的神经系统找到了一个起调控作用的中心。[①] 在稍晚期的医学和人类学文献中，对灵魂器官的关注逐渐转变为对整个大脑结构的研究，泽默林虽使用了灵魂器官这个概念，但他实际上研究的仍是大脑，其研究也增强了人们对大脑的重视。[②]

我们可以看出，由于医学等自然科学学科的发展，对人身体层面的研究渐趋精细，灵魂这个本属形而上学的概念也受到新的话语影响，与身体的结合更加紧密，不可避免地染上了物质性。一方面，所谓灵魂的器官便

---

① 参见 Manfred Wenzel：Einleitung. In：Samuel Thomas Sömmerring：*Werke*. Band. 9. a. a. O.，S. 12f. 18 世纪中后期，在医学领域并不缺乏针对灵魂器官的探讨，如启蒙运动时期瑞士知名医生、植物学家、作家阿尔布雷希特·冯·哈勒（Albrecht von Haller，1708—1777）认为，灵魂位于大脑之中，但无法为它更精确地定位，不能说大脑中某个部位或器官就是灵魂的所在。参见 Albrecht von Haller：*Anfangsgründe der Physiologie des menschlichen Körpers*. Band 4. Berlin：Voß 1768，S. 620 u. S. 623。泽默林针对灵魂器官所做的研究在 18 世纪末引发如此争议，究其原因，一方面是由于此时“完整的人”之理念原本就面临挑战，因为身体与灵魂的分裂加剧，医学过于强调身体的做法使得灵魂、精神不断降格，在思想界带来不平之音；另一方面是因为人们相信，在 18 世纪中期前后，这个问题已经得到解决，而泽默林不过是旧事重提，毫无新意且显得多余。泽默林的初衷或许是在解剖学与哲学之间找到一个接点，建立“超验的生理学”。参见 Michael Hagner：*Homo cerebralis. Der Wandel vom Seelenorgan zum Gehirn*. Berlin：Berlin 1997，S. 64 u. S. 78f.

② 参见 Michael Hagner：*Homo cerebralis. Der Wandel vom Seelenorgan zum Gehirn*. a. a. O.，S. 13 u. S. 86.

是身体与灵魂的交汇，跨界的表述使得这一问题在医学领域和哲学领域均受到关注。然而，另一方面，虽然探究灵魂在当时绕不过大脑和神经系统，但灵魂本身究竟是什么，没有人说得清楚。[①] 在这样一种身体与灵魂的特异关联中，灵魂实则受到了一定限制，甚至有降级的风险，因为它自笛卡尔以来的抽象性、非物质性消失了，最终可能成为一种精细而多变的物质媒介。[②]

在维兰德的小说《阿伽通的故事》中有这样的话："我们对身体的世界了解越发多，精神王国的范围就会越发受限。"[③] 席勒在《审美教育书简》(*Über die ästhetische Erziehung des Menschen. In einer Reihe von Briefen*)中也写道："科学的界限越扩张，艺术的界限就越狭窄。"[④]这种局限性发展到极端，便是里德尔归纳

---

① 参见 Wolfgang Riedel："Anthropologie und Literatur in der deutschen Spätaufklärung. Skizze einer Forschungslandschaft". In：*ISAL*. Sonderft 6. a. a. O.，S. 108. 歌德在 1796 年写给泽默林的信中说，如果他使哲学家置身事外，那其研究无可非议，但他在精细地进行解剖学观察的同时，又要提灵魂一词，牵扯哲学家进来，这样是没有好处的。参见 Rudolph Wagner：*Samuel Thomas von Sömmerrings Leben und Verkehr mit seinen Zeitgenossen*. 1. und 2. Abtl. Hg. von Franz Dumont. Stuttgart/New York：S. Fischer 1986，S. 18-20.

② 参见 Michael Hagner：*Homo cerebralis. Der Wandel vom Seelenorgan zum Gehirn*. a. a. O.，S. 26f.

③ Christoph Martin Wieland：*Wielands Werke. Historisch-Kritische Ausgabe*. Band 8. 1. Berlin/New York：de Gruyter 2008，S. 65.

④ [德]弗里德里希·席勒：《审美教育书简》，冯至、范大灿译，20 页，上海，上海人民出版社，2003。

的“人的自然化”趋势。这种趋势到了19世纪初越发明显。例如，当时的医生、天文学家弗朗茨·冯·保拉·格鲁伊图伊森（Franz von Paula Gruithuisen）曾言：“自哈勒的时代起，许多伟大的人为人类学真正的精神做好了铺垫。这一学说必须从解剖学家和医生手中发端，甚至那些并非解剖学家和医生的哲学家们也这样说；他们深感对一种生理人类学的需求。”[①]在19世纪，伴随着自然科学的继续发展，社会分工和专业分工进一步加强，人们更加看重实用技能和专门技能，“完整的人”之构想接连遭逢危机，人类学也便有了新的转向。

哲学家康德必然反对将灵魂这个关键概念禁锢于脑室的液体之中的说法。与此同时，他提出了截然不同的人类学研究角度。他所关注的并非对人身体器官或身心互动的研究，而是涉及实用方面，即理性的人如何掌控自己的发展，人能在多大程度上调整和改变自身。首先，康德对人类学格外重视，在1800年出版的由戈特劳布·本亚明·耶舍（Gottlob Benjamin Jäsche）主编的《逻辑学讲义》（*Immanuel Kants Logik. Ein Handbuch zu Vorlesungen*）中，康德提到，从世界公民的意义上来说，哲学主要关注以下四个问题：

---

① Franz von Paula Gruithuisen: *Anthropologie oder von der Natur des menschlichen Lebens und Denkens für angehende Philosophen und Ärzte*. München: Lentner 1810, S. V.

1. 我能够知道什么?

2. 我应当做什么?

3. 我可以希望什么?

4. 人是什么?

> 形而上学回答第一个问题，道德回答第二个问题，宗教回答第三个问题，人类学回答第四个问题。但在根本上，人们可以把所有这一切都归给人类学，因为前三个问题都与最后一个问题相关。[①]

康德主张将哲学建立在人类学的基础上，这反映出当时哲学以人为中心的倾向。[②] 不过，康德意义上的人类学并未真正独立于其哲学框架而存在。在 1798 年出版的《实用人类学》(*Anthropologie in pragmatischer Hinsicht*)[③]中，他称人类学为"一种系统地安排的关于

---

① [德]康德:《逻辑学》，见李秋零主编:《康德著作全集》第 9 卷，24 页，北京，中国人民大学出版社，2010。

② 不止康德持此见解。先前，赫尔德也有类似观点，在谈到修养的计划和编订人类历史时，他主张将哲学并入人类学。其出发点是，哲学必须以大众为中心，而这样一种大众哲学需要转换视角，以取得新的进展，而最佳途径就是将哲学变为人类学，使人成为研究的中心。参见 Johann Gottfried Herder: *Werke in 10 Bänden*. Band 1. Frankfurt am Main: Deutscher Klassiker Verlag 1985, S. 131f. u. S. 134.

③ 《实用人类学》是由康德本人整理出版的最后一部著作，文本主要依据的是他先前人类学课程的系列讲稿。

人的知识的学说”[1]，它“可以要么是**生理学**方面的，要么是**实用**方面的。——生理学的人类知识关涉**大自然**使人成为什么的研究，实用的人类知识则关涉人作为自由行动的存在者使自己成为或者能够并且应当使自己成为什么的研究”[2]。康德明确指出自己要讨论的人类学是后一种，这种实用人类学无疑偏重人的精神层面，与人的理性及教育密不可分。

歌德在与一名相熟的晚辈——作家约翰·彼得·爱克曼(Johann Peter Eckermann)的谈话中说：

> 最近，一位法国哲学家很有把握似的开宗明义就讲：“人所共知，人是由肉体和灵魂两部分构成的。我们先讲肉体，接着再讲灵魂。”费希特稍微前进了一步，比较聪明地从这个难题中脱了身。他说，“我们将讨论作为肉体的人和作为灵魂的人。”他懂得很清楚，那样一个紧密结合的整体是不能分开的。康德划定了人类智力所能达到的界限，把这个不可解决的问题丢开不管，这无疑是最有益的办法。[3]

---

① [德]康德：《实用人类学》，见李秋零主编：《康德著作全集》第7卷，114页。

② [德]康德：《实用人类学》，见李秋零主编：《康德著作全集》第7卷，114页。

③ [德]爱克曼辑录：《歌德谈话录》，朱光潜译，196页，北京，人民文学出版社，1982。

与“哲学医生”们不同，康德既不介入身体与灵魂关系的讨论，也不关注解剖学意义上的身体，不理会自然之限，而将人类学框定在精神、认知领域，他笔下的实用人类学实则与他思想体系中的认识论、理性论和道德论密不可分。[①]

然而，里德尔在研究中指出，18 世纪晚期直至 19 世纪初期，最通行的人类学概念并非源于康德的《实用人类学》，而是仍以普拉特纳的《写给医生和智者的人类学》一书为依据，所谓人类学恰是被康德排除的领域。[②]“哲学医生”关注的首要问题就是自然使人成为什么，最先涉及的便是身体与灵魂的关联。不可忽略的是，行至 1800 年前后，由于社会分工和学科分化带来的身体与灵魂被割裂的倾向，“完整的人”面临更大的挑战，如里德

① 参见 Wolfgang Riedel：“Anthropologie und Literatur in der deutschen Spätaufklärung. Skizze einer Forschungslandschaft”. In：*ISAL*. Sonderheft 6. a. a. O.，S. 104. 在《实用人类学》的第 1 卷中，康德探讨了人拥有的各种认识能力，尤其强调了感性的认识能力，并详细讨论了外部感官（五种感官）、内部感官以及灵魂在认识能力方面的缺陷等；后面两卷涉及愉快和不快的情感以及欲求能力。这三卷组成的第一部分名为“人类学的教学法”，即既认识人的内心又认识其外表的方式；第二部分叫作“人类学的个性法”，即从外表认识内心的方式，其中包括天性、气质、相面术、性别和民族的个性等。

② 参见 Wolfgang Riedel：“Anthropologie und Literatur in der deutschen Spätaufklärung. Skizze einer Forschungslandschaft”. In：*ISAL*. Sonderheft 6. a. a. O.，S. 104；Hans Jürgen-Schings：*Melancholie und Aufklärung. Melancholiker und ihre Kritiker in Erfahrungsseelenkunde und Literatur des 18. Jahrhunderts*. Stuttgart：Metzler 1977，S. 11-44.

尔所说的"人的自然化"和康德提及的学科之争。在自然科学领域，许多医生专注于研究人的肌肉、神经、大脑，他们用神经系统概念取代灵魂概念，灵魂在此彻底丧失其独特意义，成为依附于身体的一个空洞称谓，人由此成为唯物主义理念下的运动的肉体。① 因而，"完整的人"更多代表着一种理想状态，一种令人期待的可能性。②

关于灵魂与身体的关系，歌德的一首诗《二裂叶银杏》(*Gingo Biloba*)亦从文学角度给予人以启迪：

从东方移到我园中的
这棵树木的叶子，
含有一种神秘的意义，
使识者感到欣喜。

它是一个生命的本体，
在自己内部分离？

---

① 参见 Wolfgang Riedel："Anthropologie und Literatur in der deutschen Spätaufklärung. Skizze einer Forschungslandschaft". In：*ISAL*. Sonderheft 6. a. a. O.，S. 107f. "人是机器"一说本质上就是认为人只由身体构成，灵魂只是空洞的名称。

② 参见 Hartmut Böhme："Einführung zu 'II. Neue Erfahrung von der Natur des Menschen'". In：Hans-Jürgen Schings (Hg.)：*Der ganze Mensch. Anthropologie und Literatur im 18. Jahrhundert*. a. a. O.，S. 139ff.

还是两者相互间选择，
被人看成为一体？

我发现了真正的含义，
这样回答很恰当；
你岂没有从我的诗里
感到我是一，又成双？[①]

在歌德看来，当人们将物质与精神区别开来时，物质就是自然；正如在形式中有理念的存在那样，在物质中也有精神的在场；精神与物质的关系好似两个性别的关系，既可见其差异，又要使之结合。[②]

总之，“完整的人”之理念着眼于身体与灵魂、生理学与心理学的统一，既承认二者的不同，又强调它们之间的互动与关联，反对将其关联割裂，反对片面重视其中一方而忽视另一方的作用。它消解了身体与灵魂的二元对立和等级关系，以普拉特纳为代表的“哲学医生”既反对唯物主义，也反对唯心主义，而强调内与外、身体

① [德]歌德：《二裂叶银杏》，钱春绮译，见《歌德文集》第8卷，275页，北京，人民文学出版社，1999。

② 参见 Nachwort von Carl Friedrich von Weizsäcker. In：Johann Wolfgang von Goethe：*Werke*. Hamburger Ausgabe（HA）in 14 Bänden. Hg. von Erich Trunz. Band 13. 14. Aufl. München：Beck 2005，S. 548f.

与灵魂的关联与统一。[①] 此外，不同的身体—灵魂理念也反映出那个时代对人和人类学的重视。如同知识的内涵不断扩展一样，对人的理解也不断延伸，关于人的科学从上帝和真理的束缚中解脱出来，走向偶联性和诸多可能性。

如将对人身体—灵魂模式的探讨同教育学结合起来，我们可以着重考察以下问题。①身体与灵魂的关系，这是人类学的基本问题。②感性与理性、审美与实用、思与行的关系：在一定的身体—灵魂模式的基础上，人如何对待自身，如何调控情感、运用理性，如何平衡二者或做出取舍？③自我与他人、内心与外界的关系：人如何与环境共生，在义务与倾向、自决与他决之间如何选择？接下来，本书将会详细探讨这些问题。

三、教育学话语

人的构想既包括对人的自我理解和认识，也包括人的限定和塑造，二者紧密相连。康德的《实用人类学》将重心向后者偏移，通过研究人"能够并且应当使自己成为什么"，将人引向实践与外界，其中包含着人完善自

---

① Hans-Jürgen Schings："Der anthropologische Roman. Von Wieland bis Jean Paul". In：ders.：*Zustimmung zur Welt*：*Goethe-Studien*. Würzburg：Königshausen & Neumann 2011，S. 62f.

身的诉求，最终目的是使人在社会之中实现理想状态。脱离了上帝的先决，人是具有局限性的主体，其自我完善的可能性掌握在自己手中，正是这一点催生了不胜枚举的教育计划和实验方案。[①]

我们可以说，当时教育学的目标与“完整的人”之理念殊途同归。此时的教育学话语不仅受康德等哲学家的影响，也建立在对“完整的人”的设想之上，建立在人的可臻完善的基础之上。人的缺陷不再是弱点或原罪，而意味着改善的机会、学习与受教育的可能。教育学话语在将人视为身体—灵魂有机体的基础上，亦期实现人其他方面的统一、协调，无论是感性与理性，还是内心与环境、个体与他人，最终都应趋于和谐。对人的教育以塑造“完整的人”为目的，其中包含着积极的人类学观。因为，在尽可能使每个个体实现理想状态的基础上，在对人性的追求中，整个人类无疑面向着进步和光明的未来。也正是在新人文主义理念的影响下，教育学知识的屋宇之中增加了修养的柱石。

在“完整的人”这一话语形成过程中，赫尔德是不可或缺的代表。在《促进人性的书信》(*Briefe zur Beförderung der Humanität*，1793—1797)中，他写道：从主观上说，人性是“**对处于坚强与虚弱、缺点与完善**

① 参见 Nicolas Pethes：*Zöglinge der Natur. Der literarische Menschenversuch des 18. Jahrhunderts.* a. a. O.，S. 16.

之中的人之天性的感受，并非没有活动，并不缺少理智”①。在第 27 封信的开篇有这样的话：“您担心人们会使人性一词沾染污渍；那我们不能换掉这个词吗？**人类、人道、人权、人的义务、人的尊严、博爱**？……总之，我们还是用**人性**一词吧——古往今来最优秀的作家将这些如此高贵的概念与这个词相关联。人性是**我们这个种群的特征**；不过它只是生在禀赋之中，须得逐渐培养。”②也就是说，人需要认识到自身的缺陷，并以一些手段去教育、修养自身。同时，通过在信中论述古希腊作家对人性的刻画，他也赋予人性一词以语言、文学、艺术的直观维度。③ 赫尔德明确指出，人需要在生活中不断磨砺、完善自身，达到能力所及和应然指导下的最好可能，进而实现人类的进步和完善：“如果一个人**做不到使自己成为能够并且应当成为的那样**，那他便不可能为全人类的完善做出贡献。……我们都将一个理想放在心中并随身携带，即**我们**应当成为而尚未成为的样子。……因而，我们自己的人性与其他人的人性必然是统一的，而我们的整个生活就是一所学校，是人性的

---

① Johann Gottfried Herder：*Werke in 10 Bänden*. Band 7. Frankfurt am Main：Deutscher Klassiker Verlag 1991，S. 164.

② Ebd.，S. 147f.

③ 参见 Hubert Cancik：“Die Begründung der Humanität bei Herder. Zur Antikerezeption in den Briefen zur Beförderung der Humanität”. In：Martin Vöhler/Hubert Cancik (Hg.)：*Humanismus und Antikerezeption im 18. Jahrhundert*. Band 1. Heidelberg：Winter 2009，S. 119.

演练场。”①

其实，赫尔德关于人性的思考在先前的著作中便已成熟，如《关于人类历史哲学的设想》(*Ideen zur Philosophie der Geschichte der Menschheit*，1784—1791)中有这样的话：“我们认识到，没有比人身上的人性更崇高的东西了，因为，即使我们设想天使或神灵，我们也只不过将其想象为接近理想的、更为崇高的人。”②与使人变得有用、工具化的实用性思潮不同，新人文主义始终将人作为目的而非手段。赫尔德为这种促进人性完善的理念设下的纲领为：“人的所有设置，所有科学和艺术——只要它们货真价实——所具有的唯一目标就是使我们**成为人**，就是说，使非人与半人成为人。”③康德在《实用人类学》的前言中细化这一纲领的同时，强调了知识和技巧的作用：“在人借以形成自己的学术的文化中，一切进步都以把这些获得的知识和技巧用于世界为目标；但在世界上，人能够把那些知识和技巧用于其上的最重要的对象就是人，因为人是他自己的最终目的。”④

---

① Johann Gottfried Herder：*Werke in 10 Bänden*. Band 7. a. a. O.，S. 164.

② Johann Gottfried Herder：*Werke in 10 Bänden*. Band 6. Frankfurt am Main：Deutscher Klassiker Verlag 1989，S. 631.

③ Johann Gottfried Herder：*Werke in 10 Bänden*. Band 7. a. a. O.，S. 165.

④ [德]康德：《实用人类学》，见李秋零主编：《康德著作全集》第 7 卷，114 页。

正是在赫尔德等人的影响下，18世纪后期生发了“修养”(Bildung)话语。从词源上说，动词bilden有“成形、塑造”之意，《格林德语词典》中的释义既包括“自然形成”“生长”，也包括“人内心的塑造、构建”。[①] 名词Bildung在辞典中有四种释义：①形象、图像，这是其原初意义；②很长一段时间里，它有“形式、形体、形态”的意思，既适用于人，也适用于自然界的动植物；③对心灵的塑造，人性(humanitas)的形成，譬如说一个人具有文雅的、科学方面的修养，或者说一个人很粗野、毫无修养，歌德认为，这种塑造始终处于运动的状态中；④塑造、建立。[②] 第三条释义尤其表明修养与心灵的完善、与新人文主义理念紧密相关。

修养是德国传统的一个独特方面，尤其在18世纪下半叶，它承担着重要角色。中世纪时，它沾染了神学色彩，到18世纪则逐渐世俗化。如德语文学研究者谷裕所指出的那样，它经历了人文转换，开始与人的情感教育和道德教育联系起来，其中蕴含的宗教思想与新人文主义思想相结合，成为现代的综合人文概念。[③] 正因其广博性、丰富性，当时并没有绝对权威的定义，在不

---

① 参见*Deutsches Wörterbuch von Jacob Grimm und Wilhelm Grimm*. 16 Bände. Band 2. Leipzig: S. Hirzel 1854-1960, S. 13-15.

② 参见ebd., S. 22f.

③ 参见谷裕：《德语修养小说研究》，4～5页，北京，北京大学出版社，2013。

同的哲学家、理论家与作家那里，它的侧重点有所差异。例如，赫尔德所谈的修养与宗教传统一脉相承，倾向于塑造、构建之义。对他而言，修养，或称塑造，始终是一个动态生长、进步的历史过程。① 与之相似，莱辛在《论人类教育》(*Erziehung des Menschengeschlechts*，1780)一书中所谈的教育亦带有神性色彩，他并非着眼于具体的教育实践，而是从宏观上把握人类历史在教育推动下应有的走向，将理性与信仰相结合。而随着时间的推移，世俗化进一步推进，席勒、洪堡等人的思想火花随之产生。席勒的美育也以塑造"完整的人"为目的，美育是修养不可或缺的方面；对于洪堡而言，修养不仅是个人实现自身完善的唯一途径，也是人类进步的必经之路。他在《关于人修养的理论》("Theorie der Bildung des Menschen"，1793)一文中谈到了"在我们自身当中把握人类"，认为这是"我们存在的最终任务"，"要完成这一任务，只能通过将我们自己与外界结合为最普遍、最有活力又最自由的互动"。② 他接着写道："从一个民族、一个时代，从整个人类……那里，人们渴求什么？

---

① 参见 Ludwig Fertig：*Zeitgeist und Erziehungskunst. Eine Einführung in die Kulturgeschichte der Erziehung in Deutschland von 1600 bis 1900*. Darmstadt：Wissenschaftliche Buchgesellschaft 1984，S. 353.

② Wilhelm von Humboldt："Theorie der Bildung des Menschen. Bruchstück". In：ders.：*Wilhelm von Humboldts Gesammelte Schriften*. 17 Bände. Hg. von der Königlich Preussischen Akademie der Wissenschaften. Abtl. 1. Band 1. Berlin：Behr 1903，S. 283.

人们希望，尽可能被广泛传播并影响深远的修养、智慧和美德充盈在他们中间……人类这一概念……从而获得高尚而有尊严的内涵。”[①]也就是说，个体与整体、自我与外界密不可分，自我修养终将汇成人类进步的潮流。其中无疑蕴含着一种积极的人类学观点，即借助教育实现个体及全人类的进步和完善。

值得一提的是，修养与教育是既有区别，又有交集的两个概念，它们都属于 1800 年前后教育学知识的范畴。人类学自诞生以来，便为教育学提供了必要的依据，参与推动了教育学话语的繁荣。教育学的目标就是使人成为真正的人、完善的人，或是新人文主义意义上的人，或是人类学话语意义上的人。其中的知识、方案、理想又与人类学及文学、美学系统进行着充满张力的互动。

在 1803 年由弗里德里希·特奥多尔·林克（Friedrich Theodor Rinck）整理和出版的讲稿集《教育学》（*Über Pädagogik*）中，康德明确指出，“人是惟一必须受教育的造物”，“人类应当通过自己的努力，把人性的全部自然禀赋逐渐地从自身发挥出来”。[②] 教育学所关

---

① Wilhelm von Humboldt: “Theorie der Bildung des Menschen. Bruchstück”. In: ders.: *Wilhelm von Humboldts Gesammelte Schriften*. Abtl. I. Band 1. a. a. O., S. 284.

② [德]康德：《教育学》，见李秋零主编：《康德著作全集》第 9 卷，441 页。

注的问题是：人如何成为人，人采用哪些最优化的手段来发展自身或影响他人。作为现代社会的基本构成单位，家庭无疑是教育的先行场所，因而有许多关于家庭教育的论著。除了家庭，国家、社会机构也是教育的主力军，关于学校教育和团体教育也有许多讨论。

教育者主张因材施教，为个体发展提供理性的、适当的引导。同时，教育者自身也面临自我教育的问题。家庭中父母教育孩子，学校里老师教育学生，那么家长和老师由谁来教育？著书立说的教育学家由谁来教育？——除了专门针对教育者群体的书籍之外，更重要的则是针对自身的教育，或者更恰当地说，是如何修养自身。机构性的教育或可中断，自我修养却不应停止。教育往往具有实用性要求，而修养的含义则更全面，更注重人由内而外的完善。此外，教育也为修养提供必要的准备，接受了良好的家庭教育、学校教育的人，会更容易踏上修养之途。

修养与教育的侧重点不同。现代广泛使用的《杜登词典》的词条释义偏重二者的相似性，用“教育”来解释“修养”词条。[①] 而参照更早的《格林德语词典》，我们可以看出，教育与修养所偏重的方向不同，前者强调外界

---

① 参见 *Duden. Das große Wörterbuch der deutschen Sprache in sechs Bänden*. Band 1. Mannheim/Wien/Zürich：Bibliographisches Institut 1977-1981. S. 391.

的介入，后者则偏重由自身出发的内外互动及其动态过程。Erziehung的动词形式 erziehen 的与教育相关的含义最初可能是用在幼鸟身上的，之后也用于四足动物及植物，再其后才逐渐适用于人，主要针对孩子；此外也涉及抽象层面，如自然对心灵的教育。[①] 关于修养的意义前文已有论述，它在赫尔德、洪堡等人笔下生发、繁荣，与新人文主义相结合，后又受到唯心主义的影响[②]，更强调个体的认知禀赋和全面发展，主体拥有较大的自由空间，更具自治性。在教育中，施教者对受教者的教化有时也隐含着限制与束缚，因为其中往往包含权力关系，教育者处于更为优越的地位。同时，需要注意的是，在强调内外结合、和谐发展的 18 世纪晚期，单纯的修身、宗教性的静修并不等同于修养，因为修养的维度更广，须包含自我与社会的关系。此外，从社会、人类等普遍意义上说，教育和修养相似，基本上可以混用，如“对人类的教育”与“人类修养”的含义在很大程度上是重合的，而二者经常共同指向“人性”。1800 年之后，诸如“教育学”这样的词更为常见，而“修养”也与国家、机构越来越紧密地结合在一起，洪堡致力于将修养

① 参见 *Deutsches Wörterbuch von Jacob Grimm und Wilhelm Grimm*. Band 3. a. a. O. , S. 1091-1093.

② 参见 Wolfgang Hörner/Babara Drinck/Solvejg Jobst：*Bildung, Erziehung, Sozialisation. Grundbegriffe der Erziehungswissenschaft*. Opladen/Berlin/Toronto u. a.：Barbara Budrich 2008，S. 10.

提升为教育纲领，推动了普鲁士的教育改革。[①] 康德也认为，对儿童的恰当教育最终能够推动人类的进步，使群体达到更好的状态，实现人性的完善："教育艺术的一个原则应特别为那些制订教育计划的人士所牢记，它就是：孩子们受教育，应当不仅适合人类当前的状态，而且适合人类未来更好的状态，亦即适合人性的理念及其整个规定。"[②]"**在人**(作为尘世间惟一有理性的造物)**身上，那些旨在运用其理性的自然禀赋，只应当在类中，但不是在个体中完全得到发展**。"[③]在1800年前后，教育与修养的最高目标趋于一致，都是培养"完整的人"。费希特概括地指出了这一目标："如今，这种教育不再像我们今天一开始说的那样，似乎只是将学生引向纯粹美德的艺术，而是作为一种将'完整的人'彻底地、完全地

---

① 此处将 Bildungsreform 译为"教育改革"(而非"修养改革")更恰当。此项改革也说明学校须以培养人性和全面发展的人为最终目的。1806年，德意志民族神圣罗马帝国最终解体。同年，普鲁士国王在反法战争中遭遇失败，不利的局面迫使普鲁士推行一系列改革。在教育领域，威廉·洪堡被委以重任，自1809年起他担任内政部文化教育司司长。他所实行的改革措施包括：1809年提出两种学校设计，1810年引入教师资格考试，1812年在全国范围内统一实行中学毕业考试，以及1809年于柏林建立弗里德里希·威廉大学(Friedrich-Wilhelms-Universität)，即今日的洪堡大学。哲学家黑格尔、费希特等人都曾在此任教。洪堡主张将研究与教学相结合，倡导从自身意志出发的自由科学及个人的全面塑造，这些至今仍是德国大学的理念。

② [德]康德：《教育学》，见李秋零主编：《康德著作全集》第9卷，447页。

③ [德]康德：《关于一种世界公民观点的普遍历史的理念》，见李秋零主编：《康德著作全集》第8卷，25页，北京，中国人民大学出版社，2010。

塑造为人的艺术，因而更具启发性。”[①]

当时层出不穷的教育学说和教育论著反映出教育学话语的繁荣。从中我们可以看到知识的生产和传播过程，教育知识与印刷媒介及社会机构的结合，多层次的教育知识以书籍形式广泛进入家庭、学校，进入人们的意识，影响和塑造着人的思想、行为及交往方式。综观当时的教育学知识，有以下几个特征。首先，与人类学知识一样，这一领域注重观察和经验，重视将理论、学说与实践紧密结合，教育学知识最终要应用于人。德国首位教育学教授恩斯特·克里斯蒂安·特拉普（Ernst Christian Trapp）在《教育学探讨》（*Versuch einer Pädagogik*，1780）中考察教育的必要性、可能性及其定义、认识来源等，特拉普很重视教育学说的直接经验来源，他指出教育学的理论知识都应源于实践。[②] 作家、教育学家约阿希姆·海因里希·坎佩（Joachim Heinrich Campe）致力于改良学校等教育机构，他于 1785—1792 年主编了《论学校及教育机构的全面整改：由实践教育家团体编撰》（*Allgemeine Revision des gesamten Schul- und Erziehungswesens von einer Gesellschaft praktisch-*

---

① Johann Gottlieb Fichte：*Reden an die deutsche Nation*. In：ders.：*Schriften zur angewandten Philosophie*. *Werke II*. Frankfurt am Main：Deutscher Klassiker Verlag 1997，S. 584.

② 参见 Notker Hammersteinl/Ulrich Herrmann（Hg.）：*Handbuch der deutschen Bildungsgeschichte*. Band II. München：Beck 2005，S. 116.

er Erzieher)[1]，其标题便反映出坎佩对实践的重视。而享有欧洲“平民教育之父”之称的瑞士教育家约翰·海因里希·佩斯塔洛齐(Johann Heinrich Pestalozzi)的代表作《格特鲁德如何教育孩子：书信指南——试论母亲如何亲自教导孩子》(*Wie Gertrud ihre Kinder lehrt. Ein Versuch den Müttern Anleitung zu geben, ihre Kinder selbst zu unterrichten, in Briefen*, 1801)则是家庭教育指南的典范，尤其为母亲提供了子女教育的准则。

其次，此时的教育学话语已极为细化，尤其是针对大众的教育作品，从多方面给出了细致的规定和说明，如各类指导手册中关注教育与惩罚的关系[2]、专门针对

---

① 神学家、作家、教育改革家约翰·施图韦(Johann Stuve)在丛书的第1卷“教育的普遍准则”这个部分首先强调了认识人的重要性：“没有真正认识的东西，我是无法做出恰当判断的，也无法恰当对待。……对人的认识意味着，熟悉其身体和精神本性、布局和力量；了解这种力量依循怎样的法则呈现和发展；了解人被规定于何种目的，以及他如何以最好的方式实现这种规定。”这段话同样说明人类学知识是教育学的前提。参见 Johann Stuve: “Einleitung über die Wichtigkeit und Nothwendigkeit der Kenntniß des Menschen für den Erzieher”. In: Joachim Heinrich Campe (Hg.): *Allgemeine Revision des gesamten Schul- und Erziehungswesens von einer Gesellschaft praktischer Erzieher. Erster Theil*. Hamburg: Carl Ernst Bohn 1785, S. 235f.

② 如坎佩的《论奖赏与惩罚中的合目的性与不合目的性》(*Über das Zweckmäßige und Unzweckmäßige in den Belohnungen und Strafen*, 1788)。

男孩或女孩的教育、受教过程中休息与游戏的作用[①]、如何制定课时时长、教学过程中的读与写、对穷人孩子的教育，等等。重要教育家克里斯蒂安·戈特希尔夫·扎尔茨曼(Christian Gotthilf Salzmann)的一本教育手册第3版出版时更名为《小龙虾之书或子女不当教育说明》(*Krebsbüchlein oder Anweisung zu einer unvernünftigen Erziehung der Kinder*，1792)，其中分析了不恰当的教育方法及其不良后果，用各种反例来警示父母和教育者。[②] 此外，他也提供了正面的教育指南，如《康拉德·基弗或曰恰当子女教育说明》(*Konrad Kiefer oder Anweisung zu einer vernünftigen Erziehung*)及《蚂蚁之书或对教育者的恰当教育说明》(*Ameisenbüchlein oder Anweisung zu einer vernünftigen Erziehung der Erzieher*)。从以上例子我们可以看出，教育在当时已经相当普及，不但进入了家庭，而且与学校等机构相关，课堂教学、培训等手段作为家庭教育的必要补充，与道德和社会教化相关。然而，正是由于这些细化的规定，秩序约束下的教化可能会限制人的发展，机构化与体系化的教育学知识不仅拥有启蒙运动以来理性与进步的权力，甚至可能形成

---

① 如歌德时代知名教育学家古茨穆茨(Johann Christoph Friedrich Guts-Muths)的《促进身体与精神锻炼及休息的游戏》(*Spiele zur Übung und Erholung des Körpers und Geistes*，1796)。

② 各小节标题如"使子女憎恶自己的方法""令子女自私自利的方法""教会子女幸灾乐祸的方法"等。

一种暴力。文学作品对教育学知识体系的反思尤为明显。

再次，受到让-雅克·卢梭(Jean-Jacques Rousseau)及修养话语影响的教育学知识强调人的“自然禀赋”(Naturanlage)和各种力量均衡、全面的发展，主张在尊重个体独特天性的基础上，对其加以引导，这也是预防上述暴力产生的途径。康德提出“一种把人里面的所有自然禀赋都发展出来的教育的理念”，认为“在人性中有许多胚芽，而现在，把自然禀赋均衡地发展出来，把人性从其胚芽展开，使得人达到其规定，这是我们的事情”。① 在1806年出版的《蚂蚁之书》中，扎尔茨曼写道，教育就是“青少年力量的发展和锻炼”②，教育者应尽力

① [德]康德：《教育学》，见李秋零主编：《康德著作全集》第9卷，444～445页。康德用的“胚芽”这个隐喻对于歌德而言定不陌生，他曾亲自从事植物学实验，记录植物生长的过程。植物的胚芽是有自然生发的力量，并有一种自然的规定性，从中人们可以看到一种自然法则、至高力量推动的合目的性，同样，人只要沿着天性的方向进行合目的性的发展，便可达到“至高规定的完满”(见歌德1799年所作的《植物的变形》一诗，原诗标题为 *Die Metamorphose der Pflanzen*)。歌德对植物、动物的形态学观察是建立在动物学家、人类学家约翰·弗里德里希·布鲁门巴赫(Johann Friedrich Blumenbach)的研究基础上的，布鲁门巴赫曾写过题为《关于成型冲动》(“Über den Bildungstrieb”，1789)的文章，歌德后来也写过名为《成型冲动》(“Bildungstrieb”)的文章，从中我们可以看出自然科学是如何参与构建教育学话语的。通过观察植物、动物生长，自然界的动植物与中世纪的神一样，成为人定位自身时的参照。宗教意义上的道德宣判转换为从自然科学的观察出发把握人，将人看作一种合目的性的、在另一种规定之中生长和发展的生命有机体。

② Christian Gotthilf Salzmann：*Ameisenbüchlein oder Anweisung zu einer vernünftigen Erziehung der Erzieher*. Hg. von Theo Dietrich. 2. Aufl. Bad Heilbrunn：Klinkhardt 1964，S. 25.

使未成年人自愿趋向好的事物、做好的事情，而不是因为他人的吩咐或禁止，也并非出于对奖赏的追求或对惩罚的害怕；在结语中，他强调，即使有良好的意愿和得当的训练，也要看个人的自然禀赋是否适宜从事某种行业，教育者应该牢记这一点，而不能强迫之。① 在《论人各种力量发展的法则》（“Über die Gesetze der Entwicklung der menschlichen Kräfte”，1791）一文中，洪堡指出，要具体分析人体内的各种力量，并在个体身上探寻它们发展的法则，从而促进整个人类的发展；各种力量相辅相成的共同作用是无限而永不止息的。② 在另一篇文章中，洪堡再次强调：“人的真正目的——不是多变的喜好，而是永恒不变的理性为他规定的目的——是最大限度且按照最恰当的比例，将各种力量塑造成一个整体。”③

重视实践而力图避免“不能实行的美好的方案”④的卢梭在教育学著作《爱弥儿：论教育》（*Émile ou De*

---

① 参见Christian Gotthilf Salzmann：*Ameisenbüchlein oder Anweisung zu einer vernünftigen Erziehung der Erzieher*. a. a. O.，S. 44f. u. S. 67.

② Wilhelm von Humboldt：“Über die Gesetze der Entwicklung der menschlichen Kräfte. Bruchstück”. In：ders.：*Wilhelm von Humboldts Gesammelte Schriften*. Abtl. I. Band 1. a. a. O.，S. 90，S. 93 u. S. 95.

③ Wilhelm von Humboldt：“Ideen zu einem Versuch，die Gränzen der Wirksamkeit des Staats zu bestimmen”. In：ders.：Wilhelm von Humboldts *Gesammelte Schriften*. Abtl. I. Band 1. a. a. O.，S. 106.

④ [法]卢梭：《爱弥儿：论教育》，李平沤译，29页，北京，商务印书馆，1996。

l'éducation，1762)中展现了一个男孩未经异化的成长之路。这个虚构的成长故事讲述了教育者如何使学生远离城市和社会的恶劣影响，保存并发展其天性。在此，教育学知识的建构是动态的过程，既与具体的教育实验，又与交往场景的虚构，对角色性格、行为的想象和演示密切相关。[①] 卢梭提及现代社会的异化和分裂，当时的德国新人文主义试图用修养和总体性理念来解决这种分裂[②]，虽说席勒不止一次地提及当时人的分裂和异化，佩斯塔洛齐在《对人类发展中自然进程的探究》中也写到过异化现象，但最终，教育者们仍希望以美育等教育学手段消除这种异化现象。

卢梭强调天性顺应自然的发展。在《爱弥儿：论教育》中，他对文化和城市持批判态度，主张对孩童进行消极教育。开篇他便写道："出自造物主之手的东西，都是好的，而一到了人的手里，就全变坏了。"[③]然而，1800 年前后德国的教育学话语恰恰崇尚适当的引导，并对人类的文化和进步持乐观态度。人们欣然希望通过恰当的、理智的教育引导孩童成长，使其在合适的教育环

---

① 参见 Roland Borgards/Harald Neumeyer/Nicolas Pethes u. a. (Hg.)：*Literatur und Wissen. Ein interdisziplinäres Handbuch*. a. a. O.，S. 318f.

② 参见 Notker Hammerstein/Ulrich Herrmann (Hg.)：*Handbuch der deutschen Bildungsgeschichte*. Band II. a. a. O.，S. 105.

③ [法]卢梭：《爱弥儿：论教育》，5 页。

境中得到最好的发展，并自觉选择有益的事物。[①] 受卢梭影响颇大的让·保尔曾写道："在卢梭那里似乎只表现为纯粹消极的教育既自相矛盾，又同样与现实矛盾，这种现实是有机的生命，它无须刺激便繁茂生长，就连少数被俘获的丛林里的野孩子也享有他们周围飞禽走兽所享有的积极教育。"[②]佩斯塔洛齐在教育小说《林哈德与格特鲁德：简化民众教育准则的尝试》(*Lienhard und Gertrud. Ein Versuch, die Grundsätze der Volksbildung zu vereinfachen*, 1781—1787)中写道："若人放任自我，不经管束地长大，那么他的天性便是懒惰、无知、粗枝大叶、草率、轻信而浅陋、胆怯，同时又贪婪无度……"[③]他强调社会和人的道德修养，认为虽然刚出生的孩童如一张白纸，尚未沾染恶习和痛苦，但很容易走入歧途，需要人引导和规定其天性，使其经受文化的改造，接受社会的限制。[④] 相应地，卢梭所说的自然状

---

① 参见 Christian Gotthilf Salzmann：*Ameisenbüchlein oder Anweisung zu einer vernünftigen Erziehung der Erzieher*. a. a. O., S. 69.

② Jean Paul：*Levana oder Erziehlehre*. In：ders.：*Sämtliche Werke*. Hg. von Norbert Miller. Lizenzausgabe des Hanser Verlags. Abtl. I. Band 5. Frankfurt am Main：Zweitausendeins Verlag 1996，S. 559.

③ Johann Heinrich Pestalozzi：*Lienhard und Gertrud. Ein Versuch, die Grundsätze der Volksbildung zu vereinfachen*. Ganz umgearbeitet. 3. Teil. Zürich/Leipzig：Ziegler & Söhne 1792，S. 114.

④ 参见 Johann Heinrich Pestalozzi：*Meine Nachforschungen über den Gang der Natur in der Entwicklung des Menschengeschlechts*. Hg. von Arnold Stenzel. 3. Aufl. Bad Heilbrunn/Obb.：Klinkhardt 1983，S. 55ff.

态下的人在康德那里则成为伦理学和目的论层面的人。[①]康德最终关心的是人如何通过学习变成能够和应该成为的样子，他认为由人性统率的、与道德相关的文化是人类发展的更高阶段："我们已在很高程度上通过艺术和科学而**开化**。我们已**文明化**得对各种各样的社会风度和礼仪不堪重负。但是，认为我们已经**道德化**，那还差得很远。"[②]

卢梭提及的义务与内心倾向之间的矛盾是教育学家无法回避的问题，他使爱弥儿远离社会义务，依照自己内心的想法生活。然而，在康德、歌德和洪堡等人那里，义务与内心倾向之间、服从法则的公民与自由的人之间的矛盾能够也应当得到调和。用康德的话来说："教育最大的问题之一就是：人们怎样才能把服从于法则的强制与运用自己自由的能力结合起来？"[③]卢梭本人也主张使孩子获得"有节制的自由"[④]。当然，他说的节制并不意味着城市文明的干涉。在康德看来，发展自由意志并非享有绝对自由，而应当协调自由与限制之间的关系。歌德也曾写下这样的诗句："在限制中才显出大

---

① 参见 Ernst Cassirer：*Rousseau*，*Kant*，*Goethe*. Hg. von Rainer A. Bast. Hamburg：Meiner 1991，S. 22.

② [德]康德：《关于一种世界公民观点的普遍历史的理念》，见李秋零主编：《康德著作全集》第 8 卷，33 页。

③ [德]康德：《教育学》，见李秋零主编：《康德著作全集》第 9 卷，453 页。

④ [法]卢梭：《爱弥儿：论教育》，93 页。

师的本领，/只有规律才能够给我们自由。”[①]在《强制》(*ΑΝΑΓΚΗ*，*Nötigung*)这首短诗中，他写道，一切意志“都只是一种意愿，因为我们也正应如此，/而任性在意愿面前沉默无言”[②]。他在戏剧作品《陶里斯岛的伊菲格尼亚》(*Iphigenie auf Tauris*，1787)中塑造的伊菲格尼亚这一女性角色徘徊在思乡、亲情(自身倾向)与责任、忠诚(外在义务)之间，最终她甘愿选择后者，并化解了原本看似不可逆转的冲突。这象征着人性和新人文主义理念的胜利，而义务与倾向之间的矛盾也得到了调和。

1800 年前后的教育学话语倾向于构建个人与社会、自我与他人之间的和谐，试图解决个人自由与社会限制之间的矛盾，这一点暗合以个体的发展带动社会和人类发展的乐观理念，因为二者的目标是一致的。歌德在《以斯宾诺莎为据的研究》(“Studie nach Spinoza”)一文中说道：“在每个生物体内，我们称作部分的东西都与整体不可分割，因其只能在整体之中、与整体放在一起被理解。”[③]整个社会好似一个生物体，部分与整体不可分割。相应地，人不是远离社群的独居者，而是行动的

---

① [德]歌德：《自然和艺术》，钱春绮译，见《歌德文集》第 8 卷，222 页，北京，人民文学出版社，1999。

② Johann Wolfgang Goethe：*ΑΝΑΓΚΗ*，*Nötigung*. In：ders.：*Goethes Werke*. HA. Band 1. 11. Aufl. München：Beck 1978，S. 360.

③ Johann Wolfgang von Goethe：*Gothes Werke*. HA. Band 13. a. a. O.，S. 8.

人，在发展自身的同时服务社会的人。在这种和谐修养之中，洪堡看到了个体影响社会的可能："因而，当这有修养的人进入实践生活当中，当他在自身及外部拿自己吸收的东西创造出新的硕果之时，他会呈现出至高的美。"[①]这并非意味着纯粹将人定义为市民，也并非认识不到市民社会的实用规则对人的束缚，而是在不限制个体发展的前提下，使人更好地融入社会，塑造配合彼此运行的社会与个体。

最后，还需强调的是，1800年前后的教育学知识体系中亦不乏美学的参与。一方面，艺术修养是修养知识的一个重要方面，是教育学话语不可缺少的组成部分；另一方面，艺术和文学同样参与建构了当时的教育学知识体系，影响着话语结构。

被施莱格尔誉为"出身于德国的真正世界公民"[②]的游记作家福斯特不仅关注革命和政治，而且关注人的教育及德国民族的修养问题。1788年，他担任美因兹市的图书馆馆员，在工作期间写出了《论地域性和普遍性修养》("Über lokale und allgemeine Bildung"，1791)及《给一位德国作家的信简断章——关于席勒的〈希腊的群

① Wilhelm von Humboldt："Ideen zu einem Versuch，die Gränzen der Wirksamkeit des Staats zu bestimmen". In：ders.：*Wilhelm von Humboldts Gesammelte Schriften*. Abtl. I. Band 1. a. a. O.，S. 172.

② Zit. n.："Textgestaltung und Textvorlagen". In：Georg Forster：*Schriften zu Natur，Kunst，Politik*. Hg. von Karl Otto Conrady. Hamburg：Rowohlt 1971，S. 211.

神〉》(“Fragment eines Briefes an einen deutschen Schriftsteller über Schillers Götter Griechenlands”, 1789)等文章。他在《论地域性和普遍性修养》中指出，不同地区的人之间有诸多差异性，不应怀着优越感抹杀这种多样性，而应保留这种多样之美。[1] 在此基础上，他反思了本土文化，认为德国乃至欧洲社会存在教育方法上的失误，即机械化、片面化的倾向，过于重智性而轻感性和审美，致使想象力缺失。他写道，诗人的艺术“在一个研究哲学的时代比在其他任何时代都更为必要；几乎可以认为，柏拉图想确知诗人已被驱逐出其共和国时，是他同时代的民众当中一种恰与当今趋势相反的潮流促使他做出那个判断。他的雅典人民确有太多的幻想和太少的严肃理性；而我们的情况大多时候是反过来的”[2]。他期望以美育改造人，使理性、情感与幻想“统一于最美妙的舞蹈”[3]，共同发挥作用。在《断章》一文中，福斯特进一步强调，人的最终任务是实现人类社会的完善。[4] 他在文中分析了席勒 1788 年的诗作《希腊的

---

① 参见 Georg Forster：“Über lokale und allgemeine Bildung”. In：ders.：*Schriften zu Natur*，*Kunst*，*Politik*. a. a. O.，S. 83f.

② Ebd.，S. 88.

③ Ebd.，S. 89.

④ 参见 Gerhard Steiner：Einleitung. In：*Forsters Werke in zwei Bänden*. Hg. von den Nationalen Forschungs- und Gedenkstätten der klassischen deutschen Literatur in Weimar. Band 1. Berlin/Weimar：Aufbau 1968，S. XXVII.

群神》，诗中勾画了相互对立的两个世界：人与神相亲相近的、充满爱和艺术之美的古希腊神话中的世界，以及分裂、片面、危机重重的现代社会。席勒受到温克尔曼等人的影响，向往古希腊的理想世界，因为在那里人是和谐的整体，具备高贵的人性，各种力量间虽有对抗，但仍能均衡发展："若人**应该**一直**仅**保持人的样子——并**能够**一直保持。……古希腊人不过是将他们的神灵描绘成更为高贵的人，从而使人近于神。神与人源自**同一**家庭。"这个"曾经高贵"的民族生活在"金色的时代"，他们信仰"真与美"，而"美德与美不过是一母同胞的姐妹"。[①] 席勒与福斯特一样，尤为强调美对于人性塑造的关键作用，他的方案中的"完整的人"以古希腊时代人的形象为理想，但同时也打上了新的时代印记，反映出 1800 年前后文化空间中事物的新秩序。[②]

席勒的《审美教育书简》不仅是一部人类学、哲学著作，而且是 18 世纪末审美教育的代表作。在这部作品中，他针对现实的分裂状况——物质与精神、感性与理性、美与实用的分裂，宣扬美学意义上的"完整的人"，

---

① Friedrich Schiller："Brief eines reisenden Dänen. Der Antikensaal zu Mannheim". In：ders.：*Sämtliche Werke in 5 Bänden*. Band V. München：Hanser 2004，S. 883f.

② 在《审美教育书简》的第二封信中，席勒写道："我不想生活在另一个世纪，也不想为另一个世纪而工作。人是时代的公民，正如他是国家的公民一样。"

并指出，在当时的社会状况下，“人性的整体”①只有借助于审美才能实现。他将艺术作为至高的教育者和拯救者——社会政治状况堪忧，没有好的出路，美学则提供了自由的疆域，由此可以最终实现政治的自由王国。席勒指出，同时代的人面临分裂和异化，是文明本身造成了“这种创伤”：“只要一方面由于经验扩大和思维更确定因而必须更加精确地区分各种科学，另一方面由于国家这架钟表更为错综复杂，因而必须更加严格地划分各种等级和职业，人的天性的内在联系就要被撕裂开来，一种破坏性的纷争就要分裂本来处于和谐状态的人的各种力量。”②

“现在，国家与教会、法律与道德习俗都分裂开来了；享受与劳动、手段与目的、努力与报酬都彼此脱节了。人永远被束缚在整体的一个孤零零的小碎片上，人自己也只好把自己造就成一个碎片。”③社会对职业性的片面强调和对特定技能、专门知识的要求使人无法得到整体发展，非实用的禀赋与力量被压抑、忽略，无法如康德、洪堡等人希望的那样，通过机构化的教育促进各种力量得到均衡、全面的发展。因而，美育的任务就在于重构完整的天性，在使个体与社会统合的基础上，保

① ［德］弗里德里希·席勒：《审美教育书简》，171 页。
② ［德］弗里德里希·席勒：《审美教育书简》，46～47 页。
③ ［德］弗里德里希·席勒：《审美教育书简》，48 页。

证个体的自由和多样性，这也是洪堡所提倡的，教育应在保障公民与国家和谐共进的同时，保留个体的多样性。席勒指出，“从事教育和政治的艺术家”应该将人“既当作他的材料又当作他的任务”，“国家艺术家”必须“爱护他的材料的特性和人格”。①

“我们知道，心的感受性的程度取决于生动性，而它的范围取决于想象力的丰富。但是，分析功能占了上风，必然会夺走幻想的力与火……因此，抽象的思想家常常有一颗冷漠的心……务实的人常常有一颗狭隘的心。”②针对理性主义和实用主义造成的分裂，“培育感觉功能是时代更为紧迫的需要”③。与福斯特一样，席勒主张用生动的想象力润泽抽象的理性，使二者和谐互动，共同促进人的发展。康德在 1790 年出版的《判断力批判》中对此亦有所论述，他认为在审美和鉴赏判断中，认识能力处在自由的游戏中，形成表象的想象力与形成概念的知性协调共舞。④ 在康德学说的基础上，席勒提出需要由美来平衡感性冲动与形式冲动，使其结合为游戏冲动，“说到底，只有当人是完全意义上的人，他才游戏；只有当人游戏时，他才完全是人”⑤。也就是说，

---

① [德]弗里德里希·席勒：《审美教育书简》，34～35 页。

② [德]弗里德里希·席勒：《审美教育书简》，51 页。

③ [德]弗里德里希·席勒：《审美教育书简》，66 页。

④ 参见[德]康德：《判断力批判》，见李秋零主编：《康德著作全集》第 5 卷，225 页，北京，中国人民大学出版社，2006。

⑤ [德]弗里德里希·席勒：《审美教育书简》，124 页。

只有通过美育激发人的游戏冲动，才能平衡人的直观感性和抽象理性。

在席勒那里，美是人性完善的一个必要条件，与卢梭不同，他认为艺术最终应当超越自然。“谁若不敢超越现实，谁就永远得不到真理。”[①]自然是人“原来的创造者”，而美是人的“第二‘创造者’”。[②]“文明的最重要任务之一，是使人在他纯粹的物质生活中也受形式的支配，使人在美的王国能够达到的范围内成为审美的人，因为道德状态只能从审美状态中发展而来，而不能从物质状态中发展而来。”[③]与康德一样，席勒也将审美教育与道德状态挂钩，但这并不意味着审美仍受道德的制约，而是意味着两者具有一种先天的关联。席勒并非将审美当作逃避现实的工具，而是将其作为修补当时片面教育的途径，可谓一种“美学人文主义”[④]。

1800年前后的教育学话语建立在当时积极的人类学话语的基础上，与文学、美学亦有密切互动。它以培养“完整的人”为首要目标，但也不乏其他次要目标。教育方案中包含着可能的等级关系、权力和暴力因素，也包含着陷入理性至上或实用主义的危险；同时，这片知识

---

① ［德］弗里德里希·席勒：《审美教育书简》，84页。

② ［德］弗里德里希·席勒：《审美教育书简》，169页。

③ ［德］弗里德里希·席勒：《审美教育书简》，183～184页。

④ Gerhard Mertens/Ursula Frost/Winfried Böhm u.a.(Hg.)：*Handbuch der Erziehungswissenschaft*. Band 2：*Allgemeine Erziehungswissenschaft* II. Paderborn/München/Wien：Schöningh 2011，S.105.

场域里也包含了自我调整和自我修正的可能，它规定人、塑造人，同时也尽力规避社会造成的人的分裂、异化和危机。在浩如烟海的著作、纷繁的理念和方案背后，是对人多层次、多方位的全面构想。

第三章 《威廉·迈斯特的学习时代》与“完整的人”

作家与人类学家和教育学家一样，参与了时代的思考与论争，文学这一独特的体系存在于时代知识秩序当中，与文学外话语一道对人的意识、感知和交往施加影响，我们从文学作品中亦可看出“对主体的文学人类学建构：发现和创造完整的人”①。其中，修养小说无疑是不可忽略的组成部分。

《学习时代》这部修养小说领域的典范之作完成于 18 世纪末。当时，人们吸收了启蒙运动时期宣扬的理性思想，延承了启蒙运动时期重视的教育传统，不过理性已并非唯一标准；文学领域经历了 18 世纪下半叶的狂飙突进运动，经历了激情的迸发及对天才的极度推崇，行至渐趋节制的 18 世纪末期。值此过渡阶段，无论是社会还是文学领域，都从相对单纯的潮流走向更综合、更

---

① Hans-Jürgen Schings：“Vorbemerkung”. In：ders.：*Der ganze Mensch. Anthropologie und Literatur im 18. Jahrhundert.* a. a. O.，S. 4.

包容的多样性。这个时期既有对此前时代的延续，也有对历史的反思和质疑。《学习时代》并不单纯是在思想启蒙或教化的意义上谈论修养，而是基于所处的时代，将时代的问题以独特的方式编织进叙事当中。

弗里德里希·施莱格尔1798年的著名论断几乎无人不晓：法国大革命、费希特的科学论及歌德的迈斯特是当时最显著的三大趋势。① 同时，《学习时代》推动了小说这种文学样式发挥更大的作用："文学系统主要有两个问题领域与市民性密切相关，即中间三分之一世纪的戏剧、后三分之一世纪的小说。"②在《学习时代》中也有关于戏剧和小说这两种文学体裁的讨论。1819年，德国语文学教授卡尔·莫根施特恩(Karl Morgenstern)在题为《论修养小说的本质》("Über das Wesen des Bildungsromans")的报告中提出了"修养小说"这个当时尚未通行的概念，认为修养小说有两个特征：一是它的内容为对主人公的塑造和培养，直至他在一定程度上实现人性的完善；二是这类小说与其他小说相比会更有力地促进读

① 参见 Friedrich Schlegel: *Friedrich Schlegel. Kritische Ausgabe seiner Werke*. Hg. von Ernst Behler u. a. Abtl. 1. Band 2. Paderborn München/Wien: Schöningh 1967, S. 198.

② Hans-Edwin Friedrich/Fotis Jannidis/Marianne Willems: "Einleitung". In: dies. (Hg.): *Bürgerlichkeit im 18. Jahrhundert*. Tübingen: Niemeyer 2006, S. XIII.

者的修养。[①] 莫根施特恩将《学习时代》奉为修养小说的典范，因其范式性地展现了一个人——而非艺术家、政治家、学者或市民——如何经历全面塑造，展现人如何于内在禀赋和外部世界的互动中渐趋人性的平衡与完善。[②] 后世的修养小说或反修养小说多受到这一原型的影响。诺瓦利斯未完成的《海因里希·冯·奥夫特丁根》(*Heinrich von Ofterdingen*，1802)，让·保尔的长篇小说《泰坦神》(*Titan*，1800—1803)，以及 E. T. A. 霍夫曼的《雄猫穆尔的生活观及乐队指挥约翰内斯·克莱斯勒的传记断章》(*Lebensansichten des Katers Murr nebst fragmentarischer Biographie des Kapellmeisters Johannes Kreisler in zufälligen Makulaturblättern*，1819/1821)等作品，都与《学习时代》有千丝万缕的关联。

本章所要探讨的问题是，《学习时代》的主人公在发展过程中获取了怎样的修养和教育知识，这些修养和教育知识是通过哪些途径获得的，而这些知识与文学外的修养和教育知识之间有着怎样的关联；此外，小说如何回应当时对“完整的人”的关注和讨论，小说所设计的主人公在何种意义上可被称作“完整的人”。单纯用外部的

---

① 参见 Karl Morgenstern：“Über das Wesen des Bildungsromans”. In：Rolf Selbmann (Hg.)：*Zur Geschichte des deutschen Bildungsromans*. Darmstadt：Wissenschaftliche Buchgesellschaft 1988，S. 64. 此篇报告后刊登于 1820 年的《本土万象》(*Inländisches Museum*)杂志。

② 参见 ebd.，S. 65f.

知识话语、教育模型来解释这部小说，是远远不够的。小说自成体系，与外部话语的互动和反思都反映在小说编织的叙事之网中。

一、美与实用的平衡

《学习时代》由八部书组成，最初分四卷出版。主人公威廉·迈斯特是一位立志充分发展自己天性的年轻人。在成长之路上，他与不同类型的人物发生互动，不断反思自己过往的经历、调整自身的定位。他先是脱离了市民的经商生活，后又离开了不适宜个人修养的剧团，最终加入一个主要由开明贵族组成的团体，并拿到了学习阶段的结业证书。这一方面意味着他告别了学徒生涯，成了一个真正的人、“完整的人”，另一方面也说明了，他在这个团体的安排下投入有益的活动中。这个过程被狄尔泰视为人必不可少的经历空间：“在个体趋于个性成熟与和谐的途中，生活的不协调与冲突作为必要的过渡区间呈现。”[①]同时，小说中生动地呈现了不同的教育方案和对人的设想，在以主人公为核心展开情节的同时，并未抹杀各种丰富的可能性。威廉的成长过程既是不断获取多方面知识、平衡自身的过程，又是知识

---

① Wilhelm Dilthey：“Der Bildungsroman”. In：Rolf Selbmann（Hg.）：*Zur Geschichte des deutschen Bildungsromans*. a. a. O.，S. 121.

的生成和演示过程。

小说以戏剧元素开头——“这场戏演得很久”[①]——骤然将读者带入情节之中，而以威廉加入塔社、拿到结业证书、认同自己的职责、收获圆满的爱情收尾。主人公对戏剧和文学创作的狂热渐渐平息，进入了一种更开阔、更现实的生活，同时保留了自己天性中对美的向往。

威廉对戏子马利亚娜(Mariane)的爱与对戏剧艺术的爱交汇在一起，密不可分：“因为他初次看见她，是在演戏时增人美丽的光照中，他对舞台的爱好是和对一个女性的初恋联在一起的。”(6～7)他热烈地向她求婚，幻想两人未来的生活——他将她神圣化，她的形象与缪斯女神的形象交融在一起；并向她讲述他童年时是如何生发了对傀儡戏(Puppenspiel)的爱好的。但第一部书里的许多暗示表明他们的感情无法长久。身为演员的马利亚娜实际上并不热爱戏剧，也未赋予其以更高的意义：“由于他的胳膊抱得太紧，由于听见他激动而高亢的声音，马利亚娜才从睡梦中醒来，她爱抚他，隐瞒她的窘态：因为他的故事最后一部分她连一个字也没有听见，但愿我们书中的主人公将来能够得到更有心的听者，来听他心爱的故事。”(24)

---

① [德]歌德：《维廉·麦斯特的学习时代》，冯至、姚可昆译，见《歌德文集》第2卷，1页，北京，人民文学出版社，1997。本章在引用这部小说原文时将在引文后的括号内标明引文出处页码，不再另注。主人公的名字未按此译本，而是按照通行的译法译为“威廉·迈斯特”。

然而，与此同时，威廉“相信他领悟了光辉灿烂的运命的召唤，这运命的由来正是因为马利亚娜把手递给了他。他久已想摆脱这闭塞的，拖泥带水的市民生活，他现在可以脱离它了……他处在跟马利亚娜相爱的情境里，他所设想的高高的目标也比较接近了，在自得的谦逊中他把自己看成一个杰出的演员，一个将来国家剧院的创造者，他听说，这样的剧院正是许多人所渴望的。在他灵魂最幽深的地方一向轻眠着的一切，如今活动起来了”(26)。威廉沉浸在对爱情和剧院的幻想中，忽略了外界的反馈。后来，尽管爱情的破灭预示他无法继续剧团事业，但他仍是在经历了更多次碰壁之后，才明白舞台并非他的归宿。失去初恋的伤痛虽促使他远离伤心之地，并在病愈之后受父亲嘱托，出行办理商业事务，与外部世界有了更多的接触，但几经波折后，他再次进入剧团。

威廉在恋情失败后完全沉浸于痛苦之中，并开始贬损自己“作为诗人和戏剧家的才能”(66)。他激情澎湃的灵魂充满幻想而缺乏理性，因而在处事时常常走向极端。他费尽心机想要将“诗人世界”从灵魂里“排斥出去”(71)，硬把对市民生活的不屑调整为对商务的热情，后来却又在外出途中为剧团表演所吸引，而后长期留在剧团里。此时，他尚不懂得何为“完整的人”，何为美与实用、激情与理智之间的平衡。

威廉在先前的一次短途旅行中曾帮助过一对夫妇，

即书中多次出现的梅里纳(Melina)夫妇。在失恋后的旅途中，他在一个小城逗留，偶遇行至此地寻找工作的梅里纳夫妇。梅里纳说服威廉资助他收购了当地一个剧团及其物件，组织起新的小剧团。威廉长期留在剧团帮忙。在与形形色色的人交往的过程中，他逐渐了解到真实的剧团情形与他所曾设想的极为不同。在经历了一系列波折与迷茫之后，他终于下定决心告别这个剧团，开始另一种生活。在秘密团体“塔社”的引导下，他追思从前的错误，决心不再蹉跎度日，而要在更好的环境中继续自我的修养。如果将小说分为两大部分，那么第一部分主要涉及威廉的戏剧生涯，后一部分讲述的是他如何在塔社的引导下走上了另一条路。

《学习时代》的原型为《威廉·迈斯特的戏剧使命》(*Wilhelm Meisters theatralische Sendung*，1777—1785)，涉及的主要是《学习时代》的前一部分。从《威廉·迈斯特的戏剧使命》到《学习时代》的演变不仅可以看出歌德本人笔力的提升——他游历了古风弥漫的意大利，经受了古典文化的熏陶，将主人公较为单线的发展扩展为对更完善的修养的追求，而且也能追寻到时代变迁的踪迹，即从莱辛倡导的国家戏剧运动、席勒提倡的剧院作为道德机构发展至18世纪末对“完整的人”和新人文主义的追求。单纯的戏剧空间已无法承担教育使命，人需要走入更广阔的天地，调和艺术与生活的矛盾。在通向“完整的人”的道路上，威廉吸收的不同类型的知识，概括起来可分为两类——艺术知识与人生知识，二者缺一不可。这与他最后获得的结业证书内容相一致，他随身携带的这份羊皮纸卷的上半段“讲的是艺术鉴赏的发展”，下半段“谈的是生活问题”(520)；“每种天赋都是重要的，人们必须促使其发展。如果某一个人只促成美的事物，另一个人只促成有用的事物，那末，这两个人合在一起才构成一个人”(524)。

就艺术领域而言，威廉的感受力、创造力和鉴赏力是在其自身艺术禀赋的基础上不断发展的。从最初带着童心对傀儡戏的痴迷、阅读和创作的尝试，到与他人的交流、共事，以及在剧团中的实践，其中既可看到作为媒介的书籍的教育作用，也不乏实践过程中经验和知识的累积。具体而言，威廉的戏剧生涯经历了从模仿、表演到创造的过程，他如此回忆童年看傀儡戏时的感受：“如果说第一次演戏时我由于新奇和惊讶而感到欢悦，那么第二次演戏时所领略的就是因注意和研究而产生的极大的快乐了。”(10)在观察的过程中，他认识到自己最初痴迷傀儡戏是由于缺乏总体经验，而当他在后台看到傀儡活动的“真相”时，幻象的破灭使他陷入沉思。后来，他反复诵读自己喜爱的剧文，同时任由想象力驰骋：“我心中想象，要是我也能够用我的手指传给这些形体活的生命，那该有多么好!”(12～13)早期通过背诵剧本对记忆力进行的训练为他后来的舞台经历打下根基，而想象力对于艺术感知而言正是不可或缺的要素。

渐渐地，他开始从事创造性的工作，如设计舞台布景、制作服装、组织同龄人表演。虽然一切常常“半途而废”(16)，但反复的练习和实践对威廉后来的戏剧活动功不可没，如他自己所说的，这种游戏式的行为“并不是没有用。我们训练我们的记忆和我们的身体……这不是平素在这么小的年纪就能获得的”(23)。在表演、阅读、创作和与他人交流的过程中，他的身体和心灵都受到了美学锻炼。实践性的知识经由模仿的过程被纳入身体，不过，这种模仿并非一板一眼的照抄，而是充满了创新的可能的。人类学家、教育学家伍尔夫认为，处在文化当中的人的学习的过程往往就是模仿的过程，模仿并非纯粹的重复，而是在重复之中借助于想象和表演来创新，这对自我修养至关重要。①

求知欲使主人公进一步与书籍亲近，并在虚构的世界中促进自己想象天性的发展，读剧本、写剧本和表演是他当时最大的爱好。恋爱后，他对戏剧的热情更加高涨。与此同时，他也开始学习理论，有意识地阅读艺术批评家撰写的书籍，由此提高了鉴赏和分析能力。正如统合了审美与自由这两个层面的席勒所言，“观赏(反

---

① 参见 Christoph Wulf：“Mimetische Grundlagen kulturellen Lernens: Eine Forschungslücke als Chance für neue Ansätze”. In：Natascha Adamowsky/Peter Matussek (Hg.)：[*Auslassungen*]：*Leerstellen als Movens der Kulturwissenschaft*. Würzburg：Königshausen & Neumann 2004，S. 56 u. S. 58.

思)是人同他周围的宇宙的第一个自由的关系”[①]。协助梅里纳组建剧团之后，威廉继续发展自己创作和表演的才能，引导整个剧团练习、思考，带领他们进入伯爵府演出。在归途中，剧团遇到强盗，财物损失惨重，威廉又带队前去投奔剧院经理赛罗(Serlo)。在新剧团中，他更加热忱地参与到表演、组织等舞台实践中。他改善了演技，诵读和表演都更合情理而趋于自然，处理细节时更加节制，如他在后来写给童年的伙伴和后来的妹夫威纳(Werner)的信中说：“我自从离开了你，我从身体锻炼中得了许多好处；我摆脱了许多通常的狼狈不安，我表现得也更加得体了。同样我训练了我的语言和声音……同时我也产生了对文艺的爱好，对一切与文艺相关联的事物的爱好，产生了培养我的精神和趣味的需要。”(267)

从中一方面我们可以看出威廉对身体的重视，在人文主义修养理念中，塑造身体同培育精神一样，是不可或缺的环节；另一方面，在“审美假象”的“游戏”中，威廉培养着自己的趣味和鉴赏力，部分地完善了自己的修养，这似乎也是席勒所说的审美游戏的一次实践，因为在席勒看来，喜爱假象(Schein)、装饰和游戏是人脱离动物状态而获得人性的标志。[②] 同时，无论在席勒还是在康德、福斯特看来，真正的审美能力、鉴赏力都需要

---

① [德]弗里德里希·席勒：《审美教育书简》，203页。

② 此句中的两处引文及席勒的观点参见[德]弗里德里希·席勒：《审美教育书简》，215页。

理性的参与，人不能不加节制地盲从于自己的冲动与激情。康德在谈及天才时曾嘲讽地说：“所以一些肤浅的头脑就相信，除了他们从一切规则的学院派强制解脱出来，他们就不能更好地表明他们自己就是朝气蓬勃的天才。”[①]想象力虽是天才和作家不可缺少的，但理智和规则同样重要，“想象力与知性的有法则的自由一致中自然而然的、非有意的主观合目的性以这两种能力的这样一种比例和相称为前提条件”，而这种相称是由“主体的本性产生的”。[②] 规则并不一定成为束缚，在康德那里，规则是构成艺术的条件，在自由与规则的互动中，艺术才能更好地发展。席勒也认为，艺术引发的自由的快感是“精神力量，即理性和想象力活跃起来，感觉并通过观念产生出来时的那种快感”[③]。

在雅诺(Jarno)——看似是一名军官，实则是塔社的主要成员之一——的建议下，威廉开始阅读莎士比亚的剧本。此番经历也进一步促使他由初级读者转变为更成熟的阐释者、有反思力的接受者和真正的实践者。阅读这些剧本不仅解开了他心中的许多疑问，而且“比任何

---

① [德]康德：《判断力批判》，见李秋零主编：《康德著作全集》第 5 卷，323 页。

② [德]康德：《判断力批判》，见李秋零主编：《康德著作全集》第 5 卷，331 页。康德所说的知性(Verstand)与本书中所说的理性(Vernunft)含义相近。本书并非严格在康德哲学的意义上区分二者，而更多是通用。

③ [德]弗里德里希·席勒：《论悲剧题材产生快感的原因》，见张玉书选编：《席勒文集》第 6 卷，张佳珏、张玉书、孙凤城译，18 页，北京，人民文学出版社，2005。

一些旁的事物都能更深刻地激发”(172)他的情思，使他在现实世界中较快地进步。他认识到，演员应该能够“解释剧本和对它赞美与攻击的理由”(195)，并建立起各个角色在全剧中的关联。他以《哈姆雷特》(*Hamlet*)这部经典剧目为例，向剧团的人讲述了自己的阅读经验，并在赛罗的剧团中将剧本搬上舞台，这种从文字媒介到身体媒介的转换使得个人经验具有了普遍意义。

大师的剧本提供给主人公一种认识世界、阐释世界的模式。起初，威廉将自己与剧中主角哈姆雷特等同，这种失去距离的移情却遇到了阻碍，威廉感到自己“难以理解全剧，最后好象几乎不可能得到一个全貌”(195)，这种鉴赏力是他在演傀儡戏时远未具备的，那时他的虚荣心占据上风，并且全身心地认同某个角色，甚至会为其泪如雨下。此时，威廉已认识到应该如何看待剧本，并且也具有了良好的组织才能。此外，他与两名艺术爱好者讨论《哈姆雷特》应如何在本国剧院上演时，在具体问题上各有保留和让步，“这种谈话很有助于培养他的鉴赏力”(287)。如同康德所指出的那样，社会性的冲动对人而言是自然的，社交性是人性的一部分，“美者惟有在社会中才经验性地产生兴趣”[①]，威廉的美学知识的积累与其社交活动是分不开的，在与赛罗及其妹妹奥莱丽亚(Aurelie)针对《哈姆雷特》和其他作品

---

① [德]康德：《判断力批判》，见李秋零主编：《康德著作全集》第5卷，309页。

的细节的讨论中，在构思如何最恰当地与演员们一起将剧本搬上舞台的过程中，威廉于群体之中提升着自己的鉴赏力，并趋于实现“诸认识能力之和谐”①。

威廉热衷于戏剧表演，除与天性有关外，也是因为他受到了建设国家剧院或民族剧院的理想的驱动。这影射了18世纪中后期兴起的德国民族戏剧运动。莱辛曾在《汉堡剧评》(*Hamburgische Drammaturgie*，1767—1769)中写道：

> 关于这好心的念头，为德国人谋建一座民族剧院，因为我们这些德国人尚不是一个民族！我并非在谈论政治状态，而只是在谈道德特征。几乎可以说，这特征就是：不愿有自己的特征。我们一直都还是坚定不移的外国事物的模仿者，尤其仍然是令我们怎么都仰慕不够的法国人的恭顺追随者；从莱茵河彼岸传至我们这里的一切，都美丽、诱人、无比可爱、绝妙非凡……②

威廉在伯爵府邸中遇到的亲王正是法国戏剧的热衷者，在伯爵的嘱托下，威廉等人为亲王的到来精心排演

---

① [德]康德：《判断力批判》，见李秋零主编：《康德著作全集》第5卷，226页。

② Gotthold Ephraim Lessing：“Hamburgische Dramaturgie. [Auszug] 101-104 Stück”. In：Hans Mayer (Hg.)：*Deutsche Literaturkritik*. Band 1. Frankfurt am Main：S. Fischer 1985，S. 208f.

了一出开场戏，“只是那亲王绝对爱好法国戏剧，他周围的人中有一部份(其中雅诺特别明显)则热情称颂英国舞台中的伟大人物”(157)，因而反响并不强烈。威廉对这种状况感到很遗憾，他希望能够促进德国本民族戏剧的发展，利用戏剧教化观众。他从小便渴望与他人交流，成年后更是希望成为能够影响、教育观众的公众人物，以剧院这条“公共的运河”为民众输送“更为正确的概念，更为精炼的原则，更为纯净的感觉”①，塑造出真正的人。席勒曾这样描绘剧院的教育作用：“好的剧院对于道德教养的功绩是如此巨大而且方面甚广，而它对理智的全面启蒙的功绩也不相上下。伟大的人物，热情的爱国者正是在这更高的境界里才懂得全面使用剧院。”②同样，威廉希望通过戏剧表演感染并引导观众，提升他们的审美能力，教会他们识辨美与善，促进其道德的提高。这种借助审美提高人的道德水平的理想也正是席勒美学思想的核心：“艺术所引起的一种自由自在的愉快，完全以道德条件为基础，人类的全部道德天性在这一时间也进行活动……只在艺术产生最高的审美作用时，才会对道德产生有益的影响。”③同样，威廉也设

① [德]弗里德里希·席勒：《论剧院作为一种道德的机关》，见《席勒文集》第6卷，12页。

② [德]弗里德里希·席勒：《论剧院作为一种道德的机关》，见《席勒文集》第6卷，11页。

③ [德]弗里德里希·席勒：《论悲剧题材产生快感的原因》，见《席勒文集》第6卷，17～18页。

想通过戏剧对观众的道德观施加积极影响。

舞台不仅为威廉提供了体验不同角色的理想场所，也筑成了他与别人沟通的平台。贵族有条件对社会施加影响，而威廉认为，市民作为非公众性人物，“只能怀着纯洁而平静的自知之明在给他画定的界限内活动”(267)，而自己只有借助当时公共交往的重要空间——舞台——才能对公众施加一定影响，从而实现文化对政治的“公共性替代”[①]：“在戏台上有教养的人表现出他的个人风采，简直就象在上流社会里一样”(268)；“我的本能要求一天比一天不能克制，我要成为一个公众性人物，在一个较广大的范围里博取欢心并发挥作用”(267)。从这个意义上来说，剧院是充满限制的现实世界与可以自由行动的理想世界之间的过渡地带，在此，威廉实现了身体的公众性展示，也在公众领域施加美学与道德的影响。

然而，剧院并非实现修养的理想场所，不但因为当时的剧院环境和状况远不尽人意，而且也因为，纯粹的幻影无法支撑人对世界的完整认识，不能理性地指导人的行为。想象力无法“永远逃离现实”[②]，美育也并非实现人性完善的全部条件。威廉最终离开了剧团这个场

---

① Jürgen Habermas: *Strukturwandel der Öffentlichkeit. Untersuchungen zu einer Kategorie der bürgerlichen Gesellschaft*. Darmstadt/Neuwied: Luchterhand 1978, S. 26.

② [德]弗里德里希·席勒:《审美教育书简》，213 页。

所，进入另一个空间，即象征着“隐秘地施加影响的更高理智”[①]的塔社。如威廉在给威纳的信中说：“我离开剧院，去和一些人接近。和这些人的交往必定会在各种意义上把我引到一种纯洁而稳定的事业中去。”(463)

在亚当·斯密(Adam Smith)等经济学家的学说的带动下，在市民社会的经济发展和贸易往来中，一种“商业、财务和修养的精神”[②]广为传播，“社会的经济化”[③]影响到方方面面。威纳便是经商市民的典型代表，他身上充满了“经济学真理”(264)和“一个真正商人的精神”(28)。他崇尚秩序和理性，从小便从威廉组织的戏剧游戏中赚取利润，后来他投身商业这种“伟大的事业”(29)，享受观察货物在市场中流通的乐趣，而认为威廉所看重的是“这世界上最不可靠的事”(30)。同样，威廉的父亲也“拿商业当作最高的事务”(31)，希望能引导儿子“走入人生正当的职业”(32)，而对威廉流连剧院表示不满。这种片面强调物质和实用的态度是当时的一种趋势，也是威廉一直以来所抵触的：“你们也时时为

---

① Brief von Friedrich Schiller an Johann Wolfgang Goethe vom 8. Juli 1796. In：Siegfried Seidel (Hg.)：*Der Briefwechsel zwischen Schiller und Goethe*. Band 1. Leipzig：Insel 1984，S. 196.

② Johann Gottfried Herder：*Sämtliche Werke*. Hg. von Bernhard Suphan. Band 4. Berlin：Weidmann 1878，S. 383.

③ Dirk Hempel：“Kultur und Ökonomie im 18. Jahrhundert - Einleitung und Forschungsaufriss”. In：*Das Achtzehnte Jahrhundert：Zeitschrift der Deutschen Gesellschaft für die Erforschung des 18. Jahrhunderts (DAJ)*. Jg. 32(2)，S. 171.

了加减乘除忘却人生本来的总答案。”(28)同时，这也是福斯特、席勒等人所批驳的重实用而轻审美、阻碍人全面发展自己天性的时代倾向。

威廉在进入塔社之前，曾资助梅里纳组建流动剧团，并希望借此实现自己的戏剧建设理想。一方面可以看出，他的艺术爱好需要财力作支撑，虽然他天生热爱戏剧和文艺，但他每每在有所行动或者陷入窘境时，常需要家庭出资支持，因为他“究竟不能只靠精神活着”(183)。另一方面，从表面上看，他将有用的钱财与自己的艺术爱好完美地结合了起来，但实际上，无论是梅里纳还是赛罗，都是典型的商人，而非文艺女神的追随者。他们两人目的明确，即谋取利益的最大化。这种利益至上的原则其实正是威廉想要摆脱的。叙述者的讽刺不仅针对未能认清现实、盲目投入的威廉，也针对当时社会上的实用化、功利化趋势。在赛罗的剧团里，梅里纳协助管理财务。他谄媚赛罗，鼓动赛罗成立歌剧团，以便更好地赚钱。赛罗虽然明白，一个混杂了歌剧和话剧的剧院会损害人们的艺术鉴赏力，但他仍决定听从梅里纳的意见。“这两个人怀着很大的确信联合起来，人们只要赚钱，发财或者会寻欢作乐，几乎并不隐瞒他们只希望把那些阻碍他们实行计划的人除掉。”(326)

代表着一种“实用现实主义”[①]的塔社虽同样重视实

---

① Hans-Jürgen Schings:“Vom Realismus in Goethes Romanen”. In: ders.: *Zustimmung zur Welt: Goethe-Studien*. a. a. O., S. 350.

务和经商，并计划在世界各地建立商号，但是这种理念并非片面追求利益而压制人身上的其他才干的发展。就如威廉置身于塔社的“祖先堂”中，为那里的建筑及室内装饰、壁画等艺术品所打动时叙述者的评论所言：“每个走进来的人，都会觉得比原来的自己更高明，因为他通过这种艺术的和谐的严整性第一次认识到人是什么，人可能成为什么样的人。”(512)重视修养的塔社在鉴识艺术的前提下，追求积极的生活，致力于影响、改变社会。财富积累并非他们的最高目的，如塔社决策者之一罗塔里欧(Lothario)计划改革自己继承下来的农庄，与农夫同享利益，因为“这些利益是广泛的知识和进步的时代所给与我们的”(405)，因为“**这里是美洲或者没有一个地方是美洲**”(406)。罗塔里欧是一个实干家，“他知道，他应该做什么，而在他所要做的一切事务中，没有一件事在中途受到过阻碍”(478)。他不仅决定改革农庄，让农夫获得更多的实惠，而且主张为产业付税，“要上一定数目的税：因为只有同等看待这种产业和其他一切产业才能使产业有充分的保障”(479)。他严肃而公正的观念和行动力反映出当时国家对合格公民的期待——如洪堡等人所描画的那样。在塔社的影响下，威廉意识到如何在不伤害自己审美禀赋的同时，踏入生活的洪流，在修养自身的同时，为良好运转的团体尽一份义务。如威纳在最后一部书中对威廉所说的那样：“你的新朋友们是值得赞美的，是他们把你引上了正路。”(473)

在这个团体中，威廉也开始承担作为父亲的责任，对家族的产业有了新的认识。相比于他初次失恋后对威纳说的话——“所以诗人同时是教育家，预言家，神和人的朋友……他生来便象一只飞鸟，他要翱翔世界，营巢在高高的山巅，在树枝交映处取此嫩芽和果实作养料”(70)，我们可以明显看出，他最终置双脚于大地之上，“再也不象候鸟一般的观看世界了”(474)。[①]

在小说中，美与实业、艺术与现实之间的矛盾逐渐化解，原本看似对立的两方渐趋统合，在这个意义上形成了“完整的人”。感性和美学并非无用之物，并非经济的附属，而应作为独立的发展门类，与经济领域互为辅助，并促进道德的发展；同时，不应忽视理性和人生知识在人的修养中所占的分量。1795年，席勒在写给赫尔德的信中说道：“我认为，可以证明的是，我们的思考和忙碌，我们这种市民的、政治的、宗教的、科学的生活、工作和散文(Prosa)一样，与诗艺相对立。”[②]席勒指出的艺术与生活之间的分裂在歌德的文学方案中得以弥合，威廉走的是具有典型性的修养之路，均衡地发展了

---

① 奥莱丽亚曾讥讽威廉为“文雅的极乐鸟”，因为“它们没有脚，它们只在空中翱翔，用清气营养自己。但那是一个童话……一个诗的构想”。(［德］歌德：《维廉·麦斯特的学习时代》，冯至、姚可昆译，见《歌德文集》第2卷，295页，北京，人民文学出版社，1997。)

② Friedrich Schiller: *Werke und Briefe in zwölf Bänden*. Hg. von Otto Dann/Axel Gelhans/Klaus Harro Hilzinger u. a. Band 12. Frankfurt am Main: Deutscher Klassiker Verlag 2002, S. 83.

自己的天性，从感性与直观过渡到思与行的结合。

二、多样的身体—灵魂方案

无论是从结构还是从情节来看，第六部书《一个美的心灵的自述》(333)都是连接前后两部分的纽带。它是娜塔莉亚(Natalie)已故姨母的手卷，作者具有“极端的”①虔信派倾向，后来加入了贺恩胡特兄弟会②，成为一名修女。她在8岁时患上咯血症，之后她的健康状况一直不好，而这与其精神的活跃形成了鲜明对比，其旺盛的求知欲和灵魂对上帝的热切渴望延续到了生命的最后一刻。在她身上，可以看到身体与灵魂、内心与外界的对立。她不仅无意消解这种对立，还要加深这种对立。正因为如此，她的叔父认为，对于她妹妹的孩子来说，她“是危险的”(394)，她过于亲近神灵而远离人世，这种疏远也使人们将她与其后辈隔离开来。

“美的心灵”，或称“美丽心灵”，将贵族生活、感官快乐与道德、心灵的修持相对立，认为空虚的交际会将她“引到堕落的边缘”(340)，“我灵魂正直的方向由于日

---

① Burkhard Dohm：“Radikalpietistin und ‘schöne Seele’：Susanna Katharina von Klettenberg”. In：Hans-Georg Kemper/Hans Schneider (Hg.)：*Goethe und der Pietismus*. Tübingen：Niemeyer 2001，S. 112.

② 贺恩胡特兄弟会(Herrnhutische Brüdergemeine)是基督教的分支教派，在18世纪的德国主要受到新教及虔信派(Pietismus)的影响，注重个体对《圣经》的体会。

常愚蠢的琐事分散了精力，而被整天忙于无价值的俗务破坏了……我不象我的其他同辈那样不认识自己的灵魂……我必须决断，不是离开刺激的娱乐，就得放弃舒畅的内心感受”(352～353)。在她看来，认识灵魂即认识自我，身体在自我构想中不占一席之地。她坦言，自己“习惯于把我自己的身体看作是外界的物体”(390)，她有距离地观察身体，厌恶交际场中的娱乐，而宁愿静享“身体虚弱，生活安静”(390)的生存状态。她写道：“我爱上帝，而且恨我所有的声色之感。”(367)她对外界声色的抵触就如同她对作为外物的身体的漠视，二者都指向她沉浸于自己的内心、选择避世的态度。“仿佛我的灵魂离开躯体在思想；灵魂甚至把躯体看作它的身外物，如同人们看待一件衣服一样……躯体将象一件衣服似的零落破碎了，但是‘我’，这个熟知的‘我’，是存在的。”(390)她承继了基督教灵魂至上的信仰传统，比“这种灵魂状态所具有的虔信派的狂热特征”[①]更值得关注的，是她重新回归笛卡尔式的二分法，在此基础上强调“存在”单纯依赖精神，摒弃了身体的意义。

在专注于内修的过程中，“美丽心灵”在面对内心渴望与外界要求之间的冲突时，决定听从内心的渴望，在

---

① Hans-Jürgen Schings：“Agathon - Anton Reiser - Wilhelm Meister. Zur Pathogenese des modernen Subjekts im Bildungsroman”. In：ders.：*Zustimmung zur Welt*：*Goethe-Studien*. a. a. O.，S. 77.

此意义上做一个自主、自决的人："我揭下假面具，我每次作事，都是怎么想就怎么作……我的取舍必须完全取决于我的信念。"(354)由此，她与未婚夫纳尔齐斯(Narziß)的关系越来越疏远。纳尔齐斯学识丰富，却不支持她的信仰，"他常常给我文章读，这些文章都是用轻刀重棒各种武器来驳斥人们称为同目不能见的上帝的关系的"(349)。在走向世俗化的社会中，在人大量生产和传播知识的思想启蒙时代，对宗教的怀疑与知识的累积一样在增长，然而，对上帝的信仰并未消失，手卷中提到"当时在德国一种普遍使人注意的宗教情调"(358)时暗指的就是虔信派。而怀疑与信仰的对峙，以及各教派之间的冲突，是人在认识上帝、认识自我的过程中无法绕开的。

在以虔诚之心接近上帝和认识自我的过程中，"美丽心灵"亦重视观察和经验。例如，她不盲信权威，而是自己选择饮食："只要我的经验一证明这种平素本是有益于健康的而且许多人都非常爱吃的食品对于我却随时是有害的，我立刻就不会再吃它了，即使有最大名医的科学判断也很难改变我的看法。"(354～355)在作为精神食粮的信仰一事上，她更加谨慎。她怀疑某些知名人士对宗教的见解的正确性，并声称已经"得到勇气在外界环境中走我自己的道路"(364)。随着书籍和教育的普及，女性也开始可以读书，她们的读物包括《圣经》。在18世纪，宗教话语的一个显著趋势便是其"**理所当然性**

的终结”[①]，人们需要借助经验和理性尝试抵达遭受质疑的彼岸。与此同时，媒介和交往方式的转变使得信仰变得更加个体化。“美丽心灵”亦非常注重对上帝的“真实的感觉”和“真正的经验”(362)，对外部感官的轻视与对内部感官的倚重并存。她写道：“当我诚恳地去寻求上帝时，上帝就让我找到他”(363)，“上帝在我近旁，而我就在他面前”(362)。通过内在感觉和经验，通过“占为己有的信仰”(369)，这种“独有的心情”(369)使她在一瞬间“懂得了什么是信仰”(369)，“在这方面经验就是我最好的老师”(364)。对《圣经》的独立阅读和阐释使她的灵魂与上帝亲近，产生这种感觉需要充盈的想象力，而培养这种想象力与她童年时听大人讲故事以及后来的阅读经验密不可分。阅读和理解文学作品离不开想象，因为文学作品“这种媒介以幻想或想象力为名”[②]。同时，对经验的重视也是当时人类学与教育学等学科的共性，与知识一样，当时的信仰也强调理性的重要性，是人观察自己的灵魂、认识自身的一种途径，对上帝的想象和理解实则与自我认识密切相关。

这个“对上帝比对自己的未婚夫更为重视的女孩子”(358)所代表的身体—灵魂理念和内外方案通过手稿

① Siegfried J. Schmidt: *Die Selbstorganisation des Sozialsystems Literatur im 18. Jahrhundert*. Frankfurt am Main: Suhrkamp 1989, S. 214.

② Friedrich A. Kittler: *Aufschreibesysteme 1800/1900*. 4. überarbeit. Neuaufl. München: Fink 2003, S. 140.

这一文字媒介触动了威廉。正如“美丽心灵”凭借想象力接近上帝、“描画出一个缺席的爱人的面貌”(370)那样，威廉也依靠手稿、依靠想象力感受到了缺席的作者的存在。这些精神图像就像“美丽心灵”这个说法一样，是对抽象之灵魂的具象化，使不可见的东西通过由头脑生成的或语言裹挟的图像变得可见。而手卷的标题“一个美丽心灵的自述”虽为医生所加，但原稿本身便表明，灵魂强烈渴望表达自身，它借助语言这种形式，成为能指的创作者，探索和书写自身，以自传这种反思性媒介提炼个体的内心经验，这也是当时自传写作兴盛的原因之一。[①]

在同娜塔莉亚交谈时，威廉表明自己曾读过她姨母的手卷，并如此描述自己的感受：“以最大的同情读的，它对我的整个生命也不无影响。我愿意这样说，从这自述里我得到的最大的启发是不只是她自己的、还有她周围一切生存的纯洁、她独立的天性，凡是与高贵、亲爱的情调不相和谐的事物她都不能接受。”(489～490)追求高贵精神、注重内修的“美丽心灵”完全投身上帝，因此，她完全脱离了自己不能接受的外界事物。小说对此持批判态度。也正因此，其手卷与剧团生活一样，都只是暂时的过渡，虽起到了不可忽视的影响，却并非主人公最终的落脚地。

---

① 参见 Friedrich A. Kittler：*Aufschreibesysteme 1800/1900*. a. a. O.，S. 53f.

被外界认为是“修养过度”(490)的作者在手稿里记载，她曾在叔父家里结识了一位医生，这位医生“非常清楚地了解我身体和精神的情况；他指点我说，如果我们不顾外界的物体，只在我们身内培养这些感觉，那么这些感觉就要很厉害地几乎把我们生存的基础给埋葬起来了”(390)。他还说：“活动是人的第一天职，人应该利用所有必须休息的时间去获得对外界事物的清晰知识，这些知识将来更能有助于他的活动。”(390)医生的诊断和提醒表明，“美丽心灵”偏离了健康法则及社会准则，她的存在成了“无物理学的形而上学”[①]。在1800年前后的人的构想中，和谐发展身心、在社会生活中发挥作用是至关重要的，行动与影响(Tun und Wirken)是“完整的人”的设想中不可或缺的一环。无论是强调实用人类学和教育学作用的康德，还是为国家、全民教育进言的洪堡，都主张在发展人的各种禀赋和力量的同时，实现个人与集体的互动，个体在有意义的活动中服务于集体，促进集体的发展，而集体也不应该妨碍个人的自由。不仅康德的《实用人类学》中包含实用道德层面的思考，歌德的小说也是针对现实世界中生活和行动的人创作的，带有知行合一的要求。

娜塔莉亚这样描述她的姨母：“她体质太弱，也许

---

① Karl Philipp Moritz：*Über Mystik*. In：ders.：*Die Schriften in 30 Bänden*. Band 7. Nördlingen：Greno 1986，S. 244.

是过分地关怀自己，同时还有一种道德上和宗教上的顾虑，这一切使她在世上无所成就……她是一支光，这支光只照耀过少数朋友，特别是照耀过我。”(489)由于过于关注自身而导致自身与外界隔绝，“美丽心灵”几乎未能影响到他人，而她妹妹的女儿，亦可称为“美丽心灵”的娜塔莉亚，则在传承其高贵灵魂的同时，也增添了实用的维度。“美丽心灵”的叔父，即娜塔莉亚的外叔祖曾说娜塔莉亚的“天性所要求的，只是世人所希望和所需要的东西”(511)，“一直在爱着”(510)的她对他人的关爱与帮助使她在世间发挥了更大的作用——如前文引用过的洪堡的话：“因而，当这有修养的人进入实践生活之后，当他在自身及外部拿自己吸收的东西创造出新的硕果之时，他会呈现出至高的美。”与之形成鲜明对比的是，洪堡称第六部书中“有着难以忍受的繁冗和长篇空论”，并认为这个过分耽溺于自我的灵魂是“只具有某些较为高尚的方面的浅狭、空虚、局限的灵魂”。[1]

当时对“美丽心灵”这个概念的理解不尽相同。莫里茨曾说：“人类自我提升所能够达到的最高点，便是通过行动中的高贵、通过观察到的美……在美丽心灵中完善自己，而这些美丽心灵能够走出有限的自我，转而

---

① Brief von Humboldt an Schiller vom 4. Dezember 1795. In: Johann Wolfgang von Goethe: *Goethes Werke*. HA. Band 7. 9. Aufl. München: Beck 1977, S. 654.

开始关心人类的利益，由此使自己融入群体之中。”[①]娜塔莉亚便是此种意义上的美丽心灵，她身上至高的美深深吸引了与她相似的威廉。威廉在她胸前的挂像上看到了一个与她相像却又不完全相同的形象，“我很奇怪，怎么一个画家能够同时画得这样真又这样假。这幅像，一般地说来，的确很象你，可是那既不是你的面容，也不是你的性格”(489)。面相学上的似像非像反映出内心及人格的相似而不等同，娜塔莉亚将“美丽心灵”的神圣与人世的要求完美地结合在了一起，正如“美丽心灵”在观察娜塔莉亚的天性时写道：“她没有需要附属于一个目所能见或是目不能见的人或神。”(393)与依附于神灵的姨母不同，娜塔莉亚是世俗社会中一个普遍意义上的人，一个真正自知、自决的人，其目标在于其自身，她代表的是人的完善，而非类神的至善。作为更符合人类学和教育学设想的形象，娜塔莉亚与姨母的关系不仅是一种亲属谱系上的延续和发展[②]，而且与当时经由代际教育逐渐实现的人的完善这一设想不谋而合。正如娜塔莉亚将重灵魂而轻身体、重内心而轻外界的姨母这种单一的人的模式发展为丰富的、完善的人的模式那样，威

① Karl Philipp Moritz：“Über die bildende Nachahmung des Schönen”. In：ders.：*Schriften zur Ästhetik und Poetik. Kritische Ausgabe*. Hg. von Hans Joachim Schrimpf. Tübingen：Niemeyer 1962，S. 88.

② 参见 Burkhard Dohm：“Radikalpietistin und ‘schöne Seele’：Susanna Katharina von Klettenberg”. In：Hans Georg Kemper/Hans Schneider (Hg.)：*Goethe und der Pietismus*. a. a. O.，S. 131f.

廉也打破了市民与贵族之间的界限，将父亲狭隘的市民形象发展为综合的人的形象。

在文本呈现的多种身体—灵魂方案中，迷娘（Mignon）与竖琴师奥古斯丁（Augustin）无疑也格外引人注目。在这对互不相识的父女身上，身体与灵魂、感性与理性的分裂和精神的病症体现得最为明显。迷娘患有“神经过敏症”（485），她身上充满了与理性、秩序、节制不相容的神秘、混乱和激情，她的心脏“常常要忍受一种剧烈而难熬的痉挛”（485），从她的字体中也可看出“她身体和精神的不相符合”（119）。出于同情心，威廉从一个杂技团老板手里买下了这个“奇异的小孩”（84），她的谜一样的身世和歌谣深深吸引着威廉。她称威廉为爱人、恩人、父亲，在他身上找到了对自己艺术和心灵的庇护。竖琴师也是偶然之中才进入了威廉的生活，他弹唱的歌曲深深地打动了威廉，“深深地侵入听者的灵魂”（121），威廉借助音乐媒介与演奏者产生的情感共鸣“给想象力展开一片宽广的原野”（122）。这个寡言的人留在了威廉身边，最后由塔社揭开了他的身世之谜，他是娜塔莉亚外叔祖的朋友——一位意大利侯爵的弟弟，曾与自己的妹妹相爱并发生了关系，被告知真相后，他便一直在忍受着煎熬，认为自身即孕育着不幸。

不喜与外界接触的迷娘和竖琴师身心的不调和主要体现在感性与理性的对立，由于重视情感、相信命运，他们无法进行理性思考和自我调控。故而，他们的身体无法承受内心的激情或痛苦，精神也无法控制身体与行为。用迷娘的话说：“理性是残酷的……这颗心要好些。”(461)他们代表着纯粹的感性和先于语言存在的原始的谣曲世界，也是与主流话语相区别的、在想象世界得以保留的另一种可能。

第七部书中，威廉为了让迷娘受到适当的教育——当时社会认为女性对孩子的教育至关重要，准备将迷娘送到娜塔莉亚的女友、同样与塔社关系密切的苔蕾丝(Therese)那里去。而迷娘的回应是：“我已经受足教育了……为了爱和悲伤。”(461)威廉与苔蕾丝见面后热烈地亲吻时，迷娘猝然死去。她的死使威廉感到十分悲痛，而她的“必然的消亡”[①]说明她对于纯粹幻想世界的渴望无法实现，主人公同样无法只存在于艺术领域。具有经济才能、聪颖能干的苔蕾丝代表着理性，在她与威廉接吻时迷娘死去，这象征着清晰的秩序战胜了无节制的混乱。竖琴师的悲剧结局同样无可避免。救治他的医生，即将“美丽心灵”的手稿交给威廉的医生这样说道：“许多年以来，凡是他身外的事物，他毫不关心，他简直是什么也不注意；只是回到自己的内心，观察他空洞的自我，他才觉得这象是一个不能测量的深渊。”(411)出于对小男孩的恐惧，他曾在起火时试图杀死威

① Friedrich Schlegel: “Über Goethes Meister”. In: Oscar Fambach (Hg.): *Goethe und seine Kritiker*. Düsseldorf: Ehlermann 1953, S. 59.

廉的儿子菲利克斯(Felix)，此行为被威廉及时阻止。在小说末尾，他以为自己致使孩子中了毒，愧疚之心使他自杀。他临死前对威廉说："我知道我会杀死他的，要么就是他杀死我。"(572)内心的负罪感使他罹患精神疾病，走向了毁灭。对太阳般男孩的恐惧代表着他对于光明的畏惧，他无法承受真相被揭开的现实，而宁愿停留在"无止境的夜"和"永无差别的苦难"(411)之中。

在第三部书中，雅诺称这一老一少为"打落子的流浪老人和一个人事不通、半男半女的杂种"(173)，这话深深地伤害了威廉。他认为雅诺冷酷无情，是"麻木的俗人"(174)。他在心里说："你所能赠给我的一切，都比不上我关怀这两个不幸者的一片心情。"(174)这一方面反映了威廉对心灵的看重和对苦难者深切的同情——尤其是在他成长的早期，另一方面也说明感性和神秘主义在注重理性和实用的世界里不受重视，甚至要遭受鄙夷。两人死后，威廉不再无节制地感伤，他在塔社成员和"完美的尘世女子"(217)娜塔莉亚的陪伴下，走入了另一片天地。小说里描述了他在各种力量的对抗之中走向内心的和谐；同时，故事也讲述了代表理性的塔社如何对待"异者"，如何救治和规训脱离常轨的人。

在雅诺对迷娘和竖琴师一贯的不认可之外，在旁人眼中，他们也是无足轻重的边缘人。由这对父女组成的"奇异家庭"(167)里后来又增添了一个新的成员，即娜塔莉亚的弟弟弗里德里希(Friedrich)。他也因轻率、散漫而常受责备。他们是在追求人性完善、和谐与进步的社群之外的边缘人，塔社想要将他们纳入理性的轨道，但最终所有的尝试都失败了。迷娘去世后，塔社为她举行了葬礼。事先有两名医生修饰迷娘的遗体，“往她身上涂香料防腐，给她整容，使她看上去象活人一样”(517～518)，从而创造出“技术与辛勤的奇迹”(547)。葬礼在塔社的祖先堂举行：“那孩子身穿天使般的衣裳，象睡着了似的以优雅的姿态安然地躺在那里。所有的人都走过来，个个赞叹这生命的模型。”(547)对死者进行装扮是为了活人。在医生手中，原本奇特、桀骜的孩子身上呈现出和谐感和优雅，代表着善和美。在众人眼中，被精心修饰了仪容的死者甚至成了“生命的模型”。此时，只有威廉坐在椅子上不动，他一时间沉浸在自己的悲痛之中，对塔社及社团对自己的安排都有许多不满。然而，他最终与塔社达成了新的和解。

在葬礼上，塔社的灵魂人物、神父阿贝(der Abbé)对迷娘做出了如下总结：“她的心是深沉的、紧锁的……她心中的一切都不清楚，都象蒙上了一层雾，看得见的只有她对从恶棍手中将她救出的那个人的爱。这温柔的爱慕，这深情的谢意，仿佛一团火，把她的生命之油耗尽；医生的妙手也没能留住这美好的生命……技术也束缚不住这弃世的精神，它却使尽一切手段来保护她的肉体，使之永不腐烂。”(547)此前，在医生和娜塔莉亚的分析和引导下，迷娘的情绪起伏渐渐变得有因可寻；同样，此时的阿贝也试图在迷雾中辨识可以把握的东西，来解释迷娘的病因和离世的缘由。笃信进步和技术性知识的他认为，完好的尸身虽不能继续留存死者的精神，但可以影响生者。葬礼上四个少年的歌唱也强调了死之于生的积极意义："现在，我们可爱的人儿，这昙花一现的美丽的形象，已经得到了妥善的保藏！她在大理石石棺中安息，永不陈腐；在你们心中，她活着，她继续发挥作用。赶快大踏步地返回生活吧！"(548～549)这些场景表明，塔社不仅力图解释一切，用启蒙之光照耀一切，而且也并未将死亡纳入主要认识范围，而是要使其服务于生者和现实。死者成了一种"形式艺术实验的工具"①。与之相反，在后两部小说中，死亡成为人的构想中不可或缺的一部分。

医生对竖琴师的诊疗一方面反映了对灵魂和精神病症的言说，即通过观察、诊断使不可见的精神世界变得可见、可以调控。对症状的观察和记录是医学做出的论断和解释，如赫尔德所指出的那样，借由医生的观察和判断能够获取关于灵魂的知识。无论是莫里茨主办的杂志对于灵魂病例的大量记录，还是文学创作中对此类病人的关注，都反映出当时的人类学话语想要全面认识人的尝试。在精神疾病的分析和诊断过程中，在观察人感

① Brief von Schiller an Goethe vom 2. Juli 1796. In：Johann Wolfgang von Goethe：*Goethes Werke*. HA. Band 7. a. a. O.，S. 630.

受的变化、病情发展直至康复的过程中，原本不可见的灵魂及其问题变得可见。[①] 对灵魂的观察和调控不仅是这个致力于获取知识、促进科学发展、化不可见为可见的时代的特征，而且也与人的设想和教育息息相关。医生所做的不再只是医治人的身体，也会介入人的灵魂、调控人性。另一方面，对疯狂的病理性界定反映出理性对“异者”的压制和规训。18 世纪以来，极端而不可控的激情被视为一种疾病，它不能为理性准则所左右，而是要挣脱束缚，变成一种灾难。[②] 基于这种危险性和不可控性，人们对待疯狂者的态度是矛盾的——既同情，又恐惧。[③] 疯狂既被视为毁灭，又被视为可以医治的神经错乱，人们虽然希望疯狂者能够康复，重新有尊严地生活，但在面对个体案例时，他们又会受到惊吓，疯狂的人似乎也难以医治。[④] 无论是视精神错乱为疾病、分别对待精神病人与监狱中其他犯人的改革措施，还是当时的作家将疯癫的人作为社会异类纳入文学视野的做法，

---

① 参见 Wilhelm Schmidt-Biggemann：“Einführung zum ersten Teil ‘Neue Diskurse von der Seele und vom Körper’”. In：Hans-Jürgen Schings (Hg.)：*Der ganze Mensch. Anthropologie und Literatur im 18. Jahrhundert*. a. a. O.，S. 12.

② 参见 Anke Bennholdt-Thomsen/Alfredo Guzzoni：*Der “Asoziale” in der Literatur um 1800*. Königstein/Ts.：Athenäum 1979，S. 168.

③ 参见 Jutta Osinski：*Über Vernunft und Wahnsinn. Studien zur literarischen Aufklärung in der Gegenwart und im 18. Jahrhundert*. Bonn：Bouvier 1983，S. 65.

④ 参见 ebd.，S. 63f.

都说明疯狂是对社会准则和理想方案的背离。[①] 18 世纪后期，对于疯狂者的救治亦反映出人道主义的色彩。小说中对竖琴师的关怀和诊治即人道主义的举措，也是对待疯癫者的一种可行方案。

在对奥古斯丁的治疗过程中，人们不仅重视人的身心的调和，也强调进行社会活动和培养良好习惯的重要性。例如，乡村牧师在与威廉谈论"治疗神经失常者的方法"(321)时说："除去身体治疗外，还要有精神治疗……我们鼓励他们的自动性，养成他们有秩序的习惯……我把这位老人的时间给分配好，他教几个小孩弹竖琴，他在园子里帮助劳动，他已经很开朗愉快了。"(321)后来医生说："我们按照我们的方法从道德和生理两方面给他治疗了很久。"(565)治疗过程中之所以发生了道德干预，是因为在当时疯狂与道德堕落相关，疯狂的人仿佛是尚有肉体生命的精神死人。[②] 奥古斯丁正是由于破坏了道德法度而深怀负罪感，正如他的吟唱所暗示的那样："全宇宙华丽的图象/崩溃在他罪恶的头上。"(188)因而，治疗需减轻其罪恶之感。同时，医生也督促奥古斯丁养成一些良好的生活习惯，如读报、散步，并通过控制自己的身体来控制自己的头脑，同时多参加

---

① 参见 Jutta Osinski：*Über Vernunft und Wahnsinn. Studien zur literarischen Aufklärung in der Gegenwart und im 18. Jahrhundert.* a. a. O.，S. 165ff.

② 参见 ebd.，S. 65.

“世俗活动”(565)，使身心“正常”化运转。随着精神状态的好转，病患的样貌也发生了明显改变：“身穿旅行者的普通服装，又整洁又得体，他的胡子不见了……使人对他根本无法辨认的倒是他那庄重面容上的老年皱纹竟一点踪影也没有了。”(565)样貌的变化反映了精神面貌的变化，这也再次证明了身心的紧密关联。奥古斯丁说自己“经历了长时间的磨难之后又象一个无知的孩子来到世上”(565)，仿佛历经重生的他称救助他的人为“人类灵魂的洞察者”(566)。然而，在病情已经得到控制后，这“不幸的人”(410)看到了记录自己身世的手稿，震惊之下，他打算自杀。从医学和道德角度记录、解释病因的文字却使奥古斯丁面临更严重的错乱，他在遗忘和无知的情形下得以存活，却在再次意识到乱伦之罪后堕入无法承受的痛苦之中。他同迷娘一样，只能活在黑暗、混沌之中。因而，他们既无法真正地认识自己，也不能在与外界共处时寻得人生的坐标。

受理性方案的影响，小说中的所有谜团渐渐地解开[①]，塔社的创建及其功能得到了解释，迷娘和竖琴师的身世之谜被揭开了，菲利克斯与威廉的父子关系得以澄清，老女仆也回忆起马利亚娜在威廉走后的真实状

---

① 参见 Hans Richard Brittnacher：“Mythos und Devianz in ‘Wilhelm Meisters Lehrjahren’”. In：*Leviathan. Zeitschrift für Sozialwissenschaft* 14 (1986). Heft 1，S. 101.

况。我们可以看出，小说中虽涉及一些与理性相对立的领域，并使它们与主人公的轨迹相交叠，乃至浸染主人公的身心，但最终，读者见证了它们为理性与秩序所制约的结果。同时也可以说，正是因为社会准则压抑了这些事物的存在，文学才成为呈现它们的理想场所。虽然这些异质现象在社会中会得到控制和管理，但文学作品这种媒介使它们的诱惑力展露无遗。[1] 迷娘与竖琴师的形象在一定程度上反映出当时的人之构想已具有多元发展的趋势，虽然他们最后走向了沉寂，但他们的出现不可磨灭，也引发了许多研究者的兴趣。“用理性来除我们生存的总数，没有一次除尽，总剩下一个奇异的除不尽的小数。”(246)人们如何对待理性的他者，如何对待非正常的领域？这也是小说促使读者思考之处。

无论是威廉身上贯穿于前几部书之中的幻想气质，他易于相信表象、相信命运的习惯，他在日常生活中对迷娘和竖琴师无法解释的亲近之感，在阅读和排演时对哈姆雷特这个悲剧角色的认同，还是他在艺术领域与心仪的画作《病王子》(*Der kranke Königssohn*)中王子的相似，都反映出他天性中易于感伤、富于幻想的一面，亦即需要用理性、用“完整的人”的方案加以引导和平衡的

---

① 参见 Hans Richard Brittmacher: “Mythos und Devianz in ‘Wilhelm Meisters Lehrjahren’”. In: *Leviathan. Zeitschrift für Sozialwissenschaft* 14 (1986). Heft 1, S. 109.

一面。如同病王子被爱恋父亲未婚妻的痛苦折磨得日渐憔悴，但最后他渴望的爱情终于到来那样，威廉同样熬过了一种致死的疾病，获得了久思而不得的娜塔莉亚的爱情，也就是说，与完善的女性的爱情治愈了威廉的病。爱情的圆满象征着疾病的痊愈，在病王子那里是身体的康复，在威廉这里则是精神的修正和危机的解除——“一切的过渡时期都是危机，一种危机不就是病吗?”(476)而这治愈又具有修养层面上的象征意义。从某种意义上说，迷娘与竖琴师仿佛是威廉的“双影人”，只是他们未能逃脱疾病和命运的侵袭，威廉却在各种内外力的共同作用下走上了修养的正途。苔蕾丝在写给娜塔莉亚的信中说：“我看着他，但我看不透他……在我想到他时，我总把他的图像和你的图像混合起来……”(504)娜塔莉亚“美丽高贵的灵魂”(504)及其外在样貌从两人见面之初便吸引了威廉，因为她为他打开了一扇修养之门，为他展示了关于修养和“完整的人”的知识是如何呈现的。

威廉只是假扮过哈姆雷特，饰演了这个角色，却并未成为维特式的人物。[①] 他身上似乎有一种免疫力，能够抵抗疾病入侵自己的身体和心灵。在小说末尾，威廉

---

① 参见 Hans Jürgen Schings：“Agathon - Anton Reiser - Wilhelm Meister. Zur Pathogenese des modernen Subjekts im Bildurgsroman”. In：ders.：*Zustimmung zur Welt*：*Goethe-Studien*. a. a. O.，S. 81.

认为自己很幸运。研究者米夏埃尔·诺伊曼(Michael Neumann)认为，威廉的幸运在于，他既未遭遇竖琴师和迷娘那样无法掌控的命运，同时又得以保存天性中对自由的爱，他心中的自由比哲学家和教育学家设计出来的自由更为无碍。① 同时我们也应看到，之所以能够达到这种结果，是因为主人公既充分发展了自己的天性，又把握住了外部所提供的契机，通过对"身体方面以及精神方面的禀赋的深造"(185～186)，最终得以兼具富有行动力的身体与美丽的灵魂，迎来了理想天性的均衡发展。

三、禀赋与环境的互动

歌德在《构形冲动》("Bildungstrieb")一文中提出："当一个有机体显露出形体时，要想理解构形冲动的统一与自由，少了变形这个概念是不行的。"②歌德热衷于研究形态学，变形概念也属于此范畴。他认为，形态学的基础是，所有事物，无论是物理、化学元素，还是人的精神，都要展露自身；形体在运动、变化，而关于变

---

① 参见 Michael Neumann："Wilhelm Meister und seine Söhne". In：Verena Dolle (Hg.)：*Das schwierige Individuum. Menschenbilder im 19. Jahrhundert*. Regensburg：Friedrich Pustet 2003，S. 94.

② Johann Wolfgang von Goethe：*Goethes Werke*. HA. Band 13. a. a. O.，S. 33f.

形的学说是破解自然界所有符号的钥匙。[①] 研究自然与对人的关注息息相关，无论是植物的变形，还是人的演变，都含有一种内在的合目的性。

通过 1796 年夏天对植物进行的光照实验，歌德得出如下结论：“每个器官在其所处的阶段都通过自身特殊的规定性以及自身所占据的内外条件，实现着自身的构形和属性。”[②]歌德强调内与外的共决，在植物形态学研究中，他提炼出双重法则：一是内在天性的法则，它决定着植物的结构和组成；二是外在环境的法则，它给植物以限制，植物需要在其中调适自身。[③] 人的演变、修养与植物的变形、成形过程相似，人的自我塑造受到环境的制约，人欲在自然禀赋的基础上推动自身内在力量的充分发展，亦须借助外在因素。

无论是一心敬神、专注于内修的“美丽心灵”，或是封闭心灵、崇尚感性的迷娘，还是沉沦于坎坷命运、陷入疯狂的竖琴师，都未能调和自己内心与外界的关系。

---

① 参见 Johann Wolfgang Goethe：*Sämtliche Werke. Briefe, Tagebücher und Gespräche*. 40 Bände. Hg. von Hendrik Birus/Friedmar Apel/Dieter Borchmeyer. Abtl. I. Band 24. T. 2. Frankfurt am Main：Deutscher Klassiker Verlag 1987，S. 349.

② Johann Wolfgang Goethe：“Experimente zur Pflanzenphysiologie”. In：*Goethes Biologie. Die wissenschaftlichen und die autobiographischen Texte*. Kommentiert von Hans Joachim Becker. Würzburg：Königshausen & Neumann 1999，S. 214.

③ 参见 Johann Wolfgang Goethe：*Sämtliche Werke. Briefe, Tagebücher und Gespräche*. Abtl. 1. Band 24. a. a. O.，S. 357.

他们封闭了自己的内心，切断了与外界连通的路径。他们的想象力与威廉的审美力、鉴赏力不同，正如头脑中的幻想与经验的现实有明显差别一样。[1] 作家、法学家克里斯蒂安·戈特弗里德·克尔纳(Christian Gottfried Körner)在阅读《学习时代》后在与席勒的通信中写道："我所设想的整体的统一是对一个人美丽天性的描绘，它在内在禀赋与外界情况的互动中逐渐培养自身。培养的目标是一种完善的均衡，是充满自由的和谐……"[2]出于天性，人不会任由环境改造；同时，人不能束缚于内在冲动，而应使自身禀赋与外界互动，使自身得到磨砺。在塔社的灵魂人物阿贝对主人公说出"你的学习时代过去了；天性允许你卒业了"(469)这句话之前，威廉在自我修养的道路上已经经历了不同的外在"场景"，也经历了错误的发展，经受了假象的诱惑。在接连的内外碰撞和自身不断的反思中，在自我与他人的张力场中，他获得了两点认识：首先，修养自身须在合适的环境中方能更好地实现，不应"在得不到修养的地方寻找修养"(467)；其次，在个体与社会的互动中，冲突在所难免，往往需要牺牲个体的部分自由意志。康德、洪堡等人主

---

① 参见 Marie Wokalek：*Die schöne Seele als Denkfigur. Zur Semantik von Gewissen und Geschmack bei Rousseau, Wieland, Schiller, Goethe*. Göttingen：Wallstein 2011，S. 327.

② Brief von Körner an Schiller vom 5. November 1796. In：Johann Wolfgang von Goethe：*Goethes Werke*. HA. Band 7. a. a. O.，S. 650.

张个体在社会和工作中发挥作用，内与外、个体与社会之间的矛盾和冲突应得到调和。威廉最终认识到了这一点，因而在第八部书中，他对苔蕾丝说：“我完全听凭我的朋友们来安排和引导……在这个世界上只按个人的意志去奔波，是毫无结果的。凡是我要紧握的东西，我都不得不放开手，而意想不到的酬报却自己向我冲来。”(564)

主人公曾经生活在其中的“场景”可概括为三类：一是看重实用性和利益的市民家庭；二是“正如人世一般”(474)的舞台、剧院，其间穿插着主人公与贵族的交往；三是塔社的团体。无论是在以威廉父亲及威纳父子为代表的商人构成的功利环境中，即“职业的单调圈子里”[①]，还是与想象中纯粹、高贵的艺术事业之中，威廉都只能片面地培养某些能力，而不能全面地发展自己的各种禀赋。而在综合了美与实用的塔社及与之相关的女性人物那里，威廉看到了更高的塑造和改变的可能。他在描述罗塔里欧及其管理的塔社时说：“我认为那人比我先前认识的任何人都高尚……在这个团体里，我可以这样说我第一次有一段正式的谈话，我是第一次更丰富，更圆满，范围更广大地从旁人的口中听到我说的话的真义；我所预感的，现在明瞭了，我所想到的，现在我学着观看。”(417)

威廉从小就希望与外界有所互动。无论是小时候组

---

① [德]弗里德里希·席勒：《审美教育书简》，51页。

织和表演傀儡戏，还是后来活跃在剧团中，都是他在外界寻求应和、再由外界返回自身的尝试，也是他欲摆脱充满限制的市民生活环境的努力。在第五部书开头，威纳在告知威廉其父去世的消息后，又给他写了一封信。信中谈及遗产的分配、管理和商业的发展计划等，这封信“含有这么多经济学真理”，描画出“市民生活幸福的理想”(264)，却并未引起威廉的兴趣，“相反，他却被一种对抗的秘密精神激烈地驱赶到相反的方面”(264)。彼时他仍相信，“只有在舞台上他才能最终获得他想具备的修养”(265)。在给妹夫的回信中，他这样写道：“你的态度和想法，全是为了毫无节制的占有……若是我自己的内心充满了矿渣，即使炼出好铁，对我又有何益？如果我的内心都矛盾重重，就是把田产管理得井井有条，又有什么用?”(265)从中一方面我们可以看出，威廉深知一味逐利的环境不能为人提供良好的内外互动模式和启发机制，另一方面也说明，他的注意力仍集中在他自身。正如他自己所言：“我可以用一句话向你讲明：完全象现在这样培养我自己，从少年时起就朦朦胧胧地成了我的愿望和我的志向。”(265)他之所以羡慕贵族生活，并非出于对财产和特权的艳羡，而是由于认识到市民阶层先天的限制和贵族享有的便利条件，他认为若自己具备这些外部条件，便不必曲折地在剧院中找寻修养的路径，因为贵族子弟“根本不知道什么界限”(266)，而市民则不同：

> 市民却只能怀着纯洁而平静的自知之明在给他画定的界限内活动。他不可以问：你是作什么的？只能问：你有什么？有什么样的见解？什么样的知识？什么样的能力？有多少财产？……前者应该有所作为，施加影响，后者应该努力工作，作出成绩；他应该培养专门的能力，以便成为有用之材，因为这里有一个前提，那就是认为在他的本质里就不存在也不可能有各种才能的和谐，所以他为了按照**一个**方式把自己培养成有用之材，就必得放弃其余的一切。(267)

这番话批判了社会结构对市民的限制，他们既无法自由、全面地修养自身，亦无法直接施加影响，而是要成为某个行业的有用的人，在专门的领域为社会提供服务，这也正是席勒所批判的社会分工带来的人的片面性发展。而作为逐渐壮大的社会力量，市民的人数远超贵族，正因如此，才会有针对这个阶层而提出的修养、教育方案，有他们政治诉求的表达，以及对当时状况的反思和批判。

追求全面修养和内外互动的主人公代表着新人文主义意义上的“完整的人”，在一定程度上也暗示着阶级的消解和社会对真正的人的设想。因为在交往当中，应以人本身作为衡量人的标准，而非其出身的阶层。有修养的贵族与有修养的市民不仅可以平等交流，也会相互趋近。例如，威廉在伯爵家中排演戏剧时，见到了娜塔莉亚的妹妹、“美丽的伯爵夫人”(137)，两个人互相吸引：“伯爵夫人和威廉越过出身和阶级不同的深沟，交换深情浓意的眼色，每人都从自身出发确信可以放任自己的情感。”(158)界限的破除是由于灵魂的互相趋近，威廉并未因自己的出身而感受到根本性的阻碍，正如同弗里德里希并未因自己的贵族出身而发挥其社会影响，而是成了一个周游世界、不事正业的散漫的人一样。对人的塑造是内外因素共同作用的成果，也是人在逐渐认识到自己的天性和能力之后，借助外力发展自身各种禀赋的结果。

主人公与儿时伙伴威纳的关系越来越疏远，与贵族出身却放弃了旧式贵族生活方式的塔社成员走到了一起。在最后一部书中，久别重逢的两位老友外表上的差异反映出各自内心世界的迥异。“威纳认为，他的朋友变得更高、更强壮、更挺拔了，他的本性更有修养，他的举止更为雍容了。”(470)而威纳本人“与其说是前进，毋宁说是后退了。他比以往瘦削得多……前额和脑顶的头发都脱落了，他的声音明亮、急躁，是在叫喊，他那塌进去的胸，凸出来的肩，苍白的双颊使人毫不怀疑，面前是一个操劳过度的忧郁病患者”(471)。他自我评价道：“若是我这一向没有真正赚得许多钱，那么在我身上可以说是一无所有了。”(471)这种反映在外貌上的内心的不同是两人的天性与外界环境共同作用的结果，如果说少年时他们的“气质虽然不同，彼此却互相补充”(50)，那么，在威廉见识了不同的世界、全面和均衡地修养过自己之后，威纳还是生活在商业圈子中，单一地从事着商业活动，两人间的差异难免增大。虽然威纳与塔社成员间在进行着生意往来，但是，片面强调利润的威纳在与塔社成员谈话时显得格格不入，他所展现出来的正是市民在实用主义思想引导下片面发展自身禀赋的结果。

在意识到无法天然拥有贵族的修养环境之后，试图“自救”(267)的主人公曾在舞台上寻找替代方案，希望成为另一种意义上的公众人物。然而，这种替代方案并不可靠，戏剧表演中的人所展现的终归只是一种表象，而非坚实的支撑，如天性轻浮、快乐的女戏子菲利娜(Philine)亦可通过练习装扮出“高贵的外表”(154)。此外，无论是贵族生活还是剧院生活，其实际情形都与威廉所见到的表象及其想象有很大出入。从亲王对法国戏剧的热爱和对本国戏剧的冷淡，伯爵和男爵出于对个别戏子的偏爱而引发的争斗闹剧，到剧团的“忘恩负义”“嫉妒和自私”(190)、对威廉的欺骗，在威廉的带领下建立起来的“小共和国”(194)短暂存在之后在遭遇灾祸时迅速分崩离析，再到观众令人失望的艺术趣味，都反映出威廉是在不适宜修养的地方寻求修养。外在的环境无法促进他的天赋的发展，如雅诺对他说：“你既不是在这环境里生长的，也不是在这里被教养成人的。”(172)剧团可看成是重利的市民家庭与作为教育机构的塔社之间的过渡，威廉带着“一种几乎不能克制的自欺心理”(189)在剧团里流连，满足于“瞬间的幻想”(201)的实现带来的成就感。在第五部书中，奥莱丽亚对威廉说：“我惊奇地看到你能这样深刻而正确地评论文艺，特别是戏剧文艺……没有任何外界的事物进入你的心里，我还很少看见有谁象你这样不认识，甚至根本就错认了那些和你共同生活的人。”(234)

对于奥莱丽亚这个在赛罗的剧团中“唯一真正对他怀有善意的人”(330)发表的这种看法，威廉如此回应：“如果你肯帮助我更好地认识人世，我会很感谢你的。从青年时代起，我精神的眼睛就是向内看的时候比向外看的时候多，我只在一定的限度内学着认识了人，但对人间我是一点儿也不知道，一点儿也不了解。”(235)威廉亦觉察到自己对外界的关注太少，由于缺乏洞察力而选错了环境，在《哈姆雷特》一剧成功上演后，饰演国王鬼魂的神秘人(塔社成员)留给威廉一条面纱，上面绣着这样一句话：**“第一次也是最末一次！逃吧！青年，逃吧！”**(304)它暗示威廉要及早认清现实情况并离开不利于个人修养的剧院，加入积极向上的团体，祛除那种“想在吉卜赛人的团体里发现一些美和善的妄想”(408)。

在第七部书的开头，受奥莱丽亚临终托付的威廉踏上了前往罗塔里欧庄园的路，这是他告别剧团生活的重要一步。离开剧团促使威廉在精神上逐渐与之疏远。与雅诺重逢后，威廉对他说：

> 关于剧院，人们谈得很多，但是谁若没有亲身在那里面混过，谁就想象不到那里的情形……每个人不单是要当第一位，而且也要当独一位，每个人都想把其余的人排挤开……每个人都觉得自己与众不同，可是又没有能力在陈腐旧套之外有所作为……他们怎样激烈地明争暗斗！只是那最渺小的自私，那最狭隘的私利，使他们互相联合……每人都要求绝对的尊敬，每人对于最微小的责备都感觉锐敏……总是有所需求，总是没有信赖，好象他们最惧怕理性和良好的趣味……(408～409)

我们可以看出，“就这团体的精神和意义而言，事实上他跟这团体早已分手了”(447)，而他的这番总结其实“并不是把剧院，而是把整个的人世描述了一番”(409)。这一方面说明他“不通世故”(409)，另一方面则恰好反映出他尽管曾经在错误的环境中生存，但在与形形色色的人的交往过程中他仍然积累了人生的知识。

威廉在第七部书的开头说道，人们“静静地希望着……内心天然的倾向不要永远没有对象”(396)。结合先前的分析我们可以看出，他的心中是充满矛盾的，他的精神发展也并非线性般明晰。一方面，他自年轻的时候起便更关注内心世界，甚至将幻象当作真实，辨识不清方向；另一方面，一直渴求内心与外界互动的他始终在寻求外界的回应，如同德国当代文学研究者汉斯-于尔根·兴斯（Hans-Jürgen Schings）分析的那样："与这希望相一致，小说引领威廉穿过由一组'给予回应的对立形象'构成的世界，并经由娜塔莉亚给予他'至福的保障'，保障回应的特征及世界的可开发性。"[①]在经历了渴望和寻找之后，主人公再次见到了曾经救助过他的"圣女"（206），"美丽的女英雄，崇高的护身神"（443），他的"引导者"（509）娜塔莉亚，她是与他最为相似的人，是一个符号性的应和。

从主人公曲折的发展历程中，我们既可以看出不同环境对他发展的制约，又能看出禀赋和天性需求所起到的决定作用。内心与外界碰撞后的动态发展即修养的过程，也是认识和建构自身精神世界的过程。对此，作品中提供的方案既不同于环境决定论，亦非卢梭所说的消极教育，也不是倡导人在远离外界影响的前提下静修自身，而是要人如同植物一样生长。席勒在给歌德的信中写道，《少年维特之烦恼》（*Die Leiden des jungen Werther*）一书中的激情的力量在《学习时代》中都能找到，只是在后一部作品中，这些力量为一种男性的精神所约束，被提炼为完满的艺术品所应具有的宁静的优雅。[②]

---

① Hans Jürgen Schings："Agathon - Anton Reiser - Wilhelm Meister. Zur Pathogenese des modernen Subjekts im Bildungsroman". In：ders：*Zustimmung zur Welt*：*Goethe-Studien*. a. a. O.，S. 89.

② 参见 Brief von Schiller an Goethe vom 19. Februar 1795. In：Johann Wolfgang von Goethe：*Goethes Werke*. HA. Band 7. a. a. O.，S. 622.

这种完满和优雅在最终统合了内外关系的主人公的身上得以彰显。如果说先前的经历使他认识到修养需要合适的环境，那么塔社的作用则在于进一步增强了他的内外互动意识，使他更加明确地认识到了自决与他决、义务与倾向之间的关系。

四、隐蔽的手：塔社的教育实验

如前文所述，“美丽心灵”的手卷是连接主人公人生前后两个阶段的纽带，也是对主人公进入塔社前的心灵洗礼。小说中人物所具有的教育功能往往以光的比喻体现：娜塔莉亚初次出现在威廉面前时，好像她的“头被光芒围绕”(206)着；具有启发意义的“美丽心灵”被称为“一支光”；威廉在举行入社仪式的关键时刻看到了“上升的太阳”(466)，当他按照指令坐下时，“早晨的太阳已经照耀着他的脸”(466)。如果说拥有“光芒围绕的最高贵的形体”(207)的娜塔莉亚不仅救治了威廉身上在与强盗混战时所负的伤，也治好了威廉心灵中不当的激情和疾病倾向，那么，手稿则将他引向了完全不同的世界。它像一本教科书，具有一定的教育功能。

对比之前的幻想和狂热，威廉在第八部书里最终与娜塔莉亚重逢时，他的头脑和心灵已经受到约束，体现出认知本质的冷静。他在对比“那女英雄的图像和他眼前新结识的女友的图像”(488)时感到：“那女英雄的图像可以说是他自己创造的，这女友的图像却仿佛要改造他。”(488)如果说威廉此前对外界的认识往往是自己心中想象和期望的投射，那么，逐渐进入现实生活中的他开始形成对外界的合理认识，更多地接纳了外界的影响。在第二部书开头，叙述者曾对失恋的主人公做出如此评述：“我们的读者就不必费神去知道我们这位失恋朋友的哀痛和……苦难了。可是我们要越过几年，希望在见到他活跃于他的事业和享乐中时再提到他，前此只不过是为了全故事的关联而简略地叙述一番。”(64)这预示着主人公的狂热将渐趋冷静，也预示着他所处的环境会发生很大转变。弗里德里希·施莱格尔也高度评价了最后两部书：“其实第四卷才是作品的真身；先前的部分只是铺垫。”①

塔社的教育可以从两方面来分析。从手段而言，其方案旨在对人进行一定的引导，这既非消极教育，亦非过度干涉，而是调节性的介入。一方面，塔社仿佛一种机器装置②，具有自动运转和调控的功能；另一方面，机器又并非无计划地盲目运行，塔社的教育方案实则具有很强的实验性，如席勒曾说：“迈斯特的学习时代绝

---

① Friedrich Schlegel：“Über Goethes Meister”. In：Oscar Fambach：*Goethe und seine Kritiker*. a. a. O.，S. 59.

② 席勒在给歌德的信中提到了这个词，指涉塔社的作用。参见 Brief von Schiller an Goethe vom 8. Juli 1796. In：Johann Wolfgang von Goethe：*Goethes Werke*. HA. Band 7. a. a. O.，S. 638.

非自然施加的盲目的影响，而是一种实验。”[①]在不同时空条件下看似偶然的一系列事件其实是事先筹划好的，这种实验仿佛以“在确定与不确定之间转换的知识储备”[②]为基础的游戏。塔社力求制订出可以推广的教育方案，通过针对个体的实验，以及对个例的观察、记录和归档，可以观察到教育知识的创造和储存过程。在此类进程中，康德看到了教育发展的必然性：“**一种造物的所有自然禀赋都注定有朝一日完全地并且合乎目的地展开**”[③]，“由于自然禀赋的发展在人身上不是自行发生的，所以一切教育都是一门艺术”[④]。威廉的结业证书上也有类似的话：“在每一种天赋里都存在着自我完成的力量。只有很少一些从事教学和实际工作的人才懂得这一点……我们一直力求看清和了解：我们自己有什么才干，我们能在自己身上培养什么才干。”(524)从教育效果而言，塔社的教育理念与威廉自我修养的目标之间具有一致性，因而威廉在此相对圆满地实现了内外互动。当然，也不可忽视二者的冲突，威廉虽在塔社找到了归属感，但这种归属感并非毫无保留的认同，他多次因塔

---

① Brief von Schiller an Goethe vom 8. Juli 1796. In：Johann Wolfgang von Goethe：*Goethes Werke*. HA. Band 7. a. a. O. , S. 637.

② Ralf Klausnitzer：*Literatur und Wissen. Zugänge - Modelle - Analyse*. a. a. O. , S. 378.

③ [德]康德：《关于一种世界公民观点的普遍历史的理念》，见李秋零主编：《康德著作全集》第 8 卷，25 页。

④ [德]康德：《教育学》，见李秋零主编：《康德著作全集》第 9 卷，25 页。

社成员对自己进行操控感到不快，感觉受到了束缚。

塔社对威廉的暗中引导既类似于亚当·斯密市场经济理论中“看不见的手”所起到的调控作用——二者都隐而不见，借助一种机制发生作用，又可将其看作“上帝之手”，如雅诺这样形容阿贝：“他总喜欢扮演代表天命的角色。”(526)无论是借用经济领域的还是宗教性的隐喻，无论将塔社看作机器、技术的象征还是以理性教化替代宗教控制的机构，都不可否认，塔社对威廉的引导贯穿在整部小说之中，这是一种隐秘进行的教育实验，实验的背后是尝试对人进行塑造的周密方案。少年时热爱傀儡戏的威廉曾与一名素不相识的外乡人交谈。实为塔社成员的外乡人劝导威廉勿盲从命运，而要相信理性。相应地，在小说中，塔社所代表的理性规划实则取代了命运的角色，也是人对于自然进行掌控的尝试，而最后威廉在得知一系列的偶然相遇和交谈实则是人为的暗中策划时，他对于偶然与命运的认识也受到了影响。第二部书中，扮作乡村牧师的塔社成员与外出郊游的威廉交谈，“牧师”谈到了剧团训练，批评了威廉热爱的傀儡戏，称其为“庸俗”(106)的，并继续与威廉探讨命运的必然与偶然。此时，他并未提醒威廉远离剧团，而是迁就了威廉的喜好，但已试图影响威廉的审美。而当威廉组织排演《哈姆雷特》，却因缺少扮演国王及其鬼魂的演员而一筹莫展时，塔社的神秘人又出现了，留下了灰色的面纱提醒威廉逃走。塔社的重要成员雅诺同样对威廉产生了多方面的影响。威廉面对雅诺时的态度很复杂，两人的思想碰撞和争论从侧面反映出，塔社成员的思维并非基于单一的模式，而是建立在不同的天性基础之上。

读者会逐渐认识到，塔社的一系列观察和引导行为，后来举行的入社仪式，以及威廉在加入团体后接到任务，都是塔社的精心布置。塔社作为一个特殊团体，成员间共享知识，而在无知者——如单恋罗塔里欧而不信任阿贝的女子吕迪亚（Lydie）和加入塔社之前的威廉——看来，这代表着神秘，甚至是故弄玄虚。知识的“结构性不对称”使塔社成员在与威廉的交往中，在二者隐秘的权力关系中，始终处于优势地位。[①] 未入社时，一无所知的威廉被动地接受这种机构化的知识的影响，而塔社成员不仅早已“认识”了威廉，而且有计划地将不同的知识灌输给威廉，最终吸引其加入塔社。

至第七部书的结尾，威廉已较为圆满地实现了修养目标，塔社的大门向其敞开，迄今为止依然隐秘的知识也近在眼前，如同雅诺对威廉宣布的那样：“现在我们能够有把握地认你是我们自己的人了，因此，不更深一层引导你知道我们的秘密，也是不应该的。”（465）塔社吸纳威廉入社不仅是由于承认他的修养，而且也希望通过吸收有为青年推动社团的发展，雅诺继续述说这种设

---

① 参见 Ralf Klausnitzer：*Literatur und Wissen. Zugänge - Modelle - Analyse*. a. a. O.，S. 389.

想："一旦他的修养达到某一种程度，他置身于大众中学习着忘我，这对他很有好处；他学习着为了旁人生活，在一种承担义务的事业中忘却自己。这时他才学习着认识自己；因为行为自然会将我们和旁人比较。"(465)在注重个体融入集体的塔社中，威廉开始了另一种生活。与康德所说的"要把许多东西总是视同义务。一个行动必然对我有价值，不是因为它合乎我的偏好，而是因为我由此履行了我的义务"[①]相一致，阿贝也主张"一个青年人永远有理由要求参加一些活动"(539)，服从集体的安排，履行自己的义务。雅诺同样告诫威廉说："你不要考虑你自己，你要考虑你周围的环境。"(525)当威廉对塔社的安排表现出不满时，阿贝要求他服从安排。威廉在冲动之下想离开塔社，踏上漫游之路。他的不满和疏离表明他仍具有自己的独立的意志。在塔社有计划的干预之外，威廉的成长过程中也不乏偶然性事件的发生，世界上有规律和法则，同时又充满了偶然，人生活在这规律与偶然的交替作用中。[②] 小说通过生动的讲述探讨的是个人如何在保持天性和独立意志的同时服务他人，而社群如何在谋求自身发展的同时不损害个体的利益及其独特身份。[③]

---

① [德]康德：《教育学》，见李秋零主编：《康德著作全集》第9卷，500页。

② 参见冯亚琳：《限定、保留与平衡——歌德教育思想的再解读》，载《外国文学》，2007(4)，89～90页。

③ 参见 Alioune Sow：*Entwicklungsoptionen der Goethe-Zeit*. München：Iudicium 2003，S. 114.

塔社的教育理念中蕴含着积极的人类学观念，如威廉的结业证书上所写的：

> 人的总和构成人类，一切力量合在一起构成世界。所有的人和一切力量常常处在相互斗争中……而自然却总要把他们联合起来，使他们复兴。从最低级的动物般的手工冲动牵引到精神艺术的最高级的表现……从感官所及的最单纯的感觉到精神上对遥远未来的最敏锐的预感和希望，——所有这一切全取决于人……但不是靠一个人，而是靠很多人。(524)

这与康德的教育思想不谋而合。这种对人的重视及社群进步的设想同样体现在知识的机构化上，通过“亲眼观察一切”和建立“自己的世界知识档案馆”(521)，塔社试图影响更多“关心自己的教育”(521)的人，用康德的话来说是：“人惟有通过教育才能成为人。除了教育从他身上所造就的东西，他什么也不是。应当注意的是，人惟有通过人，通过同样是受过教育的人来受教育。”①小说中有苔蕾丝引用的娜塔莉亚的话：“如果我们接纳这些人，任凭他们一如既往地生活，那么我们就会使他们变得更坏；如果我们对待他们，就像对待他们应

① [德]康德：《教育学》，见李秋零主编：《康德著作全集》第9卷，443页。

该被培养成的人一样，那么我们就会把他们引向他们应该达到的境界。”(503)这番话不仅有康德欲以代际培养推动整体进步的教育学观的影子，而且与克莱斯特在《最新教育计划》(*Allerneuester Erziehungsplan*，1810)中的看法相呼应：“事实上，如果父母具有不容置疑的能力，按照以自己为模板构建的准则教育孩子，那世界又会成什么样子呢？——因为，众所周知，人类应该进步，因而，即使他们本身无可指摘，让孩子成为他们那样也是不够的，孩子应该更好。”[①]克莱斯特的说法侧重于家庭教育，娜塔莉亚的话则针对普遍的成人教育，但其中体现的进步观是一致的。

在入社仪式上，威廉从阿贝手中接过自己的结业证书，随后浏览了所有成员的“学习时代”手卷。塔社成员“在行动中”“观察和认识自己”(521)、观察他人，从而积累了丰富的关于人、关于人的教育的知识储备，正如莫里茨对各种心理案例的记录和研究生成了人类学知识那样。从中我们不仅可以看到从“非知识到知识的转化”[②]，而且可以看出实践的重要性。雅诺向威廉解释结业证书上的内容时说道：“那些一般性的格言不是凭空想出来

---

① Heinrich von Kleist：*Sämtliche Werke und Briefe*，4 Bände. Hg. von Ilse-Marie Barth，Klaus Müller-Salget，Stefan Ormanns u. a. Band 3. Frankfurt am Main：Deutscher Klassiker Verlag 1990，S. 551f.

② Michael Gamper：“Einleitung”. In：Michael Bies/Michael Gamper (Hg.)：*Literatur und Nicht-Wissen. Historische Konstellationen (1730-1930)*. a. a. O.，S. 11.

的。自然，这些格言对于毫无此类阅历的人说来仍然是空洞和模糊的。”(520)由于这个时代对经验科学的重视，教育知识同样建立在对个案的观察和信息收集基础之上，塔社结业证书上的格言也是对大量具体实践的总结概括，正如当时的实践活动促成了各种教育理论的诞生一样。[①]

威廉在阅读自己的学习时代手卷时有这样的感受：“他不过是第一次在身外看见他的图像，不是象在镜子里看见一个第二个自己，而是象在一幅画像上看见一个另外的自己：虽然我们并不赞同所有的描述，但是，有一个思想聪颖的精神愿意理解我们，有一个大的智能愿意描述我们，结果是不仅我们过去的图像还存在，而且这本图像又能比我们自己存在的时间更长久，我们也是很高兴的。”(477)从威廉的上述感受中，我们首先可以看出知识的生产和知识的储存依靠文字媒介得以实现。通过手卷得以流传的知识并非先天存在的，而是经过了人的创造和加工；由此而建立起的知识档案馆也反映出当时知识的门类化、机构化趋势。18 世纪后半叶，百科全书、辞书、词典和图书馆可谓是“知识的代表”[②]，它们确立了知识门类化、机构化的典范。综合性的、大型

① 参见 Susanne Düwell/Nicolas Pethes：“Noch nicht Wissen. Die Fallsammlung als Prototheorie in Zeitschriften der Spätaufklärung”. In：Michael Bies/Michael Gamper（Hg.）：*Literatur und Nicht-Wissen. Historische Konstellationen*（*1730-1930*）. a. a. O.，S. 139f.

② Carsten Zelle：“Zu diesem Heft”. In：*DAJ* Jg. 22(1)：*Enzyklopädien, Lexika und Wörterbuch im 18. Jahrhundert*. Wolfenbüttel 1998，S. 7.

的百科全书不仅符合全面、普适的要求，而且具有多种"与时代的科学和教育工程密切相关的意义维度"[①]。塔社不仅建立了关于教育的知识秩序，而且在成员之间分享知识，以此建立了身份认同和集体记忆，也为新成员和后代提供了可以参考和学习的典型案例。另外，塔社对威廉的描述并非对既定事件的如实还原，文字媒介"储存"的也并非与故事主角分毫不差的镜中形象，而是以其经历见闻为原型的再创造。正如画家画像时会进行创造性地加工那样，作者也会在手卷中植入自己的思想进行文学创作。如本书开头所述，文学手法在知识的生产过程中不可或缺，不仅在人文科学领域如此，在自然科学领域也是同样的。在一定程度上说，这种文学性的记载高于现实，因此比数据和史实更具留存百代的意义，由此而生成的图像和知识超越个体所在的时空而得以留传。

不可忽略的是，叙述者对塔社的态度中常带有冷静的嘲讽，能够促使读者对塔社及主人公保持观察的距离，这也是小说的张力所在。塔社成员以启蒙者自居，他们取代了上帝，以理性和行动力为原则，但同时，他们如戏剧中的人物一样在表演，似乎又偏离了自己的原

① Helmut Zedelmaier：Rezension zu "Enzyklopädien der frühen Neuzeit：Beiträge zu ihrer Erforschung. Hg. von Franz M. Eybl，Wolfgang Harms，Hans-Henrik Krummacher und Werner Welzig. Tübingen 1995". In：*DAJ* Jg. 22 (1). Wolfenbüttel 1998，S. 145.

则。例如，在威廉入社的仪式上使用帷幔和甲胄，各人轮流上场，装扮极其特殊，像在表演一出戏，这其中包含“一向忙碌不停的神秘莫测的力量”(519)，甚至有虚假的成分。威廉在心绪愁闷时曾讥讽地说：“他们的值得称赞的意图，无非是把联在一起的东西分开，把分开的东西联在一起。从中产生的一切把戏，对我们不够虔诚的眼睛说来，永远是一个谜。”(519)而歌德曾在《论色彩学》(*Zur Farbenlehre*)中写道：“把联结在一起的东西分开，把分开的东西联结在一起，这是自然的生命。”①这种自然法则在小说中却仿佛是一种嘲讽，仿佛塔社是虚假的自然或对自然的拙劣模仿，是在自然科学兴起后仿制出的机械体制。

在塔社内部亦不乏教育者之间的矛盾。“美的心灵”的手稿中记载着，他们“这些教育家”(394)设法不让孩子接近与神有关的事物。她的叔父也认为，她对孩子而言是危险的。某种教育方案总不免意味着排斥一些事物，树立某种权威，用“美丽心灵”形容塔社教育家们的话说：“在实行方面却没有一个人取宽容的态度！因为即使有人确实保证，他愿意让每个人按照他自己的方式发展，但他却设法不使那些和他想法不一样的人有所作为。”(394)但与此同时，以阿贝为代表的核心人物又主

① Johann Wolfgang von Goethe: *Goethes Werke*. HA. Band 13. a. a. O., S. 488.

张顺应天性的自由发展，使被教育的人在错误和迷途中感受迷惑，这种教育的实验性质非常明显。罗塔里欧等四个兄弟姐妹是这种“特殊的尝试”(394)的较早的实验对象。阿贝试图把要受教育的人“放在一个合适的环境里”(394)。其中，弗里德里希似乎是教育的反面样例，娜塔莉亚对他的评价证实了这一点：“我弟弟弗里德里希将要成为一个什么人，让人无法想象；我怕，他要成为这种教育试验的牺牲品。”(493)她认为，是阿贝的教育理念促使弗里德里希按照自己的心意走上了一条错误的路。作为理想女性形象的娜塔莉亚则认为：“谁在此刻不帮助人，我就觉得是从来不帮助人，谁在此刻不给人以忠告，我觉得就是从来不给人忠告。我觉得，宣布某些规则，让孩子们切记必须以坚强的意志来对待生活，是必要的。我甚至要主张：按照规章行事而犯了错误，比受天性的任意支配犯错误，要好一些。”(499)除去双方的性别差异，这种教育方案的差别也反映出时代教育话语的多样性与丰富性。威廉同样质疑塔社“为什么不更严格，更严肃地来引导”(467)他，为什么不把他从错误的路上拉回。但同时，“他有一种想法，就是总觉得他生活里的很多事他都是自由地在暗地里做的，但实际上他却是被人从旁观察，甚至被人牵着鼻子走”(477)的。告别往日生活后，他既为犯下的错和虚度的时光感到后悔，但同时又对外界的一些安排非常反感。赫尔德或许会如此告诫在自由与限制、自决与他决之间摸索的、试图寻求种种对立之间的平衡的主人公："通过犯错和迷惘，通过受教育、身处困境和练习，每个有限的生命体都在寻求自身各种力量的均衡，因为对其存在最完满的享受仅在这均衡之中；只有少数幸运儿才能以最纯粹、最优美的方式实现这个目标。"[①]

"在某种程度上操纵……大家"(523)的阿贝以其教育理念主导着塔社，正是由于他相信，人的天赋中包含着自我完善的力量，会促进人最终完成修养，因而认为："如果人们要在某个人的教育上有所成功，那就必须首先看到这个人的爱好和愿望是什么。"(394)曾乔装成乡村牧师的塔社成员说："为人师者的职责并不是警戒你莫入迷途，而是引导迷路的人，甚至让他在迷误中吃尽苦头，为师的贤明就表现在这里。"(466)威廉在离开剧团后，认为自己在剧团中待了太久而毫无所得，"乡村牧师"则回答说："你错了；我们所遇到的一切都会留下痕迹，一切都不知不觉地有助于我们的修养……最稳妥的永远是只做我们面前最切身的事。"(397)歌德本人曾说："最糟糕的是人们在生活中经常受到错误志向(Tendenzen)的阻碍而不自知，直到摆脱了那些阻碍时才明白过来。"[②]但他又说："我获得了见识，所以我可以安心了。这就是从错误志向中所能得到的益处……错

---

① Johann Gottfried Herder：*Werke in 10 Bänden*. Band 6. a. a. O., S. 648f.

② [德]爱克曼辑录：《歌德谈话录》，195页。

误的志向也不是毫无益处。"[①]阿贝的教育观点无疑参与了18世纪末的教育话语，为如何恰当地促进自然禀赋的发展、如何处理个人与环境的关系等时代问题提供了可能性方案，在这个意义上，他是一位时代教育者，而雅诺则自知并非施教者，他说："我是一个很坏的教师，见人实验做得很笨，我就觉得不能容忍。"(522)

作为教育实验"失败品"的弗里德里希是典型的喜剧丑角形象，他"有一种非常愉快、轻率的天性"(493)。他周游世界时漫不经心、随心所欲，这与威廉通过旅行增长见闻、修养自身的做法截然不同。他喜欢插科打诨，凡事于他皆如儿戏。他戏称威廉为"这位英雄、这位军事统帅和戏剧哲学家"(527)，最后却是由他预先揭示了威廉与娜塔莉亚的结合，也是由他开玩笑似的道破了玄机："我觉得你象基士的儿子扫罗，他外出寻找他父亲的驴，而得到一个王国。"(578)这个角色与巴赫金论述中的中世纪民间故事中的愚人、傻瓜形象之间具有相似之处。在巴赫金看来，这些角色的重要作用在于，他们具有讽刺和戏仿的特征。[②] 他们创造出微观世界，创造出特殊的时空结合体，他们是生活的演员，其存在即为了塑造角色，因而他们在这世界上保存着一种陌生

---

① [德]爱克曼辑录：《歌德谈话录》，195页。

② 参见Michail M. Bachtin：*Chronotopos*. Aus dem Russischen von Michael Dewey. Frankfurt am Main：Suhrkamp 2008，S. 87.

感；他们总是处在变化当中，不会固定下来，故而也会促使小说发生重要的转折。[①] 他们是“已经死去并身处地狱的帝王和上帝的变形”[②]。作为权威的变形与反面，他们拥有破界的力量，永远保留着戏仿与反讽的权利，将戏剧舞台与实际生活、文学艺术与集会场所拼接为一，使两种时空体交错相融。[③] 他们扯下他人的面具，如弗里德里希扯下小说中其他人的面具一样。

同时，弗里德里希得以获取“渊博的知识”(529)是由于他在无聊时和菲利娜交替朗读藏书室中的不同的书：“我就是在这种愉快的方式下受的教育……并且真的成了很有学问的人。”(529)“我们就这样天天有系统地交谈，从这里渐渐也就受到了教育。”(530)而这样一种被威廉评价为“儿戏”(530)的、仿佛与教育学主导话语相背离的“教育”却会使人反思教育法则和规范机制，也正是这种背离使人的形象更为丰富。小说中，菲利克斯也正是由于违背了成人的“训诫”和“法则”[④]，保留了“人们通常所说的恶习”(258)，拒绝用杯子喝水，而坚持用瓶子喝，才最终得以避免喝下有毒的饮品，逃脱一死。作为理性的他者、“文明化的培养”[⑤]的对立面，这些情

---

① 参见 Michail M. Bachtin：*Chronotopos*. a. a. O.，S. 88 u. S. 90.

② Ebd.，S. 90.

③ 参见 ebd.，S. 91.

④ [德]康德：《教育学》，见李秋零主编：《康德著作全集》第 9 卷，441～442页。

⑤ [德]康德：《教育学》，见李秋零主编：《康德著作全集》第 9 卷，449 页。

节如同广阔的理性大地上嵌入的几条河流，平滑的空间中编织进的纹理空间[①]，正是由于这种张力关系，这种对边缘事物的美化扩充了"'关于人'的诗学知识"[②]，从而促使人反思既有的知识体系，反思既定的知识秩序是否限制了人的复杂性，对完善人格的追求和教育学知识的建构是否压抑了另外一些可能性。

概括而言，《学习时代》通过展现市民家庭出身的主人公在异质空间中的旅行和成长经历，着力进行对结合美与实用、调和身心以及内外关系的"完整的人"的塑造，展现了生动的教育学知识和积极的人之构想方案。统合了"美丽心灵"的虔诚自修与苔蕾丝的干练理智的娜塔莉亚是威廉在世上获得的至高回应，他们都有"对完美事物的高贵的憧憬和追求"(503)，两人爱情的圆满也标志着主人公人格的完善。多方面力量的平衡是矛盾化解的结果，它不仅建立在对古希腊文化的接受上，也是18世纪晚期的人类学话语及教育学话语共同作用的结果。塔社的行动、教育方案与康德的理性、教育观念高

---

① 参见 Gilles Deleuze/Félix Guattari："1440 - Das Glatte und das Gekerbte". In：Jörg Dünne/Stephan Günzel：*Raumtheorie. Grundlagentexte aus Philosophie und Kulturwissenschaften*. Frankfurt am Main：Suhrkamp 2006，S. 434.

② 参见 Wolfgang Riedel："Literarische Anthropologie. Eine Unterscheidung". In：Wolfgang Braungart/Klaus Ridder/Friedmar Apel (Hg.)：*Wahrnehmen und Handeln. Perspektiven einer Literaturanthropologie*. Bielefeld：Aisthesis 2004，S. 363.

度一致，康德提倡的教育实验以及比私人教育、家庭教育更优越的“公共机构”[1]提供的教育以塔社这种形式生动地展现给了读者。受到塔社教育的主人公最终实现了自己的全面修养，并投身推动团体进步和社会进步的实业。在他身上，不同的修养和教育方案共同发生了作用，也有时代哲学家、理论家教育理念的痕迹。与此同时，文本也保留了多样性，描绘了多种身体—灵魂的可能性方案和教育实验带来的不同后果，不可忽视的“边缘”人物不仅与主人公的形象，而且也与时代的人类学、教育学话语形成了一定的张力关系。

---

① ［德］康德：《教育学》，见李秋零主编：《康德著作全集》第 9 卷，452 页。

第四章　《赫斯珀洛斯》与诗意的人

1795年，让·保尔·里希特的长篇小说《赫斯珀洛斯》一经问世便反响热烈，其后两次再版，均有改动。这是作者用让·保尔这个笔名出版的第二部长篇小说，小说中的叙述者也叫让·保尔，住在东印度洋的圣约翰尼斯(St. Johannis)岛上，自称矿区总管。一天，一只叫作施皮齐乌斯·霍夫曼(Spitzius Hofmann)的狗充当邮差，为他带来了一封署名为克内夫(Knef)的信。信中，克内夫委托让·保尔为他写一部家族故事小说，材料会由霍夫曼分批带给他。这便是"狗邮日"的由来。①

故事的主人公维克托(Viktor)又名塞巴斯蒂安(Sebastian)，是英国公爵霍里翁(Horion)的儿子。其父霍

---

① 克内夫在信中提到，材料中记录的是真实的故事，但为了保密，其中的人物均使用了化名。在小说中，叙述者的写作时间是1793年5月1日至11月1日，狗邮则开始于1793年4月29日，结束于11月1日，也就是说，狗寄送邮件的时间与叙述者的写作时间几乎全部重合。内层故事讲述的则是1792年4月30日至1793年11月1日发生的事，即叙述者开始写作时，故事尚在发生。

里翁是管辖弗拉克森芬根(Flachsenfingen)地区的德国亲王亚努埃尔(Januar)的心腹谋士。亚努埃尔也称耶内尔(Jenner),他曾将自己四个私生子的教育任务委托于霍里翁,但不久后,四个人均不知去向。后来亲王又添了一个私生子,即王子(der Infant),是霍里翁的侄女、书中的“夫人”(die Lady)所生。在霍里翁的安排下,王子、维克托与圣吕内(St. Lüne)村庄的牧师彼得·艾曼(Peter Eymann)的儿子弗拉明(Flamin)一起在英国接受教育,他们的老师是达霍(Dahore)。王子失明后,达霍陪他留在英国,维克托和弗拉明则前往弗拉克森芬根,进入亚努埃尔的政府供职。后来,两人都爱上了宫廷侍从总管冯·勒博(von Le Baut)的女儿克洛蒂尔德(Klotilde),此后,两人之间产生了嫌隙。顾及与弗拉明的友谊,维克托一直在压抑自己的感情,但后来他从公爵口中得知,弗拉明实为亲王的儿子,且与克洛蒂尔德是兄妹,他们的母亲就是“夫人”。在“联合之岛”上,维克托对父亲立誓不说出真相。他虽不希望破坏与弗拉明的友谊,并且受到了亲王夫人阿尼奥拉(Agnola)等的引诱,但仍与性情相投的克洛蒂尔德渐渐走近。在两人交往期间,维克托获知克洛蒂尔德最珍视的朋友和老师埃马努埃尔(Emanuel)正是他一直思念的达霍。这位印度老师生活在迈因塔尔(Maienthal),并坚信自己会在1793年白昼最长的那天死去。

不明真相的弗拉明在获知维克托与克洛蒂尔德的

恋情后，陷入了疯狂的嫉妒。在宫廷部长的儿子马蒂厄·冯·施洛伊内斯(Matthieu von Schleunes)的挑拨下，他先是与维克托决斗，后在另一场决斗中"杀死了"克洛蒂尔德的父亲冯·勒博——马蒂厄实为杀人者，但弗拉明承担了杀人的罪名。随后，克洛蒂尔德前往英国向母亲求助，维克托则留在德国设法搭救弗拉明，马蒂厄则利用手中掌握的秘密继续算计别人。埃马努埃尔去世前，维克托从他口中获知了一些真相，他和克洛蒂尔德希望能请这一切事件的幕后操控——公爵霍里翁——前往德国说明实情，以便解救弗拉明。最后，霍里翁自尽于"联合之岛"，临终前他交代了所有真相。亲王的五个儿子都已找到，其中三个儿子被称为"三名英国人"或"三人组"——霍里翁暗中安排他们在英国接受启蒙教育；还有一个是弗拉明，即真正的王子；最后一个则是叙述者让·保尔。维克托实际上是艾曼牧师的儿子，而曾与他和弗拉明一起接受教育、后来失明的美少年尤利乌斯(Julius)才是公爵霍里翁的儿子。

有研究者认为，让·保尔在这部小说中借鉴了蒲柏早年一部短篇小说的基本情节[①]，但实际上，比错综复

---

① 参见 Beatrix Langner：*Jean Paul. Meister der zweiten Welt. Eine Biographie*. München：Beck 2013，S. 172.

杂的情节更关键的，是让·保尔有意营造的“诗学幻象”[①]，是对诗意之人的塑造，以及小说以独特的诗学理念对读者进行的引导。例如，让·保尔在1793年3月26日写给朋友克里斯蒂安·奥托(Christian Otto)的信中说：“归根结底，每种主要素材对作家而言都只能是工具，是裹药片的银壳，是讲桌，得以借此谈论其他的一切。”[②]从表面上看，《赫斯珀洛斯》是一部充满讽刺意味的国家小说、政治小说、宫廷小说和家族小说，但它其实更多地是在关注身处这些社会空间之中或之外的人，着力呈现诗意之人的情感世界和精神疆域。狄尔泰亦将《赫斯珀洛斯》划归为修养小说，他这样描述道：“在威廉·迈斯特及赫斯珀洛斯之后，此类小说描写的是全都是处在那个阶段的少年；写他如何在幸福的黎明时分踏入生活，寻找与自己相似的灵魂，与友谊、爱情相遇，而他后来又如何陷入与世上诸般艰难现实情况的斗争中，找寻自我，并明确自己在世间的任务。”[③]

---

① Jean Paul：*Hesperus oder 45 Hundposttage*. In：ders.：*Jean Paul. Sämtliche Werke*. Abtl. I. Band 1. a. a. O.，S. 488. 小说《赫斯珀洛斯》收录在此书中(S. 471-1236)。本章在引用小说原文时只在引文后括号内标明出处页码。原文中的斜体在译文中以黑体标示。由于此小说尚无中文译本，故相关引文均由笔者自行译出。

② Jean Paul：[Brief] an Christian Otto. In：*Jean Paul：Sämtliche Werke*. Historisch-kritische Ausgabe. Hg. von Eduard Berend. Abtl. 3. Band 1. Berlin：Akademie Verlag 1956，S. 375.

③ Wilhelm Dilthey：“Hyperion”. In：ders.：*Gesammelte Schriften*. Band 26. Göttingen：Vandenhoeck & Ruprecht 2005，S. 252.

在文学作品中，修养具有不同的含义，其中一种强调个体与社会相结合，在与外界的对抗中调整、反思自身，最终实现内外的均衡和良性的统一，还有一种则强调天性的发展、个体的自由及其内心世界的发展，拒绝融入非理想的外界环境。能够与这两种修养类型相对应的文学形象，分别是歌德塑造的迈斯特以及让·保尔塑造的赫斯珀洛斯。后者拒绝融入宫廷生活，拒绝与外部环境和解，亦不满足于以职业身份为社会服务，而是渴望接受诗学教育，追求超越现实的更高世界。

一、内修的人与广博的灵魂

将男女主人公的人生连在一起的关键人物埃马努埃尔不仅代表着一个崇高的人物形象，而且是男女主人公的教育者。身体虚弱、一心向神的他与《学习时代》中的“美丽心灵”之间有相似之处，如果说已故的“美丽心灵”的手卷是连通主人公戏剧生涯和塔社经历的桥梁，不仅有助于威廉的修养，而且使得他与娜塔莉亚之间建立了更紧密的联系，那么，埃马努埃尔则以身体在场的交谈和带有身体痕迹的书信作为媒介对维克托及克洛蒂尔德施加了更为直接的影响。而在分析他的教育者角色之前，首先要考察的是他所代表的身体—灵魂方案以及小说中生成的其他方案。

这位被称为“高尚的人”“崇高的人”“高贵的人”“内

在的人”和“最温柔伟大的人”(S. 546)的印度裔老师身体孱弱而精神高贵，在认定了自己离世的日期后，他几乎不与外界来往，既远离了宫廷，也远离了日常生活。他向往死亡，将死亡视为走近上帝的至福之途。他不看重肉身，流连于纯粹的精神之乡，或者说，正是由于其身体的残损、衰弱，他的精神才渴望摆脱身体。他曾对维克托说：“我无法再适应地球了；生之水滴已变得平浅，我无法再在其间活动，而且，我的心渴望加入那些伟大的人当中，他们已经离开了这水滴——哦，亲爱的，听——这沉重呼吸的消逝吧，细看这具残损的身体，这个厚壳，裹缠着我的精神，使其举步维艰。”(S. 698)追求无限的精神存在于残损的肉体之中，渴望摆脱这肉体厚壳的束缚，埃马努埃尔选择通过死实现永生，如克洛蒂尔德所评论的那样：“……可惜他的高贵灵魂寓于一具折损的躯体之中，这躯体已然深深地悬入坟墓之中了。”(S. 546)人称“新教徒”的马蒂厄则讥讽其“病恹恹的身体”(S. 546)。与马蒂厄等宫廷中人天性有别的克洛蒂尔德时常感受到自己的格格不入，她在维克托身上第一次发现了与自己相似的对埃马努埃尔高贵灵魂的热爱，正是这个发现使得她开始接受维克托，“两颗美丽的灵魂在共有的、将它们系于第三颗灵魂的爱中首次发现了彼此间的相似”(S. 549)。

埃马努埃尔热切地渴望死亡，小说开头便对此有交代。他坚信自己“会在一年后的施洗约翰节当晚的午夜时分死去”(S. 571)。在给维克托的信中，他写道：“在来年的6月24日我会离世……哦，永恒的友人，我将离开——在最长的那天，幸福的灵魂会飞升出这座太阳庙宇，绿色的大地会裂开，它与它的花海一起掩埋我倒下的躯壳，并用玫瑰覆盖那颗逝去的心……”(S. 603)[①]他的目光始终望向“我们之上那广阔的第二个世界”(S. 679)，即与现实世界形成对照的幻想世界。“当他仰望天空——当他说起上帝或永恒——当他说起最长的那一天时，他便会露出无比幸福的神情……他的精神轻飘飘地栖息在身体上面……”(S. 680)作为天文学教师、宇宙的探索者，达霍一方面研究“他最爱的科学”(S. 686)——天文学，另一方面又深信宇宙的神秘。在广阔的星空中，他可以感受到上帝的永恒和精神的无限。代表一种独特的身体—灵魂方案的他与《学习时代》中的“美丽心灵”有相似之处，二者都曾受到疾病的侵扰，都注重内修，追求灵魂与神性的亲近。“美丽心灵”的手稿由一名医生保管，而埃马努埃尔的主要通信对象维克托也是医生，现代意义上的医生虽可以设法治疗竖琴师的精神顽疾，也可以治疗公爵霍里翁的眼疾，但对于渴望摆脱肉体局限的灵魂，却无计可施，如克洛蒂尔德在写给维克托的一封信中问道：“难道所有的医药技术都没有任何方法来改变他赴死的想法吗?”(S. 991)不

① 此段引文中的两处省略号为原文所有。

同的是，“美丽心灵”皈依了特定的宗教，她所信仰的上帝是基督教意义上的神，埃马努埃尔则将上帝与宇宙、无限、灵魂、爱、美德等概念并置，神性、自然与灵魂融合为一：“你于灵魂中拥有并在陌生灵魂中看重的伟大、神圣之物，勿于太阳升降的环形口，勿于任何行星的领土寻找——整个第二个世界、整片乐土和上帝不会在其他任何地方，而只会在你内心里显现。”(S. 605)这种融合了哲思与强烈主观看法的方案既带有东方宗教的痕迹，又与让·保尔的美学理念相契合，让·保尔在《美学入门》(*Vorschule der Ästhetik*)中明确指出：“诗人赠予我们第二个世界，即神之王国”[①]，“诗学世界是此在世界中唯一的**第二**个世界”[②]。在让·保尔看来，只有诗学才能够承载充满神性的理想之国，这一理念在埃马努埃尔的热切想象中得以生动地展现，他讴歌死后的世界，描画精神在“第二个世界”中的至福永存，而对于他建构的精神乌托邦，维克托和叙述者都进行了反思。

小说第 9 个闰日[③]是维克托写的一篇关于“自我与器官关系”(S. 1099)的文章，其中反映出作为医生的维克托对身体和灵魂的认识：“大脑和神经是人之自我的真

---

① Jean Paul：*Vorschule der Ästhetik*. In：ders.：*Jean Paul. Sämtliche Werke*. Abtl. I. Band 5. a. a. O.，S. 219.

② Ebd.，S. 30.

③ 让·保尔在第 6 个狗邮日篇中写道，要在每四个狗邮日后面附一个闰日(Schalttag)，每个闰日涉及不同的形式和内容，其间基本没有关联，偶尔会缺一个闰日。

正身体；余下的边框只是这个身体的身体，是给予那个柔软核心营养与庇护的树皮。——而且，由于外界的所有改变对我们而言都只呈现为那枚核心的改变，因此，这核心、铅丸及其条带便是灵魂真正的地球仪。”(S. 1100)普拉特纳曾经说过：“就灵魂的本性而言，它无法直接感知世界上的事物。因此，造物主为这些事物开辟了通往灵魂的途径，即借助某些工具……这些工具就是外在感官及大脑。”[①]而在维克托看来，决定灵魂的东西实际上是状如铅丸的大脑及遍布全身的神经系统，它们又像地球仪一样，以一个球体为核心，经纬线纵横交错，同时，大脑和神经是抽象灵魂的具体呈现，正如地球仪为人展现了原本广阔得无法把握的世界。接下来，维克托在进行了一系列生理学的论述之后写道：“一颗去身体化的灵魂之所以不可能存在，只是因为在脱离身体的情况下，灵魂就要背负作为更笨重身体的整个物质宇宙。”(S. 1101)维克托强调大脑和神经系统的重要地位，这与当时解剖学对灵魂处所、灵魂器官的讨论相呼应。由于承载着人的思维活动，大脑在身体中居于核心地位，而身体器官也由于与精神、外界互动的密切程度而获得了一种秩序。同时，维克托指出，灵魂无法脱离身体而存在，如若二者毫无关联，那么人和万物便更会缺少灵

---

① Ernst Platner: *Anthropologie für Ärzte und Weltweise*. a. a. O., S. 7.

性——一方面，物质和身体会变得更加粗笨，另一方面，若缺失了身体这个媒介，灵魂亦无法与外界连通。此外，主人公也反对“唯物主义者”(S. 1103)过于重视身体的观点，他试图用“灵魂是舞蹈大师，而身体是舞鞋”(S. 1104)这个比喻说明，一双合适、轻便的舞鞋虽有助于跳舞，但真正的技艺不取决于舞鞋，最终应是由舞者驾驭舞鞋，也就是说，灵魂借助身体这个媒介可以进行更深入的思考，但这并不代表它受制于身体。在两者的关系中，灵魂是决定性的，占据主导地位。

在维克托看来，身体与灵魂亦是有机结合体，这与当时的“哲学医生”所提出的“完整的人”的理念有相似之处，也是他医生身份的一个印证。身体与灵魂的共生关系在当时已是共识：“我们知道的一点是，身体与灵魂的聚合力及二者的财产共同体一直未变，或者，最多是在认为其他时代程度较低的时代程度更高；因为，最伟大的沉思、最神圣的感觉及幻想最高远的翱翔最需要的正是身体这架蜡制飞行器……”(S. 1104)“蜡制飞行器”这一说法出自古希腊神话中伊卡洛斯(Ikarus)的故事，他与父亲代达罗斯(Daedalus)一起使用由蜡及鸟羽制造的飞行翼逃离克里特岛时，因飞得太高，过于接近太阳，蜡翼熔化，两人坠海身亡。维克托的这个比喻暗示了，身体确实脆弱易损，但若身体如蜡翼一般熔化，那灵魂也就失去了依存之物。维克托不像埃马努埃尔那样渴望进入代表纯粹精神的永恒天国，他虽从不当面反驳老师“无辜的妄念(Wahn)”(S. 1079)，但他并不认同舍弃身体的理念。同样，小说在描写埃马努埃尔的幻想时，用了“原谅”一词：“他面对太阳和月亮时经常会闭上双眼，正是在此时，他内在的、像天使一样长有翅膀的人获准沉入柔软的幻想……因为只有少数灵魂知道，外部自然与我们的天性构成的和谐所及范围有多广……所以我并不要求所有人都能原谅这个埃马努埃尔。”(S. 679-680)叙述者和维克托均能谅解埃马努埃尔的“妄念”，因为，他们虽能认清它的不切实际，但也认同和热爱他的“美丽心灵”。这有别于《学习时代》的叙述者对待威廉热切幻想的态度。在《学习时代》中，叙述者更多地表现出的是冷静的观察和嘲讽，而没有认同，威廉自己也不断反思自身的激情和幻想，并在叙述者的预示之语中渐渐实现了内心的平衡。让·保尔小说中的叙述者则直言自己“非常喜欢待在埃马努埃尔周围”(S. 680)，面对他的妄念，即便有所嘲讽，这嘲讽更多地也是以同情为底色的。

维克托之所以能够理解并在一定程度上认同他的老师，是因为他并没有受到医生身份的限定，更加强调内在的人和灵魂的作用。对他来说，人最终是由灵魂决定的。如果说印度老师重灵魂而弃肉体、渴望精神永生的设想虽有局限，却仍不失为一种替代性方案，那么，无灵魂的肉体、空洞的躯壳是维克托和叙述者都无法接受的：“维克托说，这蜡白的表情、生活的复制品一向让他感到阴森可怕，他每次看到自己在圣吕内的蜡像仿制品都不免胆战心惊。”(S. 876)小说中对此还有更详细的描述：

> ……在这个他自己的肉色影子面前，他感到毛骨悚然。……他晚上临睡前经常久久地观察自己颤抖的身体，直至与它脱离开来，看到它成为一具陌生的形体，独自站在他的自我旁边，并且打着手势；然后，他颤抖地将自己和这个陌生形体一起放入睡眠的坟墓，暗淡的灵魂感到自己像一名护树宁芙一样，从这易弯折的肉体的树皮中过度生长出来。因此，当他长时间注视一具陌生的躯体时，他会深深感受到他的自我与其外皮之间的差异和大大的空隙，尤其是当他注视自己的躯体时，这种感受就会更深。(S. 711-712)

这段描述中写到了身体与灵魂的脱离，蜡像作为人的复制品、影子，使维克托感到恐怖；同时，没有了灵魂的躯体变得令人感到陌生，似乎成了一种独立却又奇特、扭曲的存在。这种体验迫使维克托审视自我，审视灵魂与肉体的关系，继而感受到其中的差异、分裂，仿佛自我仅仅指涉灵魂，灵魂承载思想和内在，而肉体仅仅成了躯壳、外皮，成了可以被复制和加工的对象。

同样，维克托在第 28 个狗邮日的节日聚会上，即兴为自己致了一番悼词，其中亦把身体说成是果皮、外壳：

> 而我正看到他在我面前……这位令人难忘的宫廷医生先生，塞巴斯蒂安·维克托·冯·霍里翁，躺在我面前，他已经死了。……除了这口潜水钟，其中那被覆盖的灵魂曾坠入这迷雾般的生活中——除了在另一个星球上才会被播种的果核的干枯果皮——除了它的外皮，或者可以说，醒来的精神所丢弃的这顶睡帽，除了这些，我们还能看到什么在我们面前安息呢？（S. 937）

这些游戏般的反思虽是在伤感情绪下的感情流泻，但也能反映出维克托平日的思考。在想象出来的死亡场景中，身体不再承载灵魂，成为一具空壳，成为可以换下、丢弃的外衣。灵魂才是果核，是核心，可以在另一个星球上重新被播种，开花结果，而失去了灵魂的肉体则毫无价值。无论是作为仿制品的蜡像、夜晚时幻想出的另一个躯体，还是想象的死亡场景中被观察的尸体，都是虚假的表象、空洞的外壳。也就是说，若无灵魂的伴随，无精神的牵引，人便失去了存在的根基，机械主义的身体观在此遭到了批判。当然，小说并未从机械主义、唯物主义、理性主义、互动主义等设想当中明确选取某一方的立场，而是将它们都当作创作的背景，制造出特定的诗学张力。

对于重视心灵的维克托而言，埃马努埃尔至为重要，因为他强烈的精神需求在与老师的相处中得到了满足。不过，他并不像老师那样遗世独立，而是始终在寻找外界的应和。如同娜塔莉亚对于威廉而言是一种至福的回应那样，克洛蒂尔德也是诗意空间给予维克托的回声，如他们共同的老师所言，两人是“神圣的灵魂伴侣”(S. 1091)。在一封致埃马努埃尔的信中，维克托描写了一个敏感的灵魂带着对相似灵魂的渴望在世上寻觅，期盼自己的呼唤能终有应和：

> 人啊，自童年起便在呼唤一个陌生的灵魂，它和他自己的灵魂在**一颗**心中生长——它进入他年年岁岁所有的梦里，在梦中，它在远处闪着微光，他醒后会感触落泪——春天，它将夜莺送至他身边，好让他想起它、渴求它——在他灵魂的每一个柔软的时刻，它都会来临，带着那么多的美德和爱……可它啊，却从来无处可寻，它只以所有美丽的身影承载形象，可它的心却始终缺席——哦，最终，哦，突然地，至福地，它的心贴着他的在跳动，两个灵魂永远相拥……[①] (S. 786)

埃马努埃尔和克洛蒂尔德均是维克托在世间的应和。小说有意营造的尤其是体现在三人通信中的善感主义文风在此颇为典型。天性敏感柔软、渴望爱和美德的

① 此段引文中的最后一处省略号为原文所有。

维克托在一定程度上保留了善感主义的特质，心灵、精神对他而言显然比身体更为重要，同时，在他善感主义的基调上又不乏哲学与科学的变奏，从而丰富了这一人物形象。

在第 9 个闰日的文章最后，维克托专门对人的边缘状态，即睡眠和做梦时身体与灵魂的关系做出了解释："睡眠是神经的休息，而非整个身体的……只有神经和大脑，即思考和感受出现停顿"(S. 1104)，"最多是在熟睡中，即神经机体休息时，才能想象灵魂脱离尘俗的束缚；在梦里二者反而会更紧密地联结，因为梦与深入的思考一样……都并非睡眠"(S. 1105)。小说强调做梦时人的身心的密切关联，点明梦这种生理反应并非身心脱离的状态，既不是灵魂完全自由的活动，也不是单纯的生理反应。这不仅是对同时代一些人类学和医学话语的回应，而且，由于梦境与想象、与诗学的自由疆域历来有相通之处，让·保尔更是曾明确指出可以将梦理解为诗学[①]，因而，做梦时灵魂与尘世、与作为尘俗之物的身体更加紧密的联系说明幻想不能完全脱离现实。"诗艺的**第二个世界**"总是需要"乏味生活的第一个世界"(S. 485)作参照，游戏也总依凭严肃作为支撑。对让·保尔来说，诗学游戏只能是工具，而非最终目的："每次游戏

① Jean Paul：*Levana oder Erziehlehre*. In：ders.：*Sämthiche Werke*. Abtl. I. Band 5. a. a. O.，S. 572.

都是对严肃的模仿，每次做梦不仅以过去的，也以未来的清醒为前提。游戏的原因和目的并非游戏；人们游戏时围绕的中心是严肃，而非游戏。"[①]由此可见，维克托所秉持的身体—灵魂方案与小说中体现的让·保尔的美学理念一脉相承。

尤其值得注意的是维克托这篇文章的最后一句话："所以，我现在做梦做够了，而读者也睡够了。"(S. 1105)不知从何处开始，叙述者让·保尔似乎进入了维克托的行文，二者在读者未觉察时已融为一体。读者在语言游戏中、在叙述者的"骗术"中入眠，似乎已暂时脱离了身体和现实，而叙述者则在梦中继续思考并操控读者。康德视健康状态下的梦为"想象力的一种不自觉的活动"[②]，让·保尔则认为梦与诗学想象一样，是一种有意识的、身心连接更为紧密的行为。具体到埃马努埃尔的身体—灵魂观而言，小说提供了多元视角和多重叙事，不仅有对埃马努埃尔的狂热的描写，也不单展现维克托与埃马努埃尔的趋近，还有不同视角的描述，有叙述者穿插的评论、反讽。文本以调侃来反思这种灵魂的狂热，先建立、再打破对此的认同感，用独特的方式解构唯一方案和神圣理想。

---

① Jean Paul: *Vorschule der Ästhetik*. In: ders.: *Sämtliche Werke*. Abtl. I. Band 5. a. a. O., S. 444.

② [德]康德：《学科之争》，见李秋零主编：《康德著作全集》第 7 卷，101 页。

当维克托恳求老师不要在一年之后死去时，埃马努埃尔回答道："一阵凉爽的轻风从永恒之海吹来，拂过炽热的地球。——我的心飞升而起，要与生活断绝关联。——我周围的一切如此壮观，犹如上帝在夜晚穿行时的景象。"(S. 697)此时，他沉浸于诗意的想象之中，一再预言离世的确切日期。但小说中对这个被选定的日子的描画颇具讽刺意味，甚至制造出了闹剧的效果。在这一天，即第 38 个狗邮日，也是小说接近尾声之时，叙述者写道："今天，我将埃马努埃尔最长的一日……交予人们的想象。我的手在颤抖，我的眼睛在那些场景前感到灼痛……我忘掉自己心灵的弱点和瑕疵，以便获得提升自己的勇气，就仿佛我是好人，居住在高处，那里只有上帝、永恒和美德如同星座一样簇拥着伟大的人。"(S. 1125)

在叙述者充分渲染情感氛围、吊足读者的胃口之后，在埃马努埃尔与尤利乌斯和维克托先后道别并交代后事之后，具有妄念的印度老师并未"按时"死去，而是晕倒在暴风雨和狂热的情绪中。"死亡的时辰已过，生命却仍未消逝。"(S. 1136)最后，维克托与读者一样，甚至带点失望地问："啊，他大概只是晕过去了?"(S. 1137)清醒之后，埃马努埃尔的头脑中"燃烧着极乐的疯狂，以为自己已经死去，是在第二个世界中醒来"(S. 1138)，面对他的疯言疯语，维克托只能"绝望地"(S. 1140)看着。最终，"不幸的埃马努埃尔"(S. 1141)意识到自己并非身处天堂，而是仍在人世。他结结巴巴地说：“全能的主啊，你对我下了诅咒!”(S. 1142)这与耶稣临死前怀疑上帝抛弃了他的想法一样，但埃马努埃尔并非神之代言者，而只是一个迷茫的凡人。他深信自然的神秘，但他预言的确切日期并不具有超验的确定性，只是个自欺的错误。[①] 臆想出一切的“高贵灵魂”不仅犯下了天文学的错误，以为 6 月 24 日是全年白昼最长的一天，而且也错误地预言了自己辞世的日期，将这天定为“诗人式自杀”(S. 1144)的一天。叙述者既同情又调侃的口吻反映出他对埃马努埃尔的纯粹灵魂既部分认同又不乏怀疑的态度，摧毁浪漫渴望的过程正是这个场景的诙谐之处，埃马努埃尔一直坚信的灵魂永生最终并未实现，得到证实的不过是感官上的欺骗。[②]

对于维克托而言，作为生命承载物、灵魂中介物的身体同样重要，他为老师的一心向死而神伤，也为老师死亡仪式的失败而叹息。埃马努埃尔一直坚信的“两大真理(上帝与永生)”(S. 684)好比他精神宇宙的两根基柱，如今它们轰然倒塌，他在晕倒、苏醒、发疯、重又恢复理智后，诗的狂热降温为“冷冰冰的理智”(S. 1143)。他在失望中承认自己牺牲了世俗的、层次较

---

① 参见 Eckart Goebel：*Am Ufer der zweiten Welt*：*Jean Pauls* “*Poetische Landschaftmalerei*”. Tübingen：Stauffenburg 1999，S. 72.

② 参见 Beatrix Langner：*Jean Paul*. a. a. O.，S. 187.

低的自我，而只关注了内心中较高贵的部分；他看待世间万物的立足点并非尘世，“因而丢掉了地球，却并未由此而获得木星”(S. 1143)。梦幻破灭的打击使他对自己的浪漫想象产生怀疑，在反思中揭开妄念。曾在莱比锡听过普拉特纳授课、受他影响很深的作家让·保尔本人对灵魂不死的认识也经历了复杂的发展过程。这种发展一方面交织在时代的人类学话语中，另一方面也与他诗学思想的发展同步。当他发现无法为灵魂永生找到确切的理性论据时，他便从哲学转向了诗学。[①] 此外，他对普拉特纳等哲学医生所论述的身体与灵魂的互动一说持有保留的接受态度，尤其对强调身体决定灵魂的观点进行了嘲讽。[②]

如兴斯所言，让·保尔既是人类学家，同时又是新

---

① 参见 Redmer Baierl：*Transzendenz. Weltvertrauen und Weltverfehlung bei Jean Paul*. Würzburg：Königshausen & Neumann 1992，S. 19ff. 另需说明的是，在启蒙运动之后，宣扬灵魂永生的宗教逐渐失去了理所当然的合法性，在某些地区，这样的信条被视为迷信而遭到禁止。小说对这个母题的描写提供了一种特殊的立场，既借助特定角色细致刻画了人对灵魂永生的追求和期待，又从不同的视角去弱化了这种希望。让·保尔从年轻时便关注死亡、灵魂永生等问题，不仅在自己的作品中多有涉及，而且也关注同时代人的讨论。例如，在《美学入门》中，他提到坎佩在《试论我们灵魂永生的一条新证据》(“Versuch eines neuen Beweises für die Unsterblichkeit unserer Seele”)一文中的观点，这篇文章发表在1780年第2期《德意志博物馆》(*Deutsches Museum*)杂志上。让·保尔本人也在此杂志上发表过文章。

② 参见 Alexander Košenina：*Ernst Platners Anthropologie und Philosophie. Der Philosophische Arzt und seine Wirkung auf Johann Karl Wezel und Jean Paul*. a. a. O.，S. 111.

的形而上学者。他一方面认为身体与灵魂相依相伴，构成了不可分割的有机整体，另一方面又对神、自由、永生这些概念秉持不放；他试图统合身体与灵魂的尝试却将二者的关系带入了一种特殊的张力之中。[①] 在这部小说中，身体与灵魂既缺一不可，又有主次高下之分，主人公维克托代表着有身体参与的广博的灵魂设想，一种建立在多层次灵魂设想之上的诗学方案。

维克托拥有“三个不同的傻里傻气的灵魂”，即“**幽默的**、**善感的**和**哲学的**灵魂”(S. 590)。三者的侧重点不同，彼此间甚至不乏矛盾，却又能互相融合。这种针对灵魂的划分在一定程度上颠覆了认为灵魂由唯一物质组成的观点[②]，给予灵魂更大的游戏空间。因为，人类学家收集的是建立在经验、观察、论证基础上的科学知识，而作家的着眼点并不在于建立一套由理性逻辑支配的、客观的知识体系，而是在自由的想象空间创造独特的认识可能和美学方案，是“诗意的思想实验”，在这种

---

① 参见 Hans Jürgen Schings：“Der anthropologische Roman. Seine Entstehung und Krise im 18 Jahrhundert”. In：ders.：*Zustimmung zur Welt*：*Goethe-Studien*. a. a. O.，S. 62.

② 以席勒的博士论文导师雅各布·弗里德利希·冯·阿贝尔(Jacob Friedrich von Abel)为代表的德国哲学家、人类学家认为，灵魂是一种独特的存在，身体显然由许多相互关联的部分组成，但灵魂只包含一种物质：“简言之，在我们内部进行思考的东西是一种物质，而身体则是多种物质的集合；也就是说，这思考之物是一种区别于身体的存在，是一种自主的、特殊的物质，即灵魂。”(Jacob Friedrich Abel：*Einleitung in die Seelenlehre*. Stuttgart：Metzler 1786，S. 1-3 u. S. 16.)

实验面前，任何经验性的灵魂学说都会失灵。[1] 在小说中，维克托的幽默体现在他的社交、世俗生活中，是他在外人面前表现出的样子。他惯用玩世不恭来掩盖内心的敏感、柔软，这也可视为一种自我保护——“面对陌生人时，他的天性总是迫使他在一开始蹦出一些嘲讽的或其他类型的跳跃性言辞”(S. 545)。此外，幽默也是一种统合的力量，其中保留了不同层面的矛盾；善感的灵魂主要表现在他与亲密之人的关系及自处中，他感情浓烈，纯净，柔软的心渴望爱、理解和美德；哲学的灵魂则更多涉及认识和思考层面，他将幽默的表达与严肃的思考融为一体。而这一切则统合于他所代表的“诗学医生”理念。

与“哲学医生”意欲结合身心、消除其中的二分法和等级关系的尝试有所不同，以医生为职业的维克托并未止步于“完整的人”这种当时盛行的理念，而是在人的灵魂中加入了诗性的自由，铺展无限宽广的天地。维克托的诗学理念中包含哲学思想，正如其灵魂复合体中亦有哲学的成分一样。对维克托而言，高于哲学与理性的是诗学和想象，因为后者通向感性的真实和高贵的无限。维克托重视感性和直观感受。他认为：“有空洞的**词语**，但没有空洞的**感受**。”(S. 841)在主人公看来，“每个天才之人都是哲学家，但这反过来并不成立——没有想象

---

① 参见 Alexander Košenina：*Ernst Platners Anthropologie und Philosophie. Der Philosophische Arzt und seine Wirkung auf Johann Karl Wezel und Jean Paul*. a. a. O.，S. 112 u. S. 129.

力、没有历史、没有对最重要事物的**博识**的哲学家比政治家更为狭隘”(S. 801)。学习哲学是建立知识体系的重要途径，但若缺少诗学的学习，便显得干枯、偏狭。而诗学之所以给人不同的体验，是因为“诗人为了打动我们，必须拿地球上所有高贵的东西做杠杆，如自然、自由、美德和上帝”(S. 841)。相应地，与作为这种诗学理念化身的埃马努埃尔交谈总能给予维克托以启迪：“为何这些思想给灵魂带来持久的震颤？因为霍里翁感觉到了更高的东西，只为日常感受创造出的语言无法传达出这种东西——因为他早在童年时期就深恨那些将一切无法解释的东西都遮盖起来的体系，也因为人的精神在可解释的、有限的事物中感到如此受压迫……”(S. 686)

无论是理性思辨的哲学，还是可解释的、有限的日常生活，都无法满足主人公心中对更高事物的渴望。如果说威廉最终成了新人文主义意义上的理想的人，那么，让·保尔并不满足于“完整的人”这一理念，而是在人性中加入了神性，这种神性又借由诗学得以传达。人所关注的不应只是取消动物性、在世俗世界中追求理性和完善的人性，而应向上攀升，追求更高的神性、更宽广的无限，在“与世俗世界截然对立的世界”——“神圣世界”[①]中投身于宗教和诗艺。

让·保尔笔下的主人公挣脱了“哲学医生”的框架，

① 汪民安：《乔治·巴塔耶的神圣世界》，见《身体、空间与后现代性》，232页，南京，江苏人民出版社，2005。

而投入了诗学这个更广阔、更自由的无限空间。在此，有限与无限、感性与理性、哲学与诗学之间的张力都得以保留。就像小说的几位重要人物对身体和灵魂关系的设想亦不乏矛盾之处，小说既呈现不同的可能性，又质疑不同的可能性。在小说中，让·保尔常有意杂糅相近、相异甚至相反的观点，如善感与幽默、哲学与诗学、深思与隐喻，他在矛盾的结合体中植入自己的理念，并以诗性的反思眼光再次反观这种复杂动态，在小说层层叠叠的演示中，在叙事空间交错碰撞的枝节中，充满矛盾、无法解释却又似乎合情合理的人诞生了。① 为激情所主导的善感主义、破界的幽默与对种种局限进行的反思融为一体，对世界和自我的感知始终经历着变化，台上主角时而冷静，时而受激情迷惑，时而追寻美德与宁静，时而跌入泥淖、陷入混乱。小说并不想化解这些张力，达到古典文学的均衡和澄明，而是尽可能地保留这些张力，将其编织进诗学这张大网。

维克多与贵族和市民都有过接触，与外部环境时有碰撞，这些碰撞会引发他内心的冲突，如他本人所说："没有哪个地方像在人的内心中一样有这么多的纷争。"(S. 838)他穿梭于不同的社会空间，作为一名医生，他

---

① 参见 Maximilian Bergengruen：*Schöne Seelen*，*groteske Körper*. *Jean Pauls ästhetische Dynamisierung der Anthropologie*. Hamburg：Meiner 2003，S. 6-8.

不仅了解人的身体，而且也能洞察外部世界的躯体，因为善感的美丽心灵不仅感受着与其相依相伴的肉身，也在敏锐地感知着外部世界这个同样具有物质属性的庞大躯体。[①] 他把对诗意灵魂、对更高世界的想象亦加入对世界躯体的感受当中，即“将整个生活及整个国家机体都视作外壳，在它之中，第二种生活的果核正在成熟”(S. 762)。在此，全部的第一个世界都成为他的感知对象，像身体一样，成为灵魂通往第二个世界、第二种生活的媒介。在文化学研究中，把空间、国家、政治与身体结合的做法并不鲜见，而让·保尔的小说不仅使主人公的心灵经由身体感知与外部政治机体建立关系，把身体和世界机体都视为高尚灵魂的外壳和中介，也通过维克托的目光看到美丽灵魂的身心与自然的交融：“春天在达霍的双颊，夏天在他的眼里，正如十二个五月在他心中那样。”(S. 1035)在此，身体与世界机体不再仅仅由于其共同的物质性被类比，而是经由诗意的灵魂连接，超越了身体的局限，也打破了季节和时间的更替。

主人公之所以身处宫廷却渴望更高的生活，是因为前者不能提供其灵魂所需要的东西。维克托在写给艾曼牧师的一封信中说，“在宫廷之人那里，舌头是他们枯萎的生命的动脉，是他们灵魂的螺旋弹簧和飞羽”(S. 740)，

---

① 参见 Maximilian Bergengruen：*Schöne Seelen*，*groteske Körper*. *Jean Pauls ästhetische Dynamisierung der Anthropologie*. a. a. O.，S. 96.

宫廷里没有什么真相，“每个人有两张面具，一张**普通的**和一张**私密的**”，“对表象的研究削弱了实质”，“人们生理的及道德的崇高与他们脚下土地的高度似乎处在相反的比例关系中”(S. 742)。面具所代表的表象即宫廷生活的现实，人在上等社会并不能保障道德的高尚。如果说维克托的玩世不恭是对自己柔软心灵的保护，是他广博灵魂和性格的组成部分，而克洛蒂尔德饰演戏剧人物时的表演算得上艺术的真实，那么，宫廷中精于算计的人所佩戴的面具只是一种纯粹的虚假。在对政治机体的感知中，维克托从未获得真正的快乐，他渴望逃至自由、广阔的内心世界。

同样，克洛蒂尔德神经的衰弱和脸色的苍白亦是她无法忍受宫廷生活的表现，也是其内心的抗争在身体上的反映。她敏感的灵魂深受外界折磨，作为“牺牲品”(S. 852)的她深受医生维克托的同情，拥有同质灵魂的他了解她病症的根源，故而希望通过自己的诊断帮助她脱离道德败坏的宫廷环境，使其灵魂不再承受煎熬。① 克洛蒂尔德为顺从父亲和继母的意志而违背自己的天性进入宫廷，陪同亲王夫人，正如她在病中饰演的伊菲格尼亚一样，她也徘徊在责任的束缚与内心的倾向之间。不过，在小说中，“美丽心灵”与外界不可调和的冲突表现得尤为突出，

---

① 参见 Maximilian Bergengruen: *Schöne Seelen, groteske Körper. Jean Pauls ästhetische Dynamisierung der Anthropologie*. a. a. O., S. 54ff.

她的美德恰恰强化了这种冲突，使其无法得到化解。

就“美丽心灵”这个概念而言，席勒在其重要著述《秀美与尊严》中提出，美丽心灵即“完美人性”，亦即道德感——“如果道德感始终保证人的一切感觉，能够大胆地让内心冲动引导意志，而绝不会出现与它的决定相矛盾的危险，那么这种道德感就叫做美的心灵”，“在一个美的心灵中，感性和理性，义务和爱好是和谐相处的，而秀美就是美的心灵在现象中的表现”。[①]《学习时代》中在手稿中自述身世的“美丽心灵”与此模型相背离，但其后代娜塔莉亚则实现了这种和谐，即用自身的优雅和秀美将心灵之美完满地展现出来。在让·保尔的小说中，却不存在这种接续和发展。男女主人公正像其纽带——“美丽心灵”埃马努埃尔——那样，期望避开宫廷纷争，回归内心和美德。在席勒和歌德的作品中，“美丽心灵”首先是女性角色，让·保尔则塑造了一个东方的男性角色，并使其成为“美丽心灵”的另一种模式。

席勒认为，“美丽心灵”应该能够化解自身倾向与应尽义务之间的矛盾：“道德不是别的，正是‘志趣爱好加入义务之中’。因此，出于爱好的行为和出于义务的行为在客观意义上无论多么相互对立，在主观意义上却完

---

① [德]弗里德里希·席勒：《秀美与尊严》，见《秀美与尊严——席勒艺术和美学文集》，张玉能译，136～137页，北京，文化艺术出版社，1996。

全不是那样。人不仅可能，而且应该使快感和义务结合在一起；他应该愉快地服从自己的理性。”[1]然而，在让·保尔的小说中，克洛蒂尔德的病症正反映出爱好与义务的水火不容。在伊菲格尼亚的故事中，“美丽心灵”以道德化解内外矛盾，调和爱好与义务的冲突，但在克洛蒂尔德这里，内外的矛盾始终无法调和，其内心倾向始终是与承担义务相对立的退隐。相应地，人对社会的需求被削减为对少数同质灵魂的渴望，人与世界有机体的关系仅仅停留于知的层面，人并不愿入世、行动，可以说，《学习时代》中实用与服务社群的维度在此消失了。《学习时代》中的主人公最终由“文雅的极乐鸟”转变为脚踏实地的行动者，维克托则“完全像极乐鸟一样始终飘浮在上界的空气中，远离肮脏的地表，并像所有极乐鸟那样，由于长有蓬松的羽毛而总是逆风飞行”(S. 906)。在面临个体与社会的冲突时，小说并不选择以牺牲个人的部分意志来实现共同利益，而是使个体固守内心的高洁，捍卫对美德的信仰，如维克托所言：“我们必须使现实适应理想，而非反过来。”(S. 1018)因而，在内心与外界无法调合的矛盾中，人的灵魂或在低处受难，或在高处闪光。

“人内心里最崇高、最高贵的东西隐而不显，它们

---

① ［德］弗里德里希·席勒：《秀美与尊严》，见《秀美与尊严——席勒艺术和美学文集》，133页。

对于行动的世界而言毫无用处(就像最高的山上寸草不生)。"(S. 685)在这部小说中，"行动的世界"并不意味着积极的社群生活，亦非个体完善自身的必经之途，而是与人的高贵内心和崇高美德相对立的、令人失望的现实。正因为与外界的逻辑和算计格格不入，维克托才会觉得自己在宫廷环境中一无所用："塞巴斯蒂安常常苦恼于在此太少有机会为人类耗费自己更加高贵的力量。……他苦恼于自己的无用；但他拿这无用的必要性安慰自己：'一年后，等我父亲到来，我便要求远离此地，振作起来投身更好的事业。'"(S. 829)我们可以看出，维克托并非完全像达霍一样遗世独立，而是希望能在更加理想的环境中付出努力。作为所有事件操控者的公爵与其他一些贵族一样，"重视诗艺、哲学和宗教，但仅仅将其当作手段"(S. 669)，而这些恰恰是主人公更为看重的。

正因为专注于内心世界，主人公往往会忽略外界的阴谋，他曾受到部长的女儿、美丽而有心机的约阿希默(Joachime)的引诱，直至公爵的警告和药师的泄密使他产生怀疑，如小说中的叙述者所言："就算没有我他也本应知道，坏人从不会出于爱而寻找好人，约阿希默的心不过是部长手中的诱饵；然而，就像云雀为其**张开的**双翅所累，总是张开幻想之翼的诗意之人甚至……会落入网眼**最宽松**的网……"(S. 907-908)拥有诗性灵魂的维克托对由"灵魂蜷曲"(S. 750)的人构成的贵族圈子充满了鄙夷。他曾对趋炎附势、精于算计的宫廷药师措伊泽尔(Zeusel)说："我的灵魂远远超越于你们的宫廷琐事、你们的宫廷骗术之上，你们那些鸡零狗碎的事让我说不出地厌恶。"(S. 909)但同时，措伊泽尔"根本就觉得这些狗邮日的主人公——主人公倒也情愿忍受这观点——有点傻，仅仅因为此人好心肠、幽默，并且对所有人都很亲切"(S. 906)。双方互不认同的根源是对人的设想有根本的差异，且对表象与内在真实的重视程度不同。将哲学的、善感的和幽默的灵魂统合为一的灵魂充满诗性的主人公对这些有自己的见解：

> 事实上，这广大世界中的生活虽然给予了他精神和身体的灵活与自由，至少是更多的灵活与自由；但是，他在父亲、部长，甚至常常在马蒂厄身上感受到的某种表面上的尊严，他却从来无法真正地或长久地模仿；他对自己拥有更高的内在尊严这一点感到满意，他既觉得严肃地存在于世简直可笑，又觉得这一点无足轻重，不值得骄傲自大。(S. 906)

这番思考仍涉及表象与内在的关系，宫廷中人外在的姿态其实是一种如席勒所说的、常出现在"大臣的内阁中"的"伪装的尊严"。[①] 与此相反，"真正的尊严只会

---

① [德]弗里德里希·席勒：《秀美与尊严》，见《秀美与尊严——席勒艺术和美学文集》，154 页。

控制自然本性，却从不掩藏自然本性”①。维克托所追求的，也是这个意义上的内在尊严。他无法模仿外在的虚假表象，无法认同矫揉造作的尊严和严肃外表。小说中的叙述者承接上段点评道：“或许这正是维克托与施洛伊内斯无法互相容忍的原因；一个有天赋的**人**与一个有天赋的**市民**互相厌恶。”(S. 906)正如“卖弄风情的”(S. 837)约阿希默经常贬损克洛蒂尔德，认为她的美德是“矫揉造作的”(S. 850)那样，宫廷中受功利主义思想支配的人也无法容忍维克托在内在尊严的驱动下表现出的友善、单纯和幽默。

维克托没有受到身份的限定，其原本设定的贵族出身及最终变回平民对他并无根本影响，他的性情始终如一。他所代表的人的形象超越了社会阶层，超越了身份的限制，他并不根据外界调整自我，而是听从内心需求的引导。与此不同，歌德笔下的主人公虽然也经由修养之路超越了出身的限制，但他在很长一段时间内为自己的出身感到烦恼和不平。在让·保尔笔下，男女主人公正因拒绝融入外界，才未被任何阶层同化，在此意义上的人的方案是对“完整的人”的方案的替代，它保留了更多自由和自决的可能。也正因如此，维克托才能将看似相悖的灵魂特征统合于诗学理念之中，摒弃实用维度，

① [德]弗里德里希·席勒：《秀美与尊严》，见《秀美与尊严——席勒艺术和美学文集》，155 页。

专注于无实用目的的内修，专注于丰富而包容性强的广博灵魂。

二、诗学教育对功利教育的消解

维克托从小接受的是公爵安排的教育，但这种教育中又有埃马努埃尔这只“施教之手”(S. 519)的参与。在英国时，埃马努埃尔同时承担教育维克托、弗拉明和王子三个人的任务。三个孩子都很喜爱他：“达霍柔软的手中握有所有孩子的心，只是因为他的内心从不激荡或发怒，而且有一种理想的美在他年轻的形体上，一种理想的爱在他纯洁的心中居留。”(S. 519)“美丽心灵”的道德和爱亦体现在其美好的外形上，他以爱的柔软力量与坚硬的功利教育相抗衡。后来，王子因失明无法去往德国，由此与另外两个少年分离，“随后，弗拉明和维克托在弗拉克森芬根接受教育，前者被培养成了法律学者，后者被培养成了医生”(S. 519)。

为何维克托被培养为医生？小说中叙述者做了如下交代：“我承认，我在第一章中就注意到了维克托的医生身份——现在这一点得到了解释：因为，医学的博士帽对于公爵的一名市民使节而言是最好的热气球①和魔

① 原文为Montgolfiere，这是世界上最早的一个热气球的法语名，是以其发明者(法国孟戈菲兄弟)的姓来命名的。

术帽，以便他能更轻易地飘浮在王位周围，对软弱的耶内尔施加影响；而且等维克托以后贬了值、丢掉羽饰帽之后，他从事医药行当能最稳妥地在市民中安身立命——公爵是这么看的。”(S. 1152)在三个少年中，维克托最能赢得亲王的欢心，公爵冒认维克托为自己的儿子，安排他修习医学专业、进入宫廷，这一切都是精心设计的安排。理智而实用至上的公爵精于权术，哪怕牺牲亲情，也要使一切服从于他“冷酷的准则”(S. 1152)。他的教育方案是纯粹功利性的，他具有启蒙理性影响下的政治家特征，将人视为工具、手段，“遵照所有政治家和政治机器大师的不良习气，把人只当成可操控的身体，而非精神”(S. 1170)，他将全心全意爱戴他的维克托视为“工作用具”(S. 1171)，而非像新人文主义教育家那样把人奉为最终目的。这也是为让·保尔的同时代诗人荷尔德林所批判的：“我想象不出哪个国家的人会比德国人更为分裂。你看得到工匠，但是看不到人；看得到思想家，但是看不到人；看得到牧师，但是看不到人；看得到主子和奴才、小伙子和老江湖，但是看不到人……”[1]前文已经提及，席勒在《审美教育书简》中也批判了这种分裂，批判了时代造成的各种人性的碎片。公

① Friedrich Hölderlin: *Hyperion. Empedokles. Aufsätze. Übersetzungen.* Hg. von Jochen Schmidt. Frankfurt am Main: Deutscher Klassiker Verlag 1994, S. 168.

爵的“非人性”(Unmenschlichkeit)与印度老师的神性和美德构成强烈的对比，公爵便如同席勒在《审美教育书简》中批判的片面强调理性和实用的人，他对继承人的培养着眼于使其服务于专制主义政权，甚至要使之成为“机器之神”(S. 909)，即老谋深算而冷漠无情的人，但这种教育理念在维克托身上失败了，公爵最后的自杀也意味着这种机器方案、工具方案的破灭。面对没落而充满危机的旧式宫廷，塔社及其教育理念是《学习时代》给出的替代方案，而在让·保尔的小说中，与宫廷相抗衡的力量是诗意个体的内心世界。从这个意义上说，这部小说的教育修养方案也是对歌德所设想的修养模式的颠覆。

叙述者这样描画精于心计的马蒂厄：“马蒂厄具有洞察力，但没有原则——有真相，但没有对真相的爱——毫无感情的洞察力——毫无目的的打趣。”(S. 899)无感情的理智和无原则的洞察力或许能在一个人头脑中构建清晰的知识体系，却会让这个人成为“可怕的人”(S. 1181)。浮在表面的真相并非生活的实质，也无益于内心的美德和修养。同样，有着相似理念的公爵“是不幸的伟人中的一员，他们拥有太多天分，太多财富，却拥有太少用来维持幸福感受的安宁和认识。——他们追逐欢乐而非美德，因而同时缺失两者。……他们出于骄傲而行善，但其中并无爱意，他们把玩被挖去内核的生活，就像把玩一根卷发……”(S. 670)天生具备便利受教育条件的贵族并不缺少才智，亦享有世袭的财富，然而，在小说的叙述者看来，内心的安宁和道德感才是幸福的根基，他将爱和美德置于名利之上，也将爱和美德置于理性和谋略之上。在公爵看来，“生活是一个空洞的小游戏”(S. 1179)。与埃马努埃尔相反，他心中无爱，纯粹的智性和占有欲驱使他向前。这也是一种异化的形式。叙述者对此持批判态度，如在第41个狗邮日中，他针对公爵的言行评论道：“我要把对公爵的反驳写到另一本书里，尽管这本书也算是一种反驳。”(S. 1181)

维克托深怀着对父亲的爱，但他“极为憎恶王侯们将人工具化的不良习气”(S. 983)。然而，与威廉相似的是，他也曾受表象的蒙蔽。他所敬爱的父亲其实正是他内心排斥的那一类人，正如他曾受到约阿希默和阿尼奥拉的引诱，而未认清她们的真正目的。威廉羡慕宫廷生活是由于他自身缺乏贵族修养的便利条件，而他打破阶级界限的方式是依靠自身的修养。无论是美丽的伯爵夫人，还是开明贵族团体塔社的成员，都愿意对他敞开心怀，最终他加入塔社，一起投身于有益的事业。维克托在贵族群体中的经历则格外不同，他遇到的亲王夫人“貌似圣洁”(S. 922)，其实精于算计，两人之间的动情并非由于灵魂间的相互吸引；而且，维克托从不向往贵族生活，从身在其中时的逃避到最后卸下贵族身份后的轻松，他历经的是一个反向过程。因而，公爵希望将维克托培养为能在宫廷立足并持续影响亲王决策的政治人物的计划以失败告终，最后真相大白，维克托的市民身份也为人所知。叙述者让·保尔对此评论道："我认为，归根结底，一个有修养的牧师的儿子要比一个全无修养的王子要好；王子们并不像诗人那样是天生的，而是由人力塑造的。"(S. 1232) 人的内心修养高于外在社会地位，这是小说中多次强调的，借此让·保尔亦批判了德国的等级制度，体现出一定的市民意识。王子的制造即刻意的功利主义、实用主义教育，欲使人习得宫廷游戏规则，这是公爵试图在维克托身上实现却最终失败的教育方案。

维克托在一封致艾曼牧师的信中是这样描述宫廷生活的：

> ……在此没有人相信他听到的，没人会把自己的真实想法表露在外；根据清晰的游戏规则，所有人都必须——就像纸牌那样——有千篇一律的可见面，并将外表的不动声色覆盖在内心的灼热上面……由于普遍伪装便算不得伪装，由于每个人都相信别人会暗下毒手，所以没人能够**对谁撒谎**，每个人都只是**以计取胜**；只有理智，而非心灵会被迷惑。(S. 741-742)

如果说艾曼牧师夫妇居住的村庄里有代表性的日常的市民生活中尚有亲情与友情，那么，宫廷生活与之相比则毫无真情可言，那里只有游戏规则和普遍伪装。小说这样描写维克托等一行人住在圣吕内村庄时的场景："在此处的**村庄**里，道德的杂草要比在**城市**里少(就像在**田间**植物学的东西要比在**花园**中少)。……没有人会不幸福，除了那些活该不幸福的人。"(S. 926)城市与乡村道德杂草的对比折射出卢梭思想影响的印迹，不过小说在此首要强调的并非文明、城市问题，而是与市民社会生活相较而言，宫廷生活的道德败坏更为严重，本应担负起公共职责、充当社会楷模的贵族却是道德低下的典型。无论是为了政治目的与意大利公主阿尼奥拉成婚的亲王耶内尔，或是利用和算计所有人的马蒂厄，或是与马蒂厄时而勾结、时而反目的宫廷药师措伊泽尔，还是图谋操控一切的英国公爵，都是宫廷中的典型形象。"宫廷这片罪恶之地"(S. 748)不仅与市民社会形成对照，而且与维克托的心灵世界形成了鲜明对照。宫廷中充满了"折腰的美德"(S. 1119)。"在宫廷中，一个有**笔直**身体和灵魂的人会被当作死者排除在宫廷外"(S. 1119)，因此，拒绝被同化的维克托受到了周围人的排斥。小说中亦以园林来喻指两种截然相反的人的类型："那些充满力量的心灵好比英式园林，历经年岁而越发葱茏、丰饶、茂盛；与之相反，世故之人则像法式园林一样，随着岁月流逝而被干枯而扭曲的树枝层层覆盖。"(S. 571)在此，法式园林外在的对称性、秩序性和强烈的人工痕迹好比宫廷中人的掩饰与遮蔽、假面与伪装，在普遍而空洞的游戏规则的束缚下，人由于缺乏内在的生命力，会变得有限而干枯；与之相反，英式园林的设计试图祛除矫饰，打破陈规，回归天然，如同充满力量的心灵，以内心法则替代外在规则，故而能够长久丰盈。这两种不同的人的设想贯穿于小说之中，相互对垒，维克托对心灵法则的维护是对外在框架的反抗，也是贵族观念在内心修养前失效的写照。此外，小说褒扬英式园林而不喜法式园林的态度代表了当时欧洲园林发展的走向[①]，以此暗示人之构想方案的更替趋势，即由服从规则、形式到重视天性、自然，由外在的规定性过渡到内在性和主体性。对自然风景的理解也折射出社会的秩序，不仅反映出集权型的等级结构向开放、自由的市民经济体的过渡——这一点在《学习时代》中亦有体现，而且，现代社会将自然视为风景，风景成为审美对象，是因为自然科学的发展使自然失去了原有的完整性，这种碎片化赋予人与自然的关系以新的美学维度，园林作为风景的集中体现场所，从法式园林设计到英式园林设计的过渡也反映出艺术不再固守成规，不再服务于特定的目的，而是更加注重人的感性和心理，向幽暗之中探入艺术之镜。[②]

---

① 德国启蒙运动时期的园林理论家希施费尔德（Christian Cay Lorenz Hirschfeld，1742—1792）在其五卷本代表著作《园林艺术理论》（*Theorie der Gartenkunst*）的第1卷中详细描述和对比了传统的法式园林和代表革新的英式园林的异同，并指出法式园林缺少“自然”。同时，他希望德国的园林能够找到一条“中间道路”。参见 Christian Cay Lorenz Hirschfeld：*Theorie der Gartenkunst*. Band 1. Leipzig：Weidmann 1779，S. 117-144.

② 参见 Ana-Stanca Tabarasi：*Der Landschaftsgarten als Lebensmodell. Zur Symbolik der “Gartenrevolution” in Europa*. Würzburg：Königshausen & Neumann 2007，S. 11f.

因而，小说批判贵族主要是为了服务于不同的人之构想形成的艺术张力，而并非具有革命立场，并非希望引导读者(尤其是市民阶层)干预政治。因为，虽然贵族社会的重重问题和道德堕落进入了公众视野，书中关于革命的激进思想也有讨论，但是，小说的受众并非特定阶层，而是有修养、有阅读需求的人。与此同时，小说描写的社会问题及对其进行的批判更多是作为现实世界的一部分存在，它们与第二个世界形成了张力，但并不是需要被干涉、被改变的事物，小说并非着眼于新的社会变革，而是将现实及其可能性展现出来，用一种统合性的主体内部视角包容外部现实的丑恶和所有张力。[①] 歌德的《学习时代》中以塔社这个开明贵族团体作为替代方案，这个团体不同于腐朽的旧式贵族，吸收了不同阶层的有为青年，建立了独特的知识档案，提出了革新的实业方针，可视为一种社会变革、不同社会阶层融合的可能；而让·保尔的小说则在描绘现实不尽如人意的一面的同时，以第二个世界作为替代方案，直指高于现实的诗学乌托邦，无意弥合现实与理想之间的裂痕。

公爵与埃马努埃尔的两股不同教育力量共同参与了对维克托的培养。他虽未受到权谋教育和功利教育的浸染，但在公爵的谋划下，维克托成为医生，这是公爵的

---

① 参见 Harry Verschuren：*Jean Pauls "Hesperus" und das zeitgenössische Lesepublikum*. Assen (Niederlande)：Van Gorcum 1980，S. 92ff.

布局，也是维克托社会化的标志。他带着医者的眼光对人的身体进行的观察和剖析，也是他接受医学教育的结果。与此同时，他对肉眼无法触及、科学无法实证的灵魂和想象空间尤为重视，远离宫廷纷争的埃马努埃尔无疑对他影响更大。“其实，维克托太过骄傲，不愿让自己仅仅由于身为医生而被人需要；是的，他太过骄傲，而不愿让人在他身上寻找在他本身性格之外的东西……”(S. 804)让·保尔在《美学入门》中这样描述性格的塑造：“每个人内心都栖居有人类的全部形式和全部性格，而个体的性格只不过是从世界的无限可能性中对**某一个**世界进行的无法解释的创造与选取，是从无限的自由过渡至有限的自由的现象。”[①]剖析人的性格对于理解人至关重要，在让·保尔看来，它不仅是个人特征的展现，也是普遍人性的具体反映，从中可以看出个体与人类整体的密切关联。结合小说来看，通过对维克托的性格刻画，一种对人的设想跃然纸上，它在主人公身上是一种具体的呈现形式，而它亦可以折返至无限，推广至全人类，这与小说所提倡的诗意的人的方案相应和。

正如维克托将三个灵魂统合于“诗学医生”的理念一样，他的性格也是一个综合体，其背后的支撑同样是诗学。诗学是比医学、天文学等自然科学和哲学都更高的

---

① Jean Paul: *Vorschule der Ästhetik*. In: ders.: *Sämtliche Werke*. Abtl. I. Band 5. a. a. O., S. 208f.

概念。相较于自然科学和哲学而言，诗学抵达知识或真理的途径也是特殊的。首先，维克托不但不愿意受缚于医生这个身份，而且并不认同自然科学的研究方法和推理方式，他反对具体的、碎片式的研究，主张从高处俯瞰，获得意义的全景图：

> 维克托以前是通过伟大的自然或诗人来滋养自己的灵魂的，之后他才期待体系的彰显。他通过高飞、四处张望和鸟瞰来发现（而非发明）真理，而不是通过钻研、显微镜式的观察和演绎推理式的、从自然之书的一个音节到另一个音节的来回爬行，**采用这种方式，人虽知书中之词，却不知词之意义。**他说，那种爬行与触摸不属于**发现**真理，而是对真理的**检验**和证实……(S. 1099-1100)

从这段话中，我们也可以反观科学与文学的关系。正如当前学界的讨论中所指出的那样，自然科学提供的知识可以作为文学的素材，它们就像自然、宇宙这部大书中的音节和词语，诗学通过隐含的线索将这些词语连缀在一起，生成多样的意义。这些意义，便是诗学所提供的认识，是独特的真理。

其次，通过诗学接近真理的途径有别于借助哲学思考实现对真理的认知的方式。诗学与哲学对维克托而言又像"围绕着**同一颗太阳**（真理）转动的**彗星**和**行星**，仅仅能从它们运行轨迹的**形状**上看出区别，因为彗星和作家只不过**省略了更多的内容**"(S. 588)。Ellipse这个双关词既包含天文学知识——彗星比行星运行的轨道更扁、更不规则，又以暗喻说明作品的创作比哲学论述具有更多的省略和留白，这些正是想象力的体现，要求读者用想象力将其填充。比如，诗学中的隐喻就是获得认识的一种方式，也是传递知识的途径："通过隐喻，即通过相似状态的种种色彩，我们能够最哲学、最清晰地描绘我们的内心状态。"(S. 590)布鲁门贝格等人将隐喻视为认识模型，让·保尔亦重视隐喻的作用，它本身带有一种不明晰性，却能借助感性媒介助人理解事物间隐秘的关联。让·保尔在《美学入门》中称隐喻为"小小的诗学之花"，它使"物质的味觉与精神的嗅觉——如同相连的物质与精神的图像——离得这么近，又这么远"[1]，也就是说，隐喻使截然不同的抽象与具象、精神与物质、理性与直观结合起来，是诗学给人的独特体验，其中蕴含的意义超过了文字本身，同时这种意义又要靠文字传达。

前文已论及诗学与哲学的关系，在主人公视"诗人"为"喝醉的哲学家"(S. 841)的诗学体系中，哲学不可或缺，但哲学家心中必须有想象力，才会避免狭隘和局限。让·保尔曾指出，可以将梦理解为诗学，而将开悟

① Jean Paul：*Vorschule der Ästhetik*. In：ders.：*Sämtliche Werke*. Abtl. I. Band 5. a. a. O.，S. 183.

(Erleuchtung)理解为哲学。[①] 结合前文论述过的梦与诗学的关系，我们可以看出，诗学在理性之光中加入了非理性之梦幻，在确定中加入了不确定，为有限增添了无限。也是在这种辩证的意义上，让·保尔早年便曾写道："任何完美之后都跟着不完美，就像影子紧紧追随身体。"[②]在这种理念之下，不难理解其笔下的主人公为何不会像迈斯特一样，逐步实现完满。诗学既给人以更广阔的自由，又会使人观照自己的弱点和局限，而正因为这些局限，才需要营造更高的、以幽默为根基的诗学空间——"幽默的基础恰恰是有限与无限的反差"[③]。

在维克托性格与人格的塑造方面，诗学教育的力量远远强于功利教育。无论是维克托的天性，还是他后天个性的发展，都从未偏离诗学意义上的综合发展之路，不适合其天性发展的宫廷环境亦未能动摇其内心。然而，他抵达的并非稳定的完满之境，作品要塑造的也并非某种明晰而呈静态的人的模板，一些方案在生成的同时也在相互消解，幽默和张力自始至终都存在。下文将从两方面来论述文字的教育功能，也会进一步考察幽默这一要素。

---

① 参见 Jean Paul: *Levana oder Erziehlehre*. In: ders.: *Sämtliche Werke*. Abtl. I. Band 5. a. a. O., S. 572.

② Jean Paul: *Etwas über den Menschen*. In: ders.: *Sämtliche Werke*. Abtl. II. Band 1. a. a. O., S. 186.

③ 赵蕾莲:《让·保尔〈美学预备学校〉中的幽默诗学》，载《同济大学学报(社会科学版)》，2018(4)，21 页。

三、作为教育媒介的文字

小说中文字的教育功能可以从两方面来考察：一是大量的书信，二是小说媒介本身，二者都通过感性方式抵达人心、塑造人心。启蒙运动以来的文字普及推动了人的个体化和内心化进程，助长了人的私密性和想象力。“阅读癖”和“写作瘾”不仅促进了新的美学样式的诞生，而且开启了新的交往模式，读与写成为一种生活方式，私人生活领域越来越重要，并取代了一些公共领域，从这个意义上说，文学系统动摇了旧式社会结构。[①]“创作时的想象力提供了与我们自己打交道的一种方式。”[②]同样，阅读时的想象力也使读者多了一种自处的途径。文字媒介提供的世俗空间，尤其是作家创造的虚构空间取代了宗教经验，个体的隐私领域亦逐渐从与神的交往转变为与自己的相处，阅读时的感性体验、想象力的提升推动了诸如善感主义等潮流的兴起。在这样的背景下，代表着情感交流媒介化的书信文化兴起。带有身体痕迹的书信是对“交往的文字化”[③]的印证，也是承

---

① 参见 Albrecht Koschorke：“Alphabetisation und Empfindsamkeit”. In：Hans-Jürgen Schings（Hg.）：*Der ganze Mensch. Anthropologie und Literatur im 18. Jahrhundert.* a. a. O.，S. 605f.

② [德]康德：《实用人类学》，见李秋零主编：《康德著作全集》第7卷，173页。

③ Nikolaus Wegmann：*Diskurse der Empfindsamkeit. Zur Geschichte eines Gefühls in der Literatur des 18. Jahrhunderts.* Stuttgart：Metzler 1988，S. 15.

载当时人的情感交流的理想媒介。私人通信往往是出于对缺席之人的情感需要，或由于一方或双方在所处环境中的孤独，双方互相敞开心扉，倾诉情感并剖析自我，通信双方得以建立深层关系。信件的阅读与身体的感知同步，情感传达的延迟不会妨害心灵的亲近，不会阻止“想象的密接感”①的产生。

将身体、情感、精神杂糅的书信媒介对18世纪人的交往模式的构建起到了至为重要的作用，文学作品中也常出现对这种媒介方式的再现，这种特殊的对话途径对小说主人公的教育来说同样不可或缺。维克托与达霍通信正是基于迫切的情感需求。他与弗拉明虽情同手足，但弗拉明并非他的心灵知音。与达霍失散后，维克托一直渴望与其重逢：“然而，对他来说只有**一个**灵魂，在其近旁仿佛在踏板竖琴旁，可以踩出那些上升的拍子，竖琴会赋予每个想法以更高的天籁之音，赋予生活以神圣的价值，赋予心灵以伊甸园的回声；这个灵魂并非他一向爱着的弗拉明，而是他在英国时的老师**达霍**……”(S. 546)

后来，维克托通过克洛蒂尔德得知埃马努埃尔的存在，这个高贵的形象使他忆起达霍，于是他写了一封信给埃马努埃尔，寻求他对自己灵魂的接纳：

---

① Albrecht Koschorke：“Alphabetisation und Empfindsamkeit”. In：Hans-Jürgen Schings（Hg.）：*Der ganze Mensch. Anthropologie und Literatur im 18. Jahrhundert*. a. a. O.，S. 611.

> 不要对我说：我不认识你！……啊，埃马努埃尔！为了我，不要死去！接纳我吧！把你的心交给我！我想要爱它！——我并不很幸福，我的埃马努埃尔！——因为我伟大的老师**达霍**——这只空中闪耀的天鹅……不再写信给我：他最后给我写了这样的话："寻找我的相像者！"……埃马努埃尔，你难道不是平静、温柔而仁慈的吗？你的灵魂难道不渴望爱所有的人……你难道不是信仰上帝，并从自然的轮廓中寻找他的思想，从你的胸怀中寻找他永恒的爱吗？——如果这一切都是你的样子，你的想法，那么，你就是我的，因为你比我好，而我的灵魂想要攀升到一位更高尚的朋友的身边。代表更高生活的树木，我拥抱你，我用千万的力气和细枝重新编织你，好让自己从周围被人践踏的污泥中飞升而起！……啊！美丽而善良的灵魂，爱我吧！(S. 581-582)

这些话将主人公的孤独和对相似心灵的渴望展露无疑，他想在高贵的心灵中寻找安慰，通过书信建立交流的平台。他不认同周遭的环境，将其斥为"污泥"，渴望来自更高世界的回应。在两个"素不相识"的人之间，书信搭起了一座桥梁，也只有通过这种方式，维克托才能将如此私密、热情的话吐露给一个"陌生人"。他的想象力在书信中燃烧，在达霍形象的基础上构建埃马努埃尔的形象。随后，克洛蒂尔德从迈因塔尔捎回了埃马努埃尔的回信，这一颗“美丽心灵”充当了另外两颗“美丽心灵”的信使，以此，三人之间建立了越来越紧密的情感联系。

在回信中，埃马努埃尔热切地描述了自己对第二个世界的向往，也许诺了对维克托的接纳：“一旦太阳升起，我便会洞悉它，我的心将高升，并向你起誓它爱你，霍里翁！……我现在向你发了誓——我给予你我的全部灵魂和我渺小的生命，而太阳正是你我之间纽带上的印章。”(S. 603)维克托童年时受到达霍对其心灵的呵护和教育，成年的他继续寻求埃马努埃尔的爱和启迪。不难想象，维克托心中亦存在的对第二个世界的设想及诗学知识的构建无法缺少这种教育的参与。在身体缺席的情况下，书信作为媒介承载私密之语，提供情感慰藉。承载理想世界憧憬的信件使糟糕的现实变得可以忍受，它们与主人公平日的阅读和写作行为一起促进了主人公的自我认识和内心修养。

两人在迈因塔尔重逢时，埃马努埃尔对维克托说：“亲爱的孩子，还认得你的老师吗？我是埃马努埃尔，也是达霍。”(S. 678)自此，两个高贵的形象重合起来，教育者与通信密友融为一体。“终于，埃马努埃尔从满怀爱意的姿势中脱身而出，他如同太阳一般博大而灿烂，弯下身俯视霍里翁，并深深着迷于这位朝气蓬勃的爱徒高贵的精神和脸庞。”(S. 678)在《学习时代》中，“美丽心灵”的手稿像一束光，曾照亮过威廉的心灵，而埃马努埃尔对主人公的教育通过书信和对话等方式贯穿全书，带来犹如阳光一样持久而强烈的启迪，然而，其光芒在此并非启蒙运动的理性之光，而是高贵的情感之光、灵魂之光，其中有“无以言表的爱”(S. 694)。作为诗学教育的实施者，埃马努埃尔以爱浇灌学生的心灵，以“燃烧的幻想”(S. 776)引导他去想象第二个世界。维克托曾“难抑崇敬和狂喜，跪倒在这颗高贵的灵魂前”(S. 777)，这种神化老师的行为象征着他对诗学的神化，这种教育导向另一种神圣，即艺术宗教。

两人相认后的通信继续承载着教育功能，作为重要思想载体的书信继续滋养维克托的心灵。《学习时代》中“美丽心灵”的手稿对威廉的触动虽大，却仅仅是一个过渡，而埃马努埃尔的教育则贯穿于维克托的少年和青年时期，贯穿于整部小说之中。两人的通信穿插在错综复杂的情节和宫廷纷争之间，犹如维克托在污浊环境中的避难所。维克托称埃马努埃尔为“我的老师，我的父亲……你这位天使”(S. 679)。在精神方面，埃马努埃尔代替维克托的生父艾曼牧师及其养父公爵霍里翁，承担起维克托的心灵教育任务，他称维克托为“我的儿子”，称克洛蒂尔德为“我的女儿”(S. 883)，他与克洛蒂尔德的通信同样具有对心灵进行教育的作用。他的教育与对让·保尔影响很大的卢梭所提倡的消极教育之间有相似之处，即主张发展自然给予人的力量和禀赋，避免心灵原初的纯净蒙受社会污染。卢梭认为，教育的目标“就是自然的目标”，他肯定天性和自然：“本性的最初的冲动始终是正确的，因为在人的心灵中根本没有什么生来就有的邪恶，任何邪恶我们都能说出它是怎样和从什么地方进入人心的”，“所以，最初几年的教育应当纯粹是消极的。它不在于教学生以道德和真理，而在于防止他的心沾染罪恶，防止他的思想产生谬见”。[①] 让·保尔部分接受了卢梭的理念，尽管他并不赞同纯粹的消极教育这种说法，但他的教育观念与德国同时代的话语有所不同。在教育著作《莱瓦娜或教育学说》(*Levana oder Erziehlehre*)中，他认为，每个个体之中都应有质地洁白的“内在的人”，每个人体内都有升至高尚境界的萌芽，应使人充分发展原本就内在于其自身的力量和可能性，而个体的自由发展亦会促进全人类修养的提高，形成一个共同的文化圈；同时，个体要获取自由，须得反抗社会规范，他反对将人置于陌生的目的之下，使人服务于目的，故而，他的教育观念带有一种抗争性，他相信教育应使人自由发展天性，而非服从外在的强制、服务于特定目的。[②]

维克托所受的负面影响是公爵的功利主义和理性主义教育，他于无形中与之抗争，抗争来自外界的陌生的

---

① [法]卢梭：《爱弥儿：论教育》，8、94～95、96页。

② 参见 Jean Paul: *Levana oder Erziehlehre*. In: ders.: *Sämtliche Werke*. Abtl. I. Band 5. a. a. O., S. 355; Ludwig Fertig: *Zeitgeist und Erziehungskunst. Einführung in die Kulturgeschichte der Erziehung in Deutschland von 1600 bis 1900*. a. a. O., S. 355.

目的，避免沦为工具的危险。在无法立即脱离不利环境时，他投身于自己从小就依赖的“美丽心灵”的同质世界。例如，埃马努埃尔在一封信中写道：“我永远爱的人！我已获悉那个日子，当天你进入了一种新的熙攘的生活，而我说：我爱的人会依然幸福——美德的安宁仿佛在他心的外围筑起一个胸膛，来抵挡他新生活中的严寒和风暴。……”(S. 788)在“宫廷拥挤的集市”(S. 789)上，这些虽有所延迟却令人期待的间接交流是维克托获取安慰的源泉，外在环境无法与内心需要相适应，相反，维克托需要用内心的力量抵御外在的严寒，以美德对抗道德败坏。两人通信的内容大多涉及上帝、永恒、爱等话题，“内在感受”[①]的传达者与接收者都拥有“内在的人”(S. 738)，两人的通信内容可谓纯净的精神之诗。在埃马努埃尔如“你这位全能者，容纳我们，你这无限者，你，啊，上帝，你塑造我们，你看到我们，你爱我们”(S. 891)等描绘的触动下，以及“使你的精神上升，握住人最伟大的思想吧！……而你，我亲爱的霍里翁，也这样做吧”(S. 892)的要求下，“渺小的世间烦扰、渺小的尘世思想此时在霍里翁的灵魂中一扫而空”(S. 892)，精神上升至更高处俯瞰尘世，便能看淡、

---

① Johann Karl Wezel: *Gesamtausgabe in acht Bänden*. Band 7. a. a. O., S. 192. “内在感受”与“外部感受”在韦策尔那里是相对立的概念，康德在《实用人类学》中也提出过对于“内部感官”和“外部感官”的区分。

超越人间的琐事和烦恼，这原本是宗教的作用，而在此，上帝实则成为人最伟大思想的产物，成为更高之境、诗学之境的象征物。与《学习时代》中一心向神、摆脱世事烦扰的姨母所全心依赖的上帝不同，此处的上帝并非传统宗教意义上给人以寄托的全能者，而是专注于修持内心的美丽灵魂的诗学产物。

在主人公身上，内心教育取代了功利教育，诗学教育取代了全面教育，个体教育取代了社会教育。心成为信仰，诗成为宗教。维克托在这种教育下形成的修养有别于威廉的修养，它更多地是自身禀赋在爱与诗艺的滋养下绽开，禀赋与天性在小说中起到了比在歌德那里更为关键的作用。叙述者如此描述达霍对维克托禀赋的认识：“呵，这个永远被爱的精神，它那时便在我们的维克托体内看到了朝向另一个世界鼓振欲飞的翅膀，它那时便更多地是他这颗如此柔软、动荡、充盈着爱和预感的心的朋友而非教师。……”(S. 623)维克托天生向往更高的世界，达霍辨识出了这种天性并促进了它的发展，用无限的想象力引导其高翔。“若有人自年少时便感受到对超越世俗的东西、对宗教和对人性中更高贵的事物……的渴望，或者自那时起便永远丢弃了这种渴望，谁能对此做出解释?”(S. 970)叙述者强调人的天性，认为人的修养之途必受天性的引导。维克托比爱弥儿所处的环境更复杂，他经历过市民的日常生活，也不得不踟蹰于“杂草丛生”的宫廷，但他最终保全了自己的天性，内心的倾向胜过了外界的规定。同样，维克托、弗拉明和尤利乌斯三人在英国接受教育的环境虽然一样，但由于三人禀赋相异，他们的性格亦明显不同。当时，达霍“引导并浇灌这三朵高贵的花，它们在同一片苗圃中、同一片天空下汲取三种颜色，用不同的花丝和花托塑造自身”(S. 519)。作为教育者的达霍重视个体禀赋的差异，避免规约灵魂，而是用爱和美滋养心灵，这有别于康德宣明的通过训诫、培养、教化等教育手段和规则的束缚来防止人变坏的观点。如果说康德的教育理念提倡的是人要尽可能祛除动物性，在理性的引导下走向完善，那么，在维克托身上体现出来的，则是在不完美的人性中融入神性，以一种诗意理想应对既存的分裂和危机。

有一次在读完埃马努埃尔的信后，维克托心想："要是我这颗混乱不堪的心今天就能在你这位神圣者的身旁，那该多好!”(S. 606)这封信给予了他热泪和“一颗被抚慰的、与尘世和解的心”(S. 606)，这种身体不在场的情感交流使他暂时与外界达成和解，书信构筑的世界成为对现实的替代。同样，小说中通过文字媒介构建的想象世界也具有替代现实的功能，它不仅能激发读者的共鸣，使读者找到高于现实的诗意世界，用第二个世界的美好修持己心，而且，作品有意引导读者探寻文本的策略，学习如何把握虚构文本，获取新的美学认识。

在叙述策略上，小说既试图将读者带入虚构世界，通过特定策略证明故事的真实可信，又在不断打破这种幻境。首先，小说设定，叙述者只是在客观转述信件内容，并且故事中的人物是真实存在的；其次，叙述者与作者同名，容易诱导读者混同两者；最后，委托人起初便在信中写道，事件尚未结束，一切仍在进行；最终，叙述者自己参与到情节之中，成为亲王的儿子，而且叙述终止的日期与故事落幕的日期重合。这种参与性和共时性也是对真实性的佐证，因为被讲述的故事似乎“并不是在一个封闭的虚构空间中”[①]发展的，而是开放的、未定的，随着事态的不断发展，故事之外的人物不断被纳入故事之中。叙述者受人所托而作的传记成为叙述者自己的传记，体现出“对自己生活的文字化”[②]，也体现出生活的偶然性特征。然而，小说又常常刻意打破“真实性”，如叙述者“揭露”克内夫这个委托人时曾说过：“读者是骗不够的，聪明的作家会乐于携同他们进入猎鼬装置、捉狼陷阱和捕兽网。”(S. 662)读者是“骗不够”的——这样的说法带有一定的挑衅意味，就像前文中曾提到叙述者称自己做的梦够多，而读者睡得够多了，以此来说明读者下意识地跟随自己的意志，这些都是小说的叙述策略，也是“克服经验生活的偶联性”[③]的方式。

① Andreas Erb：*Schreib-Arbeit. Jean Pauls Erzählen als Inszenierung “freier” Autorschaft.* Wiesbaden：Deutscher Universitätsverlag 1996，S. 43.

② Ebd.，S. 44.

③ Helmut Pfotenhauer：*Jean Paul. Das Leben als Schreiben. Biographie.* München：Hanser 2013，S. 126.

同时，这种作家欺骗读者的说法也可追溯至柏拉图的《理想国》。柏拉图认为文学作品是谎言，会腐蚀人心，而让·保尔在小说中重提这种说法，并将“骗术”的生成过程展现出来，实则是通过影射来消解这种文学低下论。

此外，在一开始回信接受写作任务时，叙述者便言明了自己的立场：“因而，对于想在沉入内心时比兴奋时更幸福的人而言，只剩下了**未来**或者幻想，也就是小说。那么，因为灵巧的双手写出的生平传记很容易被提升为一部小说……因此我会接手这一传记作品，但条件是，其中的真相只能做我的社交女伴，而非我的向导。”(S. 509)叙述者的立场为其自身保留了虚构空间。完全符合事实真相的传记并不是他感兴趣的，他着眼于在事实之上的幻想和虚构，而他对作为媒介的小说的重视也符合18世纪小说地位上升的趋势。生平传记中的事实属于过去和外界，而靠想象力催生的小说属于未来和人的内心。同样，在第1版前言中，作家让·保尔也邀请读者进入诗学幻境，称自己感兴趣的并非“赤裸裸的历史事实”(S. 551)，而是为了在此基础上营造诗学空间。在这个意义上可以说，这部小说与委托人信件之间的关系类似于文学与知识的关系。前者在习得、吸纳后者的基础上拥有文学加工的自由和独特的结构，前者无法完全脱离后者，但后者也需由前者来承载和扩充。那么，读者在此要面对的问题，亦是美学自治所引发的问题：如何对待文学作品；真实与虚构的界限在何处；文学作品是“真实”地记录现实，还是有意识地进行虚构；这种虚构是一种骗局，还是有其他意义；仿佛是“第二自然”[①]的文字究竟有多可信。在此意义上，让・保尔的小说提供了特殊的审美机制和教育空间，给予读者新的感性体验和新的认识。

除此之外，小说的另一个显著特征是引导读者参与到情节之中，读者的阅读行为推动情节发展。这与德国20世纪中后期兴起的接受美学有相似之处，此流派理论家强调文学作品对读者的影响和文本的“召唤结构”，将读者的接受行为置于核心地位。[②] 在《美学入门》中，让・保尔称书本为“写给公众的篇幅较大的信”[③]。由此我们可以看出他对读者及与读者互动的重视。在小说中，叙述者一方面似乎与读者一样，对事件的走向并不知情。例如，他在第26个狗邮日写道：“——要是我早知道写这个故事会浪费这么多纸张，我倒宁愿当时就扔掉它。”(S. 904)而在最后一个狗邮日，他写道：“这本书会以什么来收尾？——以一滴眼泪，还是一声欢呼？”(S. 1228)在这个意义上，他与读者建立起认同感和同一

① Albrecht Koschorke：*Körperströme und Schriftverkehr. Mediologie des 18. Jahrhunderts*. München：Fink 1999，S. 451.

② 参见 Ansgar Nünning (Hg.)：*Metzler Lexikon. Literatur- und Kulturtheorie. Ansätze - Personen - Grundbegriffe*. 5. Aufl. Stuttgart/Weimar：Metzler 2013，S. 650f.

③ Jean Paul：*Vorschule der Ästhetik*. In：ders.：*Sämtliche Werke*. Abtl. I. Band 5. a. a. O.，S. 406.

视角，在讲述中也用到了诸如“我们这些读者”(S. 1118)这样的说法。但另一方面，他又经常表现出先读者一步了解故事走向的运筹帷幄，并有意引导读者的感受。他的预示、警告等行为给予他更高的地位，即掌握更多知识的优势地位，如“读者对无数事情有更好的了解，这要归功于我”(S. 1198)这样的说明，以及“读者将会对这个狗邮日感到很生气；我自己这边已经生过气了”(S. 817)，“我和你，我的读者，现在要离开这个陌生的死者的房间”(S. 1150)，“三分钟后读者和我就要去药房找主人公了”(S. 1168)这样的预告。而无论从哪个方面来说，他都将读者纳入了开放的叙事体系中，使读者的参与成为小说的有机组成部分，同时又使读者时时驻足来反观小说的结构，观察叙述者的布局，思考文本的生成过程，体验虚构性的产生。因为，在熟悉的阅读模式被打破时，读者会调整自己的阅读行为，在原本声明的真实性或同一视角被阻断时，读者被迫面对一种矛盾体，必须反观充满张力的诗学实验，从中收获新的美学认识。如果从人类学视角出发，视让·保尔的小说为一种“文本身体”[①]，那么，这个身体便是读者观察和解析的对象，读者通过美学领域的考察和探索抵达“文本的灵魂”[②]。

小说尤其重视与女性读者的交流，让·保尔也写过

---

① Maximilian Bergengruen：*Schöne Seelen*，*groteske Körper*. a. a. O.，S. 4.

② Ebd.，S. 4.

“时代越坏，女人就越受轻视”[①]这样的话。作为阅读人群中不可缺少的成员，女性地位与感性的地位一样，在18世纪后半叶得到了显著提升。她们与男性一样，通过文字获得对世界的认识，也借助文字接受教育。让·保尔重视教育的意义：“这个时代里人们写了这么多关于教育的东西，其关键的前提既包括教育的欠缺，也有人们对于教育重要性的感悟。”[②]他希望借助小说告诉读者，小说与书信媒介一样，同时具有延迟性以及替代身体在场性的交往功能，读者与作者在缺席的情况下，仍能实现彼此之间的心灵连通。读与写互相映衬，小说对写作过程的演示亦带动受众反观自身：“你读我写的东西——你观察写作过程中的我，并且由此被迫注视阅读过程中的你。”[③]读者与作者间的互动不断加强，直至变得不可分割。

在这种互动过程中，读者能感受到作品对自己潜在的要求，文本中多次强调感性的重要性，强调柔软的心和细腻的感受力的重要性，这些对特定性格和行为方式的要求是一种隐含的引导和暗示性的教育，它为读者设定了美学的门槛：

---

① Jean Paul：*Levana oder Erziehlehre*. In：ders.：*Sämtliche Werke*. Abtl. I. Band 5. a. a. O.，S. 686.

② Ebd.，S. 550.

③ Ulrich Rose：*Poesie als Praxis. Jean Paul，Herder und Jacobi im Diskurs der Aufklärung*. Wiesbaden：Deutscher Universitätsverlag 1990，S. 130.

> 因此，必须把梦带给读者，尤其是满怀诗意的读者——我会为其他读者筹划一个狗邮日的版本，其中没有梦的存在；因为，无诗意的、自身无梦的读者也不应该读到梦。
>
> 但是，对你们，你们这些善良的、很少得到报答的女性灵魂……对可贵的你们，我很乐意讲述这个小小的梦和我伟大的书！（S. 765）

在图书市场上，原本多是读者挑选自己喜欢的作品，而小说对于读者的反向挑选是一种打破传统和思维定式的策略。无梦的，即缺乏想象力的、片面而干枯的心灵并非这部小说选择的读者，叙述者甚至提到要为这些人筹划另一个版本的作品，这无疑是一种反讽。

叙述者对女性的赞美一方面可谓顺应了当时女性地位上升和女性读者数量增加的趋势，或许也考虑到了母亲在家庭教育中扮演的重要角色；另一方面也是一种对照，借助对比突出感受力和想象力。叙述者写道，“女性能比我们更好地从事所有要求集中**感性**注意力的事情”(S. 990)，故而她们也能更好地阅读和体验文学作品，而“……小说的女性读者们比小说的女主人公们还要更浪漫、更细腻、更内敛”(S. 989)。这样的话亦能调动女性读者的认同感。此外，通过赞美女性的细腻情感和善良也可以激发读者对美德的追求，塑造超越阶层局限的有修养的人。例如，“每个女人都比她所处的阶层更加细腻。通过修养，她收获的东西要比男人多”(S. 990)及“读者！——女性读者本身就更正直——不要嘲笑我善良的主人公，他不是那种恰会将痛苦强度转化为灵魂强度的人”(S. 788)这样的话表明，善良、美德与内心的敏感、柔软紧密相关，善感主义之中加入了道德维度，它从而具有了更高的地位。

这部丰富而充满张力的小说在推崇幻想的重要性的同时，又针对激烈的情感进行反思：“激情可以做出最好的观察，却会最悲惨地收尾。它是一架望远镜，其视野越窄，就越清晰。”(S. 667)小说虽一再强调诗意、幻想和感性，但这些并不意味着过度的激情。不仅维克托的善感的灵魂常被另外的力量牵制，让·保尔也用多种方法使读者觉察到作品中对于善感主义的复杂态度。比如，频繁使用敏感、温柔、柔软、眼泪、感性、善感、善感主义这些词语，刻意运用善感主义的语言风格，以及对一些场景进行影射。这些或是戏仿式的化用，或是出于人物性格塑造的需要，但并非像之前善感主义的文学思潮中那样，将善感主义奉为文学创作理念，而是一种去严肃化，或者可以说，善感主义中“感情的过度”在让·保尔的小说中转化为一种“语言的过度”[1]。

这种去严肃化也体现在第 7 个闰日以字母 U 和 V

---

[1] 参见 Helmut Pfotenhauer: *Jean Paul. Das Leben als Schreiben. Biographie*. a. a. O., S. 130.

开头的“词条”的书写中（自第 4 个闰日起，叙述者在闰日中加入了以首字母顺序排列的“次枝旁秧”，即对一些无直接关联的词条的解释），叙述者将两个词条合并为一，即“**读者的不敏感——前言**”（Unempfindlichkeit der Leser - Vorrede）这个词条，其中有文字游戏的成分，因为“前言”在此既构成了闰日词条体系中的一环，又充当了小说第三分册前言的一部分。在此，小说的叙述者与前言的书写者合为一体，也将张力带入了叙述当中。[①] 叙述者再三强调自己与维克托的相像之处，一直在与女性读者对话，赞美她们的敏感、细腻。但在这个词条中，他一边表示自己致力于减轻读者阅读时感受到的痛苦，一边宣称自己的意图是“使读者变得坚强”（S. 963），因为在接下来的故事中，一场新的暴风雪即将来临，他

① 小说第 2 版和第 3 版的前言末尾署名都是 Jean Paul Fr. Richter，日期分别为 1797 年 5 月 16 日和 1819 年 1 月 1 日；而第 1 版的前言署名为 Jean Paul（放在第 1 个闰日的末尾，让·保尔也希望读者把这篇前言当作第 2 个闰日），日期为 1794 年春分。第 4 个、第 7 个闰日中插入了为第二分册和第三分册中所写的两篇前言，一篇未署名，一篇的署名为 Jean Paul，未标注日期，而第四分册的前言署名又成了 Jean Paul Fr. Richter，日期为 1797 年 6 月 8 日，地点为小说中出现过的“位于福格特兰（Voigtland）的农庄”。整个故事结束于 1793 年 11 月 1 日，因而几篇有署名并有日期的前言均表明故事的虚构性，也展示了让·保尔的修改过程。但让·保尔的署名会有意与叙述者混淆，本应独立于故事之外的前言有时也与小说中的闰日混合，使读者无法清晰区分二者。这种混合使让·保尔的身份、叙述者的讲述以及故事的建构都具有一种演示性，最终的作品包罗万象，不止于框架内的故事，也不止于框架外的叙述者，而是连让·保尔的身份和现实中的地点都成为一种文学建构。

希望能使读者做好情感上的准备，用“不敏感”（S. 961）去抵挡后面的动荡和风雨，以免读者因无力承受阅读时的痛苦而中断或放弃阅读行为。这种对读者“承受诗学痛苦”（S. 963）能力的潜在要求，以及对第三部书会使人流泪的预示，都是小说引导读者阅读的体现。然而，对那些将文学作品及其中呈现的痛苦都视为“假象”（S. 964）、能够不动感情地承受美学痛苦的“斯多葛主义者”（S. 964），让·保尔表面上支持，实则对其暗暗讥讽：

> 我更愿意劝自己相信——但凡有此希望——现在正是德国人染上那种比利时式的斯多葛主义[①]、那种高贵的不敏感性的时机……力量较弱的人至少可以**昏睡**，以免在阅读歌德的《伊菲格尼亚》这类作品时**感到痛苦**，因为睡眠会抚慰痛苦的人；或者我们干脆忘掉这类悲歌，因为根据普拉特纳的说法，

---

① 虽然小说中对于斯多葛主义有认同的一面，维克托亦受到其一定影响，但作品中对此更多是持批判态度的：“倘若美德正是斯多葛主义，那么它就只不过是理性的孩子，且最多是其养女。斯多葛主义把美德描绘得如此实用、理性，结果美德仅仅成了一种结束……因为它（根据斯多葛主义）是唯一的而非最高的财富；因为根据它的观点，所有的欲望都冲向空洞的虚无，因此，美德并非功绩，而是必需。就好比没有什么值得憎恶之事，因而，克服愤怒和爱敌人并不比爱朋友更难或更光荣，而是一回事……就像批评对于天才而言那样，斯多葛主义对美德具有消极作用。……”（S. 970-971）同时，小说也强调诗学对于激情的调节作用：“冷漠、自私、懒散的人就像无诗意的人一样，会避免告别太过激烈的感受；反之，通过说话减轻一切痛苦的女性和通过幻想缓解一切痛苦的诗意之人则寻求这种告别。”（S. 719）

> 我们没有对疼痛的记忆，也因为遗忘——如一位亲王所写的——是治疗疼痛的唯一手段。抑或，如同上天在痛苦之后赐予我们欢乐那样，它在弥赛亚（对此我们或许能期盼精彩的滑稽化）之后，也会赐予我们布卢毛尔[①]式的戏仿，借此我们可以轻易忘记曾经的史诗。（S. 964-965）

在仿佛看透一切、不受任何外物触动的斯多葛主义者，选择忽视痛苦和进行自我精神麻醉的睡眠者与规避痛苦、选择遗忘的人之外，还有另一种应对虚构痛苦、克服克洛普施多克（Klopstock）式善感主义的方式，那便是戏仿和幽默。布卢毛尔式的戏仿代表着一种“低下的滑稽”（S. 548），但或许它会通向一种“高雅的严肃”（548）。正如让·保尔在《美学入门》中所言，与玩笑、戏谑不同，幽默中亦包含着严肃，在认同并实施幽默理念的人以狭窄的、有限的世界去丈量尘世之上的无限世界，并试图将两个世界连接起来时产生的笑中会同时包含痛苦和伟大。[②]

小说在此既涉及对读者的情感引导，也进一步讨论

① 布卢毛尔（Aloys Blumauer，1755—1798），奥地利启蒙主义作家，著有《维吉尔的埃涅阿斯纪：滑稽模仿》（*Virgils Aeneis，travestiert*）等作品。

② 参见 Jean Paul：*Vorschule der Ästhetik*. In：ders.：*Sämtliche Werke*. Abtl. I. Band 5. a. a. O.，S. 129f.

读者如何面对虚构的问题，尤其是应当如何面对虚构情节带给人的情感触动和冲击。在维特的阅读热潮引发一系列读者模仿维特自杀的事件之后，在克洛普施多克那个善感主义和天才的年代过去之后，应该如何反思无距离感的移情？是否应该强调理性和节制？人又是否应该甘愿承受任悲剧冲击情感的痛苦，在观看悲剧时回归经典的灵魂净化说？小说并未给出一个明确的、非此即彼的答案，而是列举了不同的可能性，又用背后的嘲讽去化解这些方案的严肃性。

麻木或者用理性支配感性、冷静地对待虚构，如斯多葛主义者所做的那样，显然并非让·保尔的态度，但他亦不会对激情不加节制，他的应对方案或许是穿梭其间，以游戏的态度进行戏仿，以幽默来对待相互背离、各有立场的模式。然而，对于布卢毛尔式的戏仿，小说前后也表现出了不同的态度，并非对其一味称许。幽默是对理想方案总体性地戏仿与解构，正如维克托“对哲学和诗艺中排他的趣味均持强烈的敌对态度”(S. 1099)那样，让·保尔也抵制封闭、单一的观念，他绕开黑白分明的立场，用动态的幽默打破静止，将相异甚至相反的角度吸纳进“不可或缺的”[①]诗学中所蕴含的“无限性之王国”[②]。这种包含强烈主观性和反思性的做法将“自然

① Jean Paul: *Vorschule der Ästhetik*. In: ders.: *Sämtliche Werke*. Abtl. I. Band 5. a. a. O., S. 251.

② Ebd., S. 93.

的滑稽"提升为"艺术性的滑稽"(S. 495)，是作者美学方案的核心。正如《美学入门》中所指出的那样，幽默的作家与性格幽默的人是两码事，作家的幽默带有有意识的主观性，而一个幽默的傻瓜往往并不自知其幽默。[①]

总结而言，小说中对主人公的教育与小说对读者的引导融为一体，其中，文字媒介起到了不可取代的作用。主人公的修养最终贴近的是达霍高于尘世的引导之手，而非公爵冰冷的钢铁之手。如弗里德里希·施莱格尔所言，"至高的价值和唯一有用的便是修养"[②]。小说中主人公的修养最终导向美德、爱和神性，而其中的关键正是无限的想象力。主人公对第二个世界的设想及其内在诗性的培养与达霍的教育密切相关，而小说文本对读者多个层面上的引导也可视为一种特殊的教育实验。

四、诗学与美德

"为何一个人有时会如此幸福？……因为他有时是文人。"(S. 512)在诗学医生维克托心中，由幻想支撑的文字世界扮演着关键角色："他的教育和禀赋使他习惯了书斋的氧气和炉气，书斋是我们的激情所仅有的卧

---

① 参见 Jean Paul：*Vorschule der Ästhetik*. In：ders.：*Sämtliche Werke*. Abtl. I. Band 5. a. a. O.，S. 138.

② Friedrich Schlegel：*Friedrich Schlegel. Kritische Ausgabe Seiner Werke*. Abtl. I. Band 2. a. a. O.，S. 258.

室(安息地),也是仅存的修会宣誓堂,是想要逃脱感官世界和习俗的巨大旋涡的人幸而拥有的避风港。”(S. 588)阅读和创作需要借助于感性,即细腻的感受力、审美力,但最终,想象的空间会脱离感官的世界,逃离此岸,挣脱无处不在的规则和礼俗,到达更高之境,即不沾染烟火气、不受身体束缚的第二个世界,也就是令埃马努埃尔神往的上界。“作为第二自然的诗艺”(S. 589)使维克托习惯于书斋生活,他与居于自然之中、博览群书并从事写作的矿区总管让·保尔有相似之处,后者在叙述过程中也一再提及自己与维克托的相似点。“阅读将他拉入写作,写作又将他拉回阅读,思索拽着他去感受,感受又把他拽回思索。”(S. 588)在这种创作和反思、思考分析与直观感受的互动中,维克托构建起一个诗意空间,此中生活着诗意的人,即拥有爱和幻想、美德和智慧的人。

小说中美德的特别之处在于,只有借助想象力、通过净化和提升灵魂方能拥有这种美德,它扎根于人的心灵,却盛开在第二个世界,它是精神之花、想象之花。这种美德并非世俗的道德、外界的规定,而是诗学孕育的美德。在这个意义上,美学成为道德的前提。在“那崇高的时刻、充满美德的生活诞生的时刻”(S. 969),人会感到由衷的喜悦和自由,仿佛“重压的身体被卸下”(S. 969),并且“心里感受**不到矛盾**”(S. 969),这种状态正是主人公这种类型的人所渴望的,即借助想象力摆脱充满矛盾和束缚的现实生活,转身投向消解所有矛盾的彼岸:

> ——当天使在人心中诞生，当第二个世界随即在地平面升起，当美德之太阳全部的热度不再受云层阻挡而直洒向心灵，这样的景象蔚为壮观。——
>
> 然而，可怜的人，这受约束的、被血肉之躯包裹的人很快就会感受到自己的陶醉与自身力量之间的差距……但我从不会驳斥那种狂热的夸张；人必须得像建筑一样，被**拔到高处**，以便被改建。……
>
> ……人们如今之所以堕落，是因为他们把美德看得太困难，而他们也会由于将它看得太容易而走向堕落。并非是理性，即良知使我们善良，它是美德之路上横亘的一条笨拙的胳膊；但这条胳膊既无法抬我们过去，也无法推我们前往——理性具有立法权，却没有执行权。热爱这些命令的力量，乃至献身于它们的更强大力量是在这种良知以外的第二种良知；而就像康德不能用墨水描画是什么东西让人变坏那样，人们也无法说清楚，是什么东西使心灵始终处在道德的污泥的上方或者从污泥中超拔向上生长。(S. 969-970)

为抵达"应许之地"(S. 969)，沐浴美德之光，人可以凭恃的首先是幻想，想象的幸福使人从不如意、不道德的现实世界抽身出来。然而，理想世界的永恒美德只是诗意的幻影，很容易被现实击碎，人的自然局限、与尘世的关联限制了人的自由，却也更激发了人的渴望。

就像身体虚弱的埃马努埃尔一样，身体越受束缚，精神就越自由。因而叙述者认为，不切实际的热望胜过面对现实的妥协，人要先心系高处，才能完善自我。此外，理性、训诫、规则与道德的联结之绳被割断了，因为它们只服务于现实的秩序，而不服务于渴望飞升的心灵。何为康德等人所谈的良知之外的另一种良知、社会道德之外的另一种美德？它连着另一个世界、另一种修养、另一种对人的定调。人们无法描述的东西实则是人的灵魂对第二个世界的渴望，高处有永恒的美德之光，想象与认识同在。

在名为“对人的气象观察”的第3个闰日中有这样的话：“若自我认识是通向美德的途径，那么，美德更是通往自我认知的途径。”(S. 668)拥有美德即意味着追求高贵事物，在这样的内力驱动下，人才会最终认识自我，也才会真正葆有美德，无论何时何地。在美德的国度，只有爱、上帝、永恒这些精神性概念存在，如维克托对渴慕已久的爱人说：“克洛蒂尔德！我会永远爱你、上帝和美德。”(S. 1059)被神圣化的爱与诗学催生的美德和上帝同属纯粹的精神范畴。师生之爱、情侣之爱、友人之爱汇集在美丽的灵魂中，最终升华为上帝之爱：“在这个地球上跳动着的，没有比这样的时刻更崇高、更至福的时刻：人振奋自我，为美德所提升，因爱而柔软，蔑视一切危险，并向朋友展现自己心灵的模样。比起将自己隐藏在无益的高雅中的那种虚荣的渴念而言，

这种震颤、这种融化、这种提升更为珍贵。”(S. 693)

维克托并没有宫廷人士身上空洞的高雅和虚荣，在缺乏真实，缺乏友情、爱与美德的环境中，他的心灵难以为生，直至再次见到达霍，他才感受到真正的愉悦：

> 维克托今天才第一次感觉到自我在一种精神面前得到的扩充和升华，这种精神与他的精神**相似**，却**胜过**他。……他几乎不想说话，只为了一直听他说，虽然他当即决定要在此多停留些时日。……而那些德国人的团体使他厌恶，因为那些人极少深入思考。——终于有一整天能同另一个人一起思考，并且更美妙的是，还可以一起创作(dichten)，他是多么幸福啊！(S. 683-684)

从这段话中我们也能看出美德、精神与想象力的关系。灵魂仿佛“以诗学之花为生”(S. 681)的埃马努埃尔是诗意生活的体现，也是美德的化身，他与维克托的心灵相似，却高于他，故而可以引导他。在他和克洛蒂尔德的影响下，维克托“决定改善自身，以求凭借美德与一名具有美德的女子相般配”(S. 969)。正如娜塔莉亚对威廉而言是一种应和，也是一种引导，是“完善的人”之设想的化身一样，克洛蒂尔德这一女性形象以高洁的美德给予维克托以理想的回应。当然，这部小说中的“美丽心灵”是靠诗学来滋养的。男女主人公的爱情也如诗学之花一般纯净，不沾染烟火气——“克洛蒂尔德和维克托纯洁地站在上帝面前，上帝说：哭泣并去爱吧，就像在我身边，在第二个世界里一样！——然后，他们在夜晚的神圣化、爱的神圣化、感动的神圣化中沉默地注视对方”(S. 1072)。世俗之爱的神圣化保障了爱情的不可磨灭，它与埃马努埃尔渴望的灵魂状态一样，不会随着肉体的消亡而消逝，而是与上帝同在，“就像”则点明这种理想状态只存在于想象的领域。让·保尔曾写道：“若没有上帝，自我便会孤独地在永恒里穿行；而他若拥有他的上帝，便会达到比借助友谊和爱情所能达到的更加温暖、紧密、牢固的统一。”[①]这个至高的上帝便是无边的诗学想象力的代言者，比起人世的友情和爱情，上帝之爱更能使人战胜孤独，在自我之中重塑早已丧失的完整的世界。

无论是康德在《判断力批判》中提出的“美者是道德上的善者的象征”[②]，还是席勒将剧院视作道德机关的观点及在一系列信件中关于审美教育的论述，或是迈斯特尝试以剧院启发观众的做法，其中都暗含美育对道德提高的促进，也肯定了想象力、鉴赏力对人的重要作用。但康德等人所谈的道德均与现实不可分割，道德植根于

---

① Jean Paul：*Levana oder Erziehlehre*. In：ders.：*Sämtliche Werke*. Abtl. I. Band 5. a. a. O.，S. 578.

② [德]康德：《判断力批判》，见李秋零主编：《康德著作全集》第 5 卷，368 页。

社会之中，具有实用性和群体性的特点，人在社会中修养道德，道德教育也是市民教育的重要组成部分。而让·保尔勾画的美德则脱离了世俗的道德范畴，重构了另一种宗教性的美德，即对更高事物的渴望、对神圣之爱的追求、对永恒精神的歌颂。正如叙述者在小说中描画的那样：克洛蒂尔德的灵魂“由三位大师绘就：后景由世界绘就——前景由教堂绘就——中景由美德绘就”(S. 1050)。后景即作为点缀的背景，前景是切入点，而中景则是一幅画的核心。美丽灵魂生在世间，是社会的一员，但这只是陪衬，不过是整个画面的背景；教堂是她以灵魂追寻上帝的场所，是神在世间的代理机构，但这中间机构并非灵魂最终的停留之所；灵魂的落脚点是美德，它指向诗意的、向上攀升的心灵，是整个画面最重要的部分。

埃马努埃尔曾在一封信中写道：“上帝就是永恒，上帝就是真理，上帝就是神圣——他一无所有，他就是一切——**整个心灵**领会得到他，但**思想**不行……人心中所有无限的、无法理解的东西都是他的光之反射……”(S. 891)使美德产生的那种力量不可解释，上帝只能用心灵去体会、用想象去触摸，而不能用明晰的理性和严密的思考去证明。前文中已经提及，上帝在此并不一定是某个宗教信仰的特定的神，而是被赋予了独特的诗学意义的、由天性向往美德的人依靠想象力创造的神圣之物，“无限”是因为人的灵魂渴望超越身体的有限性和生之有限性，“无法理解”是因为灵魂的感受无法用科学解释，甚至无法用理性把握，而这一切都是上帝的显影，上帝成为想象力的符号。相对于理性的建构模式而言，这无疑是对灵魂维度的拓展。

维克托虽然承认给予人“眼镜”(S. 1032)的文化和使人无法安心于田园生活的思考具有一定的积极意义，但他更强调要打破其框定，获得比康德提倡的理性和既定的规则更高的智慧：“然而，更高的智慧必须(因为最智慧的人一般很可能是最不幸福的人)重新从沉闷的大学讲堂的正厅走出，找到通往花圃的路。高尚的人如同高山，会产出最甜的蜜。”(S. 1032)理性方案及人所建构的文化共同体对人的教育虽不是没有效果，但人必须冲破所有体系和秩序的樊篱，才能修得更高的智慧，成为高尚之人。这种智慧便是与自然和美德相连的内在诗性。

在让·保尔生前未完成的最后一部小说中，有这样的话：

> 缺乏内在诗性而单靠理智去享用生活的人会永远过着一种贫乏、干瘪的生活，无论命运将这生活包装得多么耀眼。……但若你的内心里有一种富于诗意的精神，它会使现实改头换面——并非为写在纸上给其他人看，而是在你心里——你的世界便会拥有永恒的春天；因为你在所有山脉和云层之下都会听到吟唱之声，而且，即使面对荒凉的、卷落树

叶的生活之风，你心中仍有沉静的喜悦，你不知它从何而来；然而它来自……天上的歌唱。[①]

这段话同样可以用作《赫斯珀洛斯》对人的构想的注解。在这部作品中，恰是诗意之人构成了故事的血脉，幻想催生了文本的诞生。理智在主体的塑造中并不占主导地位，片面的理性主义会导致干枯和贫乏，而诗学、幻想作为“现实可口的替代”丰盈了人的内心。相较于“尘世欢乐的瘦弱之花”而言，“幻想那永不凋谢的花卉静物画”[②]会给人以永不枯竭的幸福。因而，主人公用内心生活替代社会生活，用幻想和创作替代现实和行动。席勒所划分的表象与现实、艺术与生活之间的明确界限被打破，因为在让·保尔笔下，唯有幻想才使现实变得可以忍受。[③] 正如上述引言中所说的，内心的诗意使现实改头换面，即使生活中有重重困境，幻想仍可以使人充满喜悦，享有内心的安宁，拥有更高的美德。这与《学习时代》中打破艺术与生活界限、统合二者的方案不

---

① Jean Paul：*Der Komet*. In：ders.：*Sämtliche Werke*. Abtl. I. Band 6. a. a. O.，S. 666f.

② Jean Paul：*Leben des Quintus Fixlein*. In：ders.：*Sämtliche Werke*. Abtl. I. Band 4. a. a. O.，S. 205.

③ 参见 Götz Müller：“Die Einbildungskraft im Wechsel der Diskurse. Annotationen zu Adam Bernd，Karl Philipp Moritz und Jean Paul”. In：Hans-Jürgen Schings（Hg.）：*Der ganze Mensch. Anthropologie und Literatur im 18. Jahrhundert*. a. a. O.，S. 719.

同，因为歌德致力于依靠均衡的修养化解二者的矛盾，使艺术服务于人，成为人的一部分；让·保尔的方案则是以艺术替代生活，他认为艺术与现实之间的矛盾不可化解，因而以想象力建构了第二现实、第二世界，与眼前的现实世界相抗衡，使诗学精神成为人的决定因素。

在《学习时代》中，威廉的幻想为现实和理性所制衡，竖琴师和迷娘父女作为理性束缚下的牺牲品，代表着诗意与神秘力量的覆灭。然而，让·保尔认为，《学习时代》这部小说的“非凡本质”恰恰在于“迷娘和竖琴师等人美妙的精神深渊”[①]。他在《赫斯珀洛斯》中设计的诗意的人与理性、规则相对抗，与外界处于张力关系中。塔社在为迷娘举行的葬礼上号召人们尽快回归现实世界，投入眼前的生活，以使死服务于生，将无限的领域纳入有限的筹划中，如让·保尔同样提到的普遍现象：“……我们都把死亡的图景抛到了我们的灵魂之外。”(S. 1187)而在《赫斯珀洛斯》中，死亡和无限成为埃马努埃尔和主人公格外关注的对象。正因死后的世界无从探知，想象力便成为最好的手段，埃马努埃尔的内在感受全都指向彼岸，指向其辞世的一日。可以说死才是他生的意义。维克托虽未完全脱离生活，但他为自己所致的悼词和对死亡的想象无疑拓展了他的生之维度。

---

① Jean Paul：*Vorschule der Ästhetik*. In：ders.：*Sämtliche Werke*. Abtl. I. Band 5. a. a. O.，S. 45.

小说中主要的三处“时空体”①分别是人称“小维也纳”的弗拉克森芬根、有着田园风光的疗养村庄圣吕内和伊甸园般的迈因塔尔。它们分别对应充满阴谋算计的宫廷生活，日常琐碎的市民生活，以及追求高尚和美德、爱和友谊、神圣和永恒的诗意的人的内心生活。前两种生活代表着人与不同阶层的人的相处，后一种则是超越贵族争斗和市民琐事的第三种可能，而这个世界超越了外部时空——其空间是人的内心、精神世界，在此不存在历史和线性的时间，只有永恒——上帝的时间。这种在世界之外、在时间之外的时空体形式反映出一种内在化趋势，它提供给人以一种逃逸的可能，造就纯粹的审美主体，这也与文学的自治要求不谋而合。

前文中笔者已论述过小说对宫廷生活的批判和嘲讽，与之相比，市民社会不是这么的阴暗和虚伪，但是，市民的日常生活，如打扫房屋、迎来送往、安排伙食、收拾园子、抓老鼠等，亦非维克托认同的生活，因为这种生活太过流于表面，缺乏想象力，归根到底，诗

① Michail M. Bachtin：*Chronotopos.* a. a. O.，S. 7. 巴赫金的时空体概念将时间与空间紧密地结合了起来。他将此概念应用于文学领域，时间由此变得可见(艺术性地呈现)，变得浓稠、密集，在空间中排列组合，时间的特征以空间形式展现了，而空间获得了强度和动态性特征，与时间交织的事件在此上演，记录了时间的运动轨迹，从而被意义填充，具有多个维度。在此引入这一概念是为了强调小说中时间与空间的紧密关系。这三处地点不仅是地理意义上的静态的空间，也是时间、事件和意义的承载者，它们或反映出不同的时空关联，或代表超越于世俗规划之外的“非时空”的时空体。

意的幻想是维克托的理念中不可或缺的内核，市民生活的实用、温饱等要求对他而言不过是生活的浅层需要，困囿于此是可怕的。正如维克托在为自己致悼词时所说：“但最最不幸的(与此相比的结果是，**常人**的生活还算勉强过得去)就是**市民**生活，我可以经年累月地抨击它，就因为它只拥有一样东西，这东西就是供养胃的长饲料槽，套在幻想之上的枷锁从槽中垂挂出去——因为它使人变成小市民，因为它把我们迅速消逝的存在从丰饶的田地变成了一台播种机……”(S. 940)

维克托攻击市民生活主要是由于它缺乏诗意，仅仅着眼于温饱、解决人的生理层面的需求。如果说宫廷生活是美德、自然的对立面，那么市民生活则是幻想、诗意的天敌。歌德的小说植根于当时德国的市民社会，而让·保尔关注的是通过写作塑造更高贵的人物，抵达更高的世界。深谙不同生活模式缺点的叙述者将不同的时空体及其局限性展现给了读者，也把写作与真实生活之间的鸿沟呈现了出来。叙述者与让·保尔一样，都靠写作构建了第二个世界，通过写作延长它的存在，对于心系第二个世界的人而言，“写作即生活”①。

威廉和维克托都曾以哈姆雷特自比，但两人都未走向悲剧的命运。威廉得到了塔社的引导和娜塔莉亚世俗

① Helmut Pfotenhauer：*Jean Paul. Das Leben als Schreiben. Biographie.* a. a. O.，S. 119.

之爱的救赎，维克托则为美德之爱所救，达霍和克洛蒂尔德的爱使他获得了幸福。同时，善感的维克托并非只拥有维特式的激情，如叙述者所言："人必须既有产生激情的能力，又能控制激情。"(S. 1031)维克托虽富有灵魂的热情，但不乏矛盾的是，他最终渴望的——恰与激情导致的混乱相反——是灵魂的美德和安宁。小说中有这样的话："哦，安宁，安宁，你这灵魂的夜晚，你这疲惫的心灵宁静的赫斯珀洛斯，你总是守在美德的太阳旁——当我们的内心面对你温柔的名字时便已化为泪水：啊，这难道不表明，我们在寻找你，却未曾拥有你？——"(S. 587) Hesperus 的音译为"赫斯珀洛斯"，它既指古希腊神话中的神，也可以用于指代傍晚时分出现的金星。[①] 它与美德相互映照，象征着人们向往却不拥有的更高世界。让·保尔在 1794 年的前言中赋予它未定的开放性和多义性，他写道：

> 那么，你就现身吧，小小的、宁静的赫斯珀洛斯！……你将会再次令我欣喜，如若你对于某个枯萎之人而言成了**长庚星**(*Abendstern*)，对于某个朝

---

① 金星在中国古代也叫太白金星，亦称"启明星""长庚星"。《诗经》中有"东曰启明，西曰长庚"这样的句子，可能当时人们并不知道它们实为同一颗行星。同样，在古希腊，金星清晨出现时被称为 Phosphoros 或 Eosphoros，而在黄昏出现时被称为 Hesperus，虽然后来人们了解到两颗星实为一颗，但在神话中仍保留了它的不同称谓。

> 气蓬勃的人而言成了**启明星**（*Morgenstern*）！……对我而言，赫斯珀洛斯，你如今却可能已经沉落。——在此之前，你就像我的次行星一样游走在地球旁，就像我的第二个世界，我的灵魂来此避世，而让身体承受与地球的碰撞……（S. 489-490）

兼具晨星和昏星的潜在可能、邻近地球又独立于地球之外的赫斯珀洛斯既象征灵魂的安宁和永恒的第二世界，又指代作为美德化身的克洛蒂尔德，她“无限美丽地站在自然的庙宇中，犹如这座神庙的女祭司”（S. 573），她代表着一种神圣的灵魂方案，仿佛美德的具象。对于让·保尔而言，这个神圣、宁静、崇高的世界或许已经沉落，但他试图通过写作重构这样一个诗意和美德的空间。

维克托身上迸发的激情始终在被另外的力量冲破，尤其是戏谑、幽默，就像“他注视我们的蠢行，带着谅解的眼光、幽默的想象和对人类普遍的愚蠢的始终铭记，以及忧伤的结论”（S. 905）那样，他对自身亦不乏以幽默垫底的反观，如他为自己致的悼词。与之相比，在“如英国花园一样狂野”（S. 494）的弗拉明的心中更多地是不加克制的激情，因而他会被嫉妒以及马蒂厄的挑拨煽动冲昏头脑。作为自身参照的朋友在修养小说中往往不可或缺，歌德和让·保尔小说的主人公在少年时代都有一位好友，两人间相互映衬。在《学习时代》中，修养之路的不同及其在外貌上造成的差异反映出威廉和威纳的渐行渐远；让·保尔笔下的主人公却始终牢牢握着与弗拉明友谊的丝带，如叙述者所言："亲爱的读者，青春时期的朋友、同窗永不会被遗忘，因为他本身有兄弟的特点。……你们青春时期的友谊是生命的晨祷。"(S. 1008-1009)友谊的重要也因为"我们在友谊中……重视和喜爱比我们自身更崇高的东西"(S. 535)。与爱情一样，友谊可以提升人的修养。

在第32个狗邮日中，叙述者描绘了"维克托和弗拉明的面相"："他透亮的蓝眼睛——他的妹妹克洛蒂尔德也有这样的眼睛，它们与一个激情四射的灵魂很匹配……深红色、过于丰满的嘴唇……只有鼻子不够精巧，其形态很有法律特征，或者说很德国。"(S. 1009)而维克托的鼻子"像希腊人的一样竖直……抿起的薄嘴唇的角度……与轮廓分明的鼻子共同构成勋章符号，十字形勋章，这是爱嘲讽的人中常见的长相……"(S. 1009)对面相的刻画一方面反映出当时人类学话语中对于面相学这一分支的研究，如康德说过的那样，相面术是"从外表出发来评判他的内心的艺术"[①]；另一方面，两人的面相也能确切反映出他们的性情差异，性格与面相的呼应点明了精神与身体的关联。尽管两人的气质和行为大相径

① [德]康德：《实用人类学》，见李秋零主编：《康德著作全集》第7卷，289页。

庭，维克托仍然努力维系友情。他被弗拉明伤害的心在美德和上帝面前无所愧疚，而最后误会得以澄清，弗拉明请求他的原谅，友谊得到挽救。无论是友谊之爱、亲人之爱，还是爱情，都可以是美德的呈现：“单纯的爱并非它美德的源泉，恰恰相反，美德只能通过这样的爱显露出来。”(S. 971)此处的“它”指维克托的心灵，“爱”指克洛蒂尔德的爱。如同上帝要借助一些形式展示其自身的存在一样，美德也要经由爱得以展露。如同教师达霍的美德蕴含于他对学生的爱之中一样，维克托的美德也体现在对他人的爱里面。他无条件地爱老师和朋友，爱善良的艾曼牧师夫妇。他将自己的灵魂交付于达霍，对情同兄弟的弗拉明，他也付出了真心和友谊，先是由于得知弗拉明倾慕克洛蒂尔德而甘愿放弃自己对她的感情，后来，面对弗拉明对自己的误解和冷落，他承受的痛苦连同“对自身无辜的了解和友谊的千般感受”(S. 1005)与立下的誓言在“颤抖的天平”(S. 1004)上激烈斗争。弗拉明承担杀死冯·勒博的罪名被捕入狱后，维克托因曾向父亲立誓而无法说出弗拉明实为亲王之子的秘密，但为了搭救狱中的弗拉明，他宁愿牺牲自己的生命——直到临死前他才可以说出真相：“美德的覆灭是比人的覆灭更大的灾难——与其犯下罪过，毋宁死去。……总之，死前一小时我可以吐露一切？——哦，上帝！——是的！——是的！——为了能开口，我情愿死去！”(S. 1182-1183)

维克托在心中赋予美德以至高的地位，为了在遵守承诺的同时也能搭救朋友，他宁可牺牲生命。最后，真相以和平的方式被揭开，误会得以澄清，美德最终取得了胜利。在小说末尾，叙述者如此描绘即将成婚的男女主人公："——啊，你们这两颗终于获得幸福的、并排跪着的善良灵魂！……在流了那么多血之后终于被治愈，在千万声叹息之后终于获得幸福，并且由于心灵的纯洁，由于灵魂的安宁，由于上帝而获得无以言表的幸福！"(S. 1213)由于美德的护佑，两个品格高尚的美丽的灵魂最终结合在一起，理想之爱得以实现。在"对姐妹、孩子、母亲、伴侣的爱以及友谊"(S. 1212)的交响曲中，"人心如此高贵"(S. 1212)，因为，"……只有当我们把爱和温暖散播出去，我们才能感受到它们"(S. 1212)。我们可以说，人与人之间的爱是上帝之爱于尘世之中的显影，也是通向美德的途径，正如上文所说，美德需要通过爱彰显自身。

因而，维克托"在疏远人性本身的同时，却又爱着、照顾着和背负着一切人性的东西"①。他渴望脱离世俗，摆脱有限性，高翔于第二个世界，逃离感官、身体、规则、理智的束缚，却又植根于大地，投入生活。无论是

① Friedrich Jacobs："Rezension der ersten Auflage des 'Hesperus' in der "Allgemeinen Literatur-Zeitung". In：*Jahrbuch der Jean Paul Gesellschaft*. 1. Jg. (1966)，S. 152.

诸如“大地母亲”(S. 1189)、“啊，不仅是天空，还有大地亦使人伟大!”(S. 998)和“当你失去一个朋友时，美德本身无法给人安慰”(S. 1005)之类的表达，还是两个世界之间张力的呈现——“啊，他的整个灵魂都热切地系在他的弗拉明，他的达霍以及伟大的、高于这个广阔世界中的文雅、胆怯、空洞的微观宇宙论者的人身上；然而，正因如此，他才会努力寻觅更渺小的、作为镶边和护角的人，以此求得程度更高的完善……”(S. 543)，一切都表明维克多重视此岸、现世，深知自己与大地的关联。第二个世界以现实世界的存在为前提，如果没有世俗生活作为布景，灵魂的想象之剧便无法上演，如果没有渺小、庸碌、作为陪衬的人，便无法定义高尚、诗意的人。此外，让·保尔的幽默美学的出发点也是这种渺小、有限，是主体自身的局限和弱点，虽然小说竭力与这些人性的东西保持距离，并以诗意和美德去克服它们，但它们从未被遗忘，让·保尔也并未像施莱格尔、诺瓦利斯等浪漫派作家一样仅仅追求艺术生存的无限和自由。[1]

“仁慈的上帝，单是存在的感觉不就是一种**常在的**愉悦和每回醒来之后第一口甜蜜的小点?”(S. 1032)生而为人，在尘世的存在感使维克托愉悦欢喜，也使他深怀

---

① 参见 Götz Müller：“Jean Pauls Ästhetik im Kontext der Frühromantik und des deutschen Idealismus”. In：ders.：*Jean Paul im Kontext：gesammelte Aufsätze*. Würzburg：Königshause & Neumann 1996，S. 73f.

“对人的爱”(S. 715)：**“我想要去爱人们，仅仅因为他们生而为人。”**(S. 1110)而叙述者对此点评道：“正是！友谊可以渴求优点，而博爱仅仅渴求人的形体。因此，我们所有人拥有的正是一种如此冷漠、如此易变的博爱，因为我们将人的**价值**与人的**权利**混为一谈，并且只想爱他们身上的美德。”(S. 1110)博爱针对的是所有人，生而为人的权利应该得到尊重，对冷漠、易变的博爱的反思也是叙述者对自己的反思，只注重美德，这并非对人的爱，而是要求人具有价值。维克托和叙述者一样，对充满弱点的人性有清醒的认识，也向往更高的世界，但他并非厌世者或弃世者，在追求美德的同时，无论是对他人还是自己的缺点和局限性，他都愿意谅解，希望能做到无条件地爱人，就像小说在幽默调侃中聚集又拨开张力。

在歌德笔下，新人文主义的理想浸润于威廉的修养之途，人性在教育和内心修养的共同作用下日臻完善；让·保尔的小说中则将神性作为人的至高理想，始终持握更高的世界，并将死亡纳入生之范畴，追求内心修养的主人公背离世俗的道德和实用教育，追寻想象力构建的永恒美德，神性与美德相融合，在爱中显露自身。这种精神的乌托邦在被叙述者建构的同时，又从不同角度被补充、被挑战，呈现出相对化和幽默化。如果说《学习时代》是关于“完整的人”的实验，那么《赫斯珀洛斯》则是有关情感和语言的实验，它在诗学游戏中构建了一种独特的情感模式、另一种叙述模式，生成了另一种人类学可能、另一种认知模式，不但构建了精神的、诗意的人的方案，而且将构建的过程和其中的张力呈现给读者。

在小说中，人的构想和教育方案有许多外在的遮蔽、变形[①]，但我们仍可看出时代教育学话语对文本的影响以及二者间的紧张关系。让·保尔熟悉卢梭、赫尔德和佩斯塔洛齐的教育思想，以及康德、席勒、洪堡等人的哲学、教育理念，这些是他写作的思想背景，同时他也将人文主义和博爱主义[②]的观点融入叙述当中。无论是对话还是心理活动，无论是议论还是叙述，其中都可以看到时代话语的痕迹，但小说在语言的流动中尝试突破非此即彼的框架，小说的“魅力”(S. 555)恰在于那些“不可能之事”(S. 555)。

---

① 参见 Timothy J. Casey：“Der grosse Gedankenstrich im Buche der Natur. Jean Pauls Menschenbild und Erziehlehre”. In：Jürgen Barkhoff/Eda Sagarra (Hg.)：*Anthropologie und Literatur um 1800*. a. a. O.，S. 192.

② 哲学家、神学家、教育学家弗里德里希·伊曼纽尔·尼特哈默尔(Friedrich Immanuel Niethammer)在 1808 年出版的《时代教育授课理论中的博爱主义与人文主义之争》(*Der Streit des Philanthropinismus und Humanismus in der Theorie des Erziehungsunterrichtes unserer Zeit*)一书中将当时的教育学话语归纳为两大类：博爱主义(代表人物有巴泽多(Johann Bernhard Basedow)、扎尔茨曼、坎佩等)和人文主义。根据尼特哈默尔的总结，前者的特点是目的明确，为人从事职业做准备，着眼点在于实践，在于使人变得有用、博爱、乐于与人交往，从而使人乐意服务于他人，促进社会和经济的发展；后者则更注重塑造人的智性和理性，包括人的语言、逻辑、美学方面的通识教育，着眼于对人而非人材的培养。这种 18 世纪下半叶兴盛于德国的以赫尔德、席勒、歌德、洪堡等人为代表的人文主义在后世常被称作新人文主义，以区别于文艺复兴时期的人文主义。

五、破界与另一部人类史

从小说的题目我们便可看出，这是一部充满趣味的作品。标题中出现了自然界的元素，也出现了动物名称，而人则藏匿其后。核心词“赫斯珀洛斯”作为理性的对立面，可以视作安宁、美德和诗意世界的象征，而“狗邮日”则进一步挑战了读者的理性框架，如叙述者所言：“这条狐狸狗在我身上有所打算，它似乎是全权代理者”(S. 507)，“我必须得在这部历史剧中使用其真实姓名的唯一演员……就是这条——狗”(S. 510)，“狗对一切都有发言权”(S. 512)，“狗会带给我们答案”(S. 747)。从上述语句中我们可以看出，叙述者把充当信使的狗置于启蒙者的位置上，由它来揭晓谜底、主宰情节发展，这对于启蒙运动以来将人视为高级存在的看法来说是一种颠覆，非理性、动物在此扮演了知识承载者的角色。动物不再是古希腊神话中可以与神或人互相转化的生命，也不再是满载意义的宗教意象，而是世俗社会中想象力催生的形象，当人成为理性的拥护者，动物的非理性恰恰与此构成张力。这种倒置也体现在小说扉页的那句格言中：“地球是上帝广阔的城市中一条狭窄的死胡同，昏暗的斗室里填满了来自更美好世界的、被倒置和被聚集的图画——通往上帝创世的海滨——雾蒙蒙的庭院，它环绕着一个更好的太阳——为一个尚不可见的分母而设的分子——真的，它简直什么也不是”(S. 472)。这句格言出自让·保尔的讽刺作品《魔鬼笔记选》(*Auswahl aus des Teufels Papieren*)，它似乎是整部小说的题记，却选自魔鬼之书；它所谈论的世界与上帝有关，却代表了上帝的对立面——既是魔鬼的看法，又是与广阔的宇宙相对照的有限尘世。这些颠倒不仅是叙事技法上的创新，同时也是对理性和秩序的调侃。

对理性的质疑也包括失明这个母题，公爵真正的儿子、后来失明的尤利乌斯同样是埃马努埃尔的追随者。作为一个看不见任何东西的“无知者”，他远离知识与理性，爱的教育却使他拥有高贵的心灵。在此，内心的抽象世界和长笛的乐声承载的想象力替代了缺失的外部图像。失明者生活在黑暗中，视觉的缺失更加催生了他对神秘事物的向往。尤利乌斯活动空间的受限和不透明性使其无法清晰分辨外界的事物，同时也激发了他对于另一个世界的向往。这种美学上的否定性有其传统，也与哲学上人看到光而受启蒙的理念相对立，柏拉图的洞穴论揭示了看见真实事物、沐浴真理之光的必要性，但此处恰恰相反，哲学追求真理的方式不再成立，诗学高于哲学，否定性高于确定性。[①] 眼见的未必为真，地球本是个“昏暗的”小房间，经维克托治疗而复明的公爵并未

---

① 参见 Kai Nonnenmacher：*Das schwarze Licht der Moderne. Zur Ästhetikgeschichte der Blindheit*. Tübingen：Niemeyer 2006，S. 169ff.

得到真知——掌握更多知识的塔社成员在与威廉的交往中处于主导地位，掌控一切的、代表着清晰理性的公爵在此却是不幸的人，被他抛弃的儿子、通过失明这一事件与他建立起谱系学关联的尤利乌斯则代表着荷马传统中“失明的诗艺”①。

从前文的论述中我们可以看出，想象力是让·保尔人类学设想中的基石，也是对既有人类学知识秩序的反抗。这种想象力并非无序的甚至疯狂的幻想，而是对冲破限制的自由创作的重视。1800年前后与教育学并肩而行的积极、实用的人类学方案在小说中受到质疑，线性时间观被打破，未来的光明和美德不在于人和社会的线性发展，而是依靠人的诗意飞升。小说的第6个闰日的题目“论人类的荒漠与应许之地”(S. 867)，原是让·保尔1792年发表的一篇文章的标题，文章开头便写道：“有植物性的人、动物性的人和神性的人。”(S. 867)在古希腊神话中，植物、动物、人与神的形体之间可以互相转化，后世则逐渐划定了其间的界限，作为知识代表的百科全书更是将其明确归入不同的类属，从而有了秩序和等级。让·保尔着重强调的则是最后一类，也是最高的一类：“在**植物性的人**和**动物性的人**的基础上，最终会有**神性的人**出现吗?”(S. 867)让·保尔在其教育著作

① Kai Nonnenmacher：*Das schwarze Licht der Moderne. Zur Ästhetikgeschichte der Blindheit*. a. a. O.，S. 178.

中也写道："自人的天性中，被迎接、被分娩的是神性的人。"[1]人受到外界的影响，越来越远离纯洁的天性，但应该力求回归天性，即神性，这种回归并非回到零点，复归原始状态，而是借助想象力实现的更高层面上的建构，这也是艺术对自然的超越。

在文章中，让·保尔嘲讽了启蒙时代的人视这个世纪为至高光明世纪的心态："人把自己所处的世纪或半个世纪当作光明的顶点，当作假日，其他世纪都不过是通向这个假日的工作日……"(S. 870)人容易将自己所处的时代当作历史发展的顶点、进步之链的最前端，这种倾向的背后是线性的时间观。尤其在启蒙时代，理性和进步在时代话语中深刻影响着人们的思维。对于当时盛行的积极、进步的人类学观，让·保尔也做出了反思：

> **道德的**革命比**物理的**革命更让我们困惑……但人从来不应该过于把**道德的**与**物理的**革命和发展相提并论。整个自然界的运动与**之前的**并无不同，其轨道是个圆圈。……然而，人自身是**可变的**，引导他的或是直线，或是之形线。太阳和月亮一样有其昏暗，好比一朵花有其盛开和凋谢，但也有轮回和新生。永恒变化的必要性仅仅存在于人类之中；然

① Jean Paul: *Levana oder Erziehlehre*. In: ders.: *Sämtliche Werke*. Abtl. I. Band 5. a. a. O., S. 553.

> 而，在此只有**上升**或**下降**的征兆，却并无顶点。……没有哪个民族、哪个时代会重现；但在物理中，一切都得重复出现。……人们只是混淆了各民族下坠时的**最后**阶段与**最高**阶段。……总之，人类永远有能力改善自身；但是否也永远有希望？”(S. 870-871)

无论是当时盛行的理性，还是日益进步的科学技术，都无法证明那个时代是历史发展的顶点，更不能将科学的进步与时代的道德状况挂钩。文章指出，自然界的运动是循环往复的，自然的历史不是线性发展的，而是以圆的轨迹运转的，因而没有至高点。但同时，文化中的人是可变的、可塑的，这种永恒的变化使人具有特殊性，但人类历史并没有顶点，没有最高阶段，只有永恒向上攀升的努力、不断接近神性的尝试。自然轮回运转，宇宙循环往复，自有其规律，但人类社会却变动不居，或上升或下降，但并非始终向前发展，也没有规律可循，因此人的作用就格外突出。这种着眼于人、着眼于变化的维度并非相信社会在理性、乐观精神、教育的引领下会不断进步，这段话最后的疑问正与同时代人类学话语抱持的乐观精神相对照。人虽可变，有完善自己的可能，也有必要不断变化，但人的进步最终并不是由人的能力和理性决定的，而是悬系于人的心灵之上的。因而，文章最后明确指出在时代进步的脚步下掩盖着的弊病，以及心灵、想象与未来的“黄金时代”[①]之间密不可分的关联：

……什么可以安慰我们？——

一只在时代身后被遮蔽的眼，一颗在世界彼岸的无限的心。有一种更高的、我们无法证实的事物的秩序——在世界史中、在每个生命中都有天意，它大胆地否定理性，大胆地信仰心灵——必会有一种天意，它的规则与我们迄今为止引为根基的规则不同，它按照这些不同的规则将迷失的地球与更高的上帝之城连接，使地球成为它的子属国——必会有一位上帝、一种美德和一种永恒。(S. 874-875)

这段话清晰地呈现了这篇文章与整部作品的一致立场，即主张人在至高的、无法解释的力量的引导下追寻另一个世界、另一种秩序。永恒的上帝和美德必定存在——首先存在于人的心灵与想象之中，唯有在富有诗意的人的内心里才能感受到并创造出黄金时代。上帝、美德和永恒分别对应着人的想象维度、道德维度和时空

① 关于“黄金时代”，小说中有这样的描述：“一个黄金时代总有一天会来临，即每位智者、每位具有美德之人现在便生活在其中的黄金时代，在这个时代，人们更容易能过上好生活，因为他们的生活本身就更容易——会有单个人的犯罪，而非民族的——人们拥有的并非更多欢乐……而是更多美德——民众参与思考，而思想者为了不使用奴隶而参与劳作。……”(S. 873)

维度，但三者又指向同一个意义。如果说歌德的小说代表着一种行动的积极人类学观，那么让·保尔则赋予想象以根基性的地位。在他的小说中，乌托邦式的追求有重要的意义，而实用的进步观念却陷入了危机。小说信仰心灵，信仰不同的规则，它所体现出的“向前的梦想”①是对应许之地和黄金时代的预想，具有幻想层面的未来维度。这种“向前”指的并不是线性时间观中的先后次序，而是对未来(作为与当前现实的对照)的更高世界(作为与既存世界的对照)的想象，这里的时空紧密相连，时间与空间的界限被打破，成为融为一体的诗学时空体。如维克托所言：“**诗人**、**宗教**、**激情**和**女人**是经历了三个时代的四样东西，我们如今方才处于中间时代，即**轻视**它们的时代；过去的时代**崇拜**它们，未来的时代则会**敬仰**它们。”(S. 928)现实世界中的人轻视诗学、上帝、想象与感性，而未来的黄金时代则是一个诗学世界，在这个世界里，想象与美德相伴而行。

我们在小说中可以看到叙述者所持的复杂态度。一方面，他认为人可以永远改善自身，有能力追求美德，另一方面，实际的状况又令他写下了悲观之语：“对于更高的生命而言，我们无目标的行动、我们伸手去抓握空气的举动看起来肯定就像垂死者要抓住被褥。”(S. 685-686)

---

① Dorothee Hedinger-Fröhner：*Jean Paul*：*Der Utopische Gehalt des Hesperus*. Bonn：Bouvier 1977，S. IX.

如让·保尔所写的："我们渺小的时代是一块将事物放大的玻璃，众所周知，透过这块玻璃，崇高的事物显现出肤浅扁平的模样。"[1]正因如此，他要提供的是一种美德教育、神性教育，一种面向更高未来的教育，通过这种教育，人会重新找到内心纯洁的人，崇高的事物会呈现其原本的模样。因而，"不应该为了当下教育孩子……而应该是为了未来"[2]。这种着眼于理想世界的诗性教育对应着一种更加辩证的和更具反思性的人类学观和历史观，与理性、进步等时代话语之间形成了张力。如果没有这种理想的指引，所有的进步都是空谈。

在讨论人类生存"荒漠"般的现状时，文章也谈及了战争，将其比作"半夜的鬼魂""漫长的雷雨"(S. 872)。法国大革命在歌德、席勒、洪堡和让·保尔那里都不受欢迎，它更多地是因其暴力性而被这些德国文人和教育家反思。歌德以塔社作为革命的替代方案，让·保尔则提供了一种兼具诗意和批判性的复杂方案。小说《赫斯珀洛斯》中有对革命事件的影射，如三个英国人的激进想法和他们与维克托关于民主及共和制的讨论，也有针对他们的激情而进行的反讽和消解，有对"民族间可怕的不平等"(S. 872)的批判，也有针对可能推进民主与平

---

① Jean Paul: *Levana oder Erziehlehre*. In: ders.: *Sämtliche Werke*. Abtl. I. Band 5. a. a. O., S. 576.

② Ebd., S. 567.

等的理性的调侃。

让·保尔不仅对战争进行了反思——“我们最好的和最糟的行为都在社会中发生；战争便是一例”(S. 873)，而且讽刺了时代赋予战争的新形式：“战争致使科学最坚固的刹车链条被切断。除此之外，战争机器曾是新知识的播种机，在这个过程中它们碾压了从前的成果；现在是报纸杂志将灰尘似的种子播撒得更遥远，方式也更温和。希腊如今不再需要亚历山大，只需向亚洲输送一名——排字工；掠夺者剥皮，而作家播种。”(S. 873)这种更柔和、更“文明”的方式是“启蒙的特征”(S. 873)，经由这种方式，针对身体的暴力行为演变为由文字媒介承载的知识的精神统治，但这并不一定意味着进步，因为其中隐藏着文明的暴力。让·保尔具有“世界公民”的眼光，将目光投向不同阶层的人，投向看似不相关的人之间的关联：“百万富翁以乞丐的存在为前提，博学者以奴隶的存在为前提；每个个体的更高修养是由大众的横蛮换来的。”(S. 873)这样的洞察和反思在当时德国民族意识渐强、教育学话语尤为兴盛的情形下，不啻为一种挑战。

同时不可忽视的是，小说由于受到同时代人类学话语的影响，亦参与了文学人类学的建构。同时代的一些重要人物，如普拉特纳、赫尔德、莫里茨等都对让·保尔产生了不容忽视的影响。在考察小说对人物的性格刻画和心理细描时，我们既可以看出真实素材和直接观察的基础性地位，又不难发现让·保尔的文学加工和想象，小说将现实与想象、自然与艺术杂糅，建构了独特的人类学知识模式。在最后一个狗邮日中，叙述者这样写道：

> 总的来说，在这部生平传记中，我作为多余的对自然的抄写员，始终对现实进行着抄袭。比如，写弗拉明的性格特征时，我头脑里出现的是一名骑兵上尉；写埃马努埃尔的性格特征时，我想到的是一位已经死去的伟大的人，一位著名的作家①。……克洛蒂尔德是由两个女性天使形象组合而成的，而再等几分钟，我就能亲眼看到，我对她的猜测是否准确。(S. 1232)

虽然叙述者自称为自然和现实的抄写者，但明显可以看出他对这些人物形象的塑造。他声称从未见过自己笔下的人物，只是通过信件这种文字媒介来“认识”他们，继而通过文字媒介将自己在头脑中加工过的这些人物形象展现给读者。从这个意义上来说，小说的虚构性很强，并且是让·保尔的有意而为，而他的所谓抄袭自然，实则说明艺术之未脱离现实，人物的性格和心理都非凭空的设想，而是具有牢靠、可信的现实基础。叙述者将自己想象和加工的过程呈现给读者，也促使读者思考艺术与现实的关系。如康德在《判断力批判》第 45 节

① 此处指莫里茨，他于 1793 年 6 月 26 日去世。

“美的艺术是一种就其同时显得是自然而言的艺术”中说：“在美的艺术的一个产品上，人们必须意识到，它是艺术而不是自然；但是，它的形式中的合目的性毕竟必须显得如此摆脱了任性规则的一切强制，就好像它纯然是自然的一个产品似的……自然是美的，如果它同时看起来是艺术；而艺术只有当我们意识到它是艺术而在我们看来它毕竟又是自然的时候才被称为是美的。”①好的艺术作品浑然天成，有牢靠的自然基础，犹如自然，但并非自然，这也是它超越自然的地方。这种自然与艺术的辩证关系同时也适用于人物的塑造，现实中的人和文学作品中的人物形象之间始终存在关联和互动，它与文学人类学的兴起一脉相承，也可以说，文学对人类学的贡献就像艺术对美的贡献一样，是不可或缺的。

“海因里希·海涅曾说过，让·保尔给予我们的更多地是思考而非想法，更多地是头脑的活动而非内容。对此我们可能还得补充说，更多地或者说至少也有他的写作过程以及对此的反思，而非已经写出的东西。”②在

---

① [德]康德：《判断力批判》，见李秋零主编：《康德著作全集》第5卷，319页。不同的是，在康德看来，自然美高于艺术美，但让·保尔以“矫饰”(Manier)(S. 1096)——但并不止于此——和无限的艺术想象力克服自然的局限，因而也才有自然的滑稽到艺术的滑稽这一反思性的提升。相对于处处受限的现实和有诸多局限性的自然来说，想象和反思是无限的，自由创作的过程是无限的，也是更高的状态。相应地，读者的理解过程也是无限的。

② Helmut Pfotenhauer：“Jean Paul - ein Gegenklassiker. Eine Einführung”. In：*Jahrbuch der Jean Paul Gesellschaft*. 35./36. Jg.(2000/2001)，S. 8.

第2版的前言中，让·保尔关于自己创作的论述便证明了这一点：

> 但在我这里，一种构思并非汉堡市的大主教周六写出、周日宣读的布道稿——并非一个木偶、一所科学院或者我在创作时依据的规范……而是一张纸、一页便笺，我将头脑里所有的东西都倾泻其上，以便更能挥洒自如，随性而为。……在这样的构思中，我只用破折号隔开毫不相关乃至水火不容的东西。(S. 480)

让·保尔的创作构思并非程式化的东西，亦非固定的方案、规范，而是动态的过程。他将许多不同甚至相互矛盾的东西并置，使其在张力中并存，这看似是毫无章法的随意泼洒，实际上却是有意而为的诗学实验。大量的破折号和穿插于其中的异质元素像是要破坏整体、秩序，又像是在建立另一种秩序。可以说，让·保尔作品的显著特征是一种"不和谐"①，这种不和谐和不连贯体现在许多细节上，也体现在其叙事手法和整体结构中。如前所述，叙述者的视角时而与读者重合，时而高出读者；他仿佛在秘密地操控读者，又仿佛有意要让读

① Harry Verschuren：*Jean Pauls "Hesperus" und das zeitgenössische Lesepublikum*. a. a. O.，S. 63.

者察觉。在前言中，让·保尔承诺给读者一个高出尘世万物的世界，而小说开头却展现了市民生活的温情和琐碎，将读者带入为烹饪而忧虑和因老鼠而头疼的家庭生活中；维克托时而想避开人群，时而又充满对爱人和被爱的渴望。在他身上，善感主义与诙谐幽默常常互相转换、互为补充，就像文本中不同的角色对话性地共存一样。此外，在小说中多种叙述风格和文体组合在一起，不但情节常被打断，回忆与现实、对话与独白、活动与书信轮番出场，而且叙述者总要加入一些额外的说明，还有针对说明的再说明，有补充和对补充的再增补；让·保尔不但将小说先后几次出版时的前言算作小说的组成部分，在狗邮日之间插入闰日——其内容不一而足，有按首字母排列的辞书词条似的释义，也有杂文、散文式的与情节无甚关联的思考和议论，也有自己曾发表过的文章——作者与叙述者的身份再次重合，而且在狗邮日之中随意插入法语及英语、号外、序曲、对翻译的看法、对书评的回应等异质元素。这种开放的复调风格吸纳了多个层面，形成了独特的张力场。在小说中，没有绝对正确的、一成不变的说法，不断有新元素涌入，无论是隐喻、转折还是一个新的叙述场景，都可能推翻读者已建立的认识，修正之前的想法，或者使人重新陷入疑惑，这种未定的、开放的、始终在变动和生成中的状态，正是让·保尔小说的定位。

有研究者认为，小说中此岸与彼岸、现实与理想的对立及小说各部分的异质性无法调和，小说中保留了这种种对立形成的张力，并未化解各方面的矛盾，无论是“完整的人”还是和谐的世界图景都陷入了危机。正因如此，幽默才成为作品的组织原则，展现了人与生活之间的断裂，诗学作品正是要向人传达这种断裂之感。[①] 在不同状态之间游走的主人公亦能感受到一种断裂与破碎：

> 如今，我已经历过如此不同的种种状态，激情的、智慧的、放纵的、审美的、斯多葛式的；我已看到，最完美的状态不是把我大地上的尘世之根就是把我天空中的枝条给弄折、夹伤，而且，就算它没有这些影响，这状态延续的时间连一个小时都不到，更别说一生之久了；——我最终认识到，我们是一个分数，而非整体，而且所有对分数的计算和缩减都只是分子和分母的互相趋近，是从 1000/1001 到 10000/10001 的转变。所以我说：“随便吧！智慧对我而言就是，仅仅**发现和忍受**认知、期待和行动中**最小**的空缺……(S. 982)

智慧是认识到并容忍破碎的人的渺小。已丧失的整

---

① 此段及本章最后一段参见 Harry Verschuren：*Jean Pauls "Hesperus" und das zeitgenössische Lesepublikum*. a. a. O.，S. 62ff.

体性无法重建，所有化零为整的尝试都会失败，所有的改变都没有人们所认为的那样重大的意义，而只是微乎其微的变化，是对微小裂痕的弥缝。试图统合一切、复归整体的做法之所以行不通，是因为人在时代中面临着危机，因为人无法回避自己的消逝性、有限性，也因为尘世与上界、现实与理想之间存在着断裂，这种断裂无法真正消解，即便偶然达到理想状态，这种状态也无法长久持续。投入尘世、在第一个世界生活与对理想的第二个世界的向往之间的矛盾无法回避，让·保尔亦直面了这个问题，在小说中以独特的方式将人的断裂与消除断裂的努力全部呈现。在人类学方面，小说既反对人听凭自然决定的观点，强调灵魂的决定作用，同时也深知人不可避免地为身体所限。在教育学方面，作品注重人的内修，着重培养人的美德、想象力，塑造第二个世界中的诗意的人，精神的高度取代了日常生活中的平庸，想象力与美德取代了实用性与行动力，艺术宗教取代了对和谐图景的信奉。

第五章 《守夜》与黑暗的人

与前两部作品不同，《守夜》远非畅销小说。自 1804 年小说出版后，它不仅受到了读者的冷遇，而且作者的身份还经历了近两个世纪的误解和争论，直至 20 世纪后期学界才有了较统一的结论。值得一提的是，这部小说在当时尽管少有人问津，却受到了让·保尔的热情赞赏；其写作风格与让·保尔的作品有相像之处，但亦有其自身的特点。① 作为一部小说，《守夜》没有核心情节，只有散乱的 16 个章节，分别以 16 次守夜命名。这种断片式叙述看似与浪漫派的创作理念一致，实则并非如此。早期浪漫派在寻求一种“广博诗”②式的，对不同体

---

① Wolfgang Paulsen：“Nachwort” zu Bonaventuras *Nachtwachen*. In：Bonaventura：*Nachtwachen*. a. a. O.，S. 167f. u. S. 184-186. 本章在引用《守夜》这部小说原文时将只在引文后的括号内标明出处页码。原文中的斜体在译文中以黑体标识。由于此小说尚无中文译本，故相关引文均由本文作者自行翻译。

② Friedrich Schlegel：*Friedrich Schlegel. Kritische Ausgabe seiner Werke*. Abtl. I. Band 2. a. a. O.，S. 182.

裁、不同门类乃至各种矛盾的包容和统合时，着眼于在开放的体系中不断生成的动态与无限性，而《守夜》则有意呈现打破逻辑和规则的混乱，呈现混乱本身，恍若黑暗中无法把握和解释的世界。主人公克罗伊茨冈(Kreuzgang)是第一人称叙述者，在小说中穿插讲述了自己的生平经历、心理状态发展，同时记述了自己在守夜时的见闻。在这部篇幅并不算长的小说中，不同层面的回忆相互交织，故事与断片并存，有大段的独白，而很少有对话，即使在对话中，也多是由一方进行长篇叙述。其中有许多无名之人，如诗人、持异见者、恋爱中的人、偷情者、负心汉、看门人、牧师、新娘、失明之人、吉普赛女人、疯狂者、丑角、炼金术士、鬼魂等，也不乏文学、戏剧作品中的著名角色，如唐·璜、俄狄浦斯、李尔王、哈姆雷特、奥菲莉亚等；还有木偶剧，有作家创作的序幕(Prolog)，也有信件、散文、故事中的故事；地点则有夜晚的街道、广场、教堂、教堂墓地、修道院、市郊剧院，也有剧团、精神病院等。在这些奇异交错的时空中，读者被带入一个又一个奇特甚至恐怖的故事以及叙述者的回忆中。本书接下来要探讨的是，这部虽未经广泛流传却曾出现在那个历史时期的小说究竟是否仍与人有关，其荒诞的叙述是否探讨了人的生存状态，它在当时的人类学与教育学话语中有怎样的地位，对时代的知识秩序有何影响。

一、对身心的否定和人的降格

被一名鞋匠收养的主人公从小便异于常人，如他的“生平之书”(S. 25)上记载的养父对他的看法：“这个克罗伊茨冈不是寻常的孩子，而我与他相遇的方式也不寻常。”(S. 27)据养父的观察，克罗伊茨冈的想法和看问题的角度与其他孩子不同。例如，他“常说花是一种我们只是不知该怎么阅读的文字”(S. 27)，这显示出他奇特的想象力，或是他视嘲笑自己观察动物的行为的人为“瞎子和聋子，他们既看不到也听不到周围发生的事情”(S. 27)。Kreuzgang这个词有多重含义，其中“十字路口”这个含义对应主人公在生平之书中出现的地点，即养父发现他的地点。此外，Kreuzgang可以指人们背着十字架游行，也可以指修道院内环绕的、常带有拱顶的回廊，或者苦难之路，而这个具有宗教含义的名字用在主人公身上仿佛是一种嘲讽，因为主人公从小便是边缘人，无论是对宗教还是对社会规则都深感不屑。他的感受力、想象力与其说是诗意的、自由的，不如说是奇异的、僭越的。他关注那些神秘、奇异、可笑的事物，是避世者，甚至是厌世者，他选择做守夜人，是因为这个行业既能提供给他自由创作的时间，使他避开人群和乏味的白天，又可以维持他的生计，就像在第一次守夜记录中他因看到一名穷困的、在深夜写作的诗人而发出的感慨：

> ……我大概理解你，因为我曾经和你一样！但我放弃了这个行当，改为从事一门靠谱的手艺，用它来养活我这个主人。……我们两个虽然都是守夜人，但可惜的是，在这个冷漠而无诗意的时代，你的守夜带不来任何收益。……我曾和你一样在夜晚进行创作，那时我和你一样，得忍饥挨饿，还要对着失聪的耳朵吟唱。……哦，诗人朋友，如今谁想活着，就不能创作！但如果你的吟唱是与生俱来的，并且你根本没法放弃，那就来做我这样的守夜人吧，这是如今仅存的稳定的岗位，能拿到报酬，不会让你饿死。(S. 5-6)

这段话既交代了主人公职业的由来——他既迫于生计又无法屈身于日常的庸俗生活，也点明了他对时代的强烈不满。在他看来，冷漠、平庸、理性、刻板的时代不容许诗意的存在，诗人在这个时代无法生存，世人闭目塞听，早已远离了诗之领域。正因如此，他才会否定现实，否定所有内在与外在的事物。这种否定不仅包括对外部一切意义的否定，也包括对自己身心的否定。在面对内与外的冲突时，让·保尔笔下的主人公选择了更高的诗意世界、精神世界，而克罗伊茨冈作为彻头彻尾的厌世者，宁可躲入黑暗世界，将充满诗意的、艺术的生存与严酷的现实，无限的、充满幻想的黑夜与有限的、乏味的白昼对立起来，并刻意展现前者遭受的压迫和面临的危机。

与“完整的人”或诗意的人不同，《守夜》的主人公既不重视身体，又否定形而上学意义上的心灵。康德认为人要尽可能地祛除自身的动物性，但小说正是要强调人的动物性，它否定人的精神与心灵，也否定人因拥有理性而高于动物以及人性可臻完善的希望。这种否定往往是以戏仿或嘲讽的方式完成的，是对心灵的祛魅：“其他人设想头脑或心灵是生命的处所，我却设想生命的处所是胃；纵观世上从古至今发生过的重大的、著名的事件，大多数时候最终都要由胃来负责。”(S. 103)这句出自小说第十二章的话颇具讽刺意味地把生命的内容简化为吃喝，生命的处所由时代话语中的大脑或心灵转移到了胃，身体成为存在的根基，灵魂从云间堕入泥土之中。作为“一切修养的内在灵魂”(S. 104)和人类一切行动之根源的胃对任何人而言都不可忽视，如“集汉斯·萨克斯(Hans Sachs)、浪漫派作家与古希腊人于一身的歌德的吃功跟写作的功夫一样好”(S. 104)。把胃视为修养的内在灵魂，是对身心关系的重新定位和对同时代教育话语的讽刺。

与此观点相近，早期浪漫派作家韦策尔在其1815年出版的《〈伟大的胃〉之序曲》(*Prolog zum großen Magen*，1806年初稿发表)中也借一个侏儒之口表达了类似的观点：

现在让我们静立片刻，
俯瞰整个时代，
…………
也看看一切，一颗心及思想，如何
只为一样必要物——为了胃——而奋斗，
因为有一点毋庸置疑
最有用的内脏——
没有头脑，据生理学的教导，
或许还能存活，但少了胃绝对不行，
…………
胃呀，胃呀，我看它实则
就是灵魂的处所；
至少，假如我是一个灵魂，
肯定不会打发自己到大脑里去，
在那儿我定要忍饥挨饿，
我会爬进美妙温暖的胃里，
…………
胃啊，它就是世界的中心。①

胃作为饮食的容纳之所，是人生存的根基，也是实用性的代表，无论是在生理学还是在哲学领域都未受到

① Karl Friedrich Gottlob Wetzel：*Prolog zum großen Magen*. Leipzig/Altenburg：F. A. Brockhaus 1815，S. 57f.

特别关注的它在此却获得了重要地位，成为灵魂的处所。在序曲的最后，世界也被比作“庞大的胃”[1]，与作为个体的人的胃相呼应。提升胃的地位是对二元论、“完整的人”、精神至上论等人类学方案的戏谑和挑战。人体的消化器官是一切重大事件发生的根本动力——这个结论使所有的意义陷入危机之中，人降格为物质性的、动物性的存在，为了吃喝这种低级本能而活。正如小说中所言：“为着一顿饭食，诗人们像夜莺一样啼鸣，哲学家建立体系，法官审判，医生诊治，牧师哀号，工人锤击、敲打、做木工、耕田，国家为创造最高的文化而吞噬一切。我断言，倘若造物主忘记了造胃，那么世界会一直像创世之时那样荒凉，它现在也就不值一提。”(S. 103-104)这里既进一步强调了胃的重要性，论证了胃是各行各业的物质及精神成果产生的根本动力，人最终为了饱腹而活；也嘲讽了肆意侵吞各领域成果的国家权力。歌德的《浮士德》中亦有类似的表达：“教会有个强健的胃/它已吃遍各处地方/却从不会因过量而食伤。”[2]两处文本都以身体的基本机能、以吃这一行为形象地展现公共权力对财物与资源最大限度的侵吞。

---

① Karl Friedrich Gottlob Wetzel：*Prolog zum großen Magen*. a. a. O.，S. 67.

② Johann Wolfgang Goethe：*Faust*. In：ders.：*Werke*. HA. Band 3. 17. Aufl. München：Beck 2005，S. 91. 此处译文参考了郭沫若的译本，参见[德]歌德：《浮士德》，郭沫若译，93～94 页，合肥，安徽人民出版社，2013。

同时，小说中人被比喻为“人造机器”(S. 104)，此处的机器却并非拉·梅特里所说的由自然设计的精密的人体机器，并非强调精神对肉体的依附和自然不可变更的法则，而是视身体为具有欺骗性的机械物体，“人造”一词与小说对面具的刻画相呼应，主人公认为自己生活在满是虚假面具的世界里。总之，身体在此并不具有一元论中身体的根基性地位，而只是“表面的外壳”(S. 66)，是终将消亡的暂存之物。小说对灵魂的否定并不等同于对身体的重视，相反，“完整的人”所关注的身体在此也受到了根本性的质疑。此处强调的只是胃这个身体内部的器官，人实则被肢解，人体的器官上升为世界的中心。

不可否认，胃曾经具有特殊的宗教意味，基督徒的圣餐通过进食仪式而进入胃，胃的消化使神圣融入身体，使人体会到耶稣的存在，并在进餐仪式中建立起集体认同感；同样，上帝所传达的或启示的知识也可以像食物一样被咀嚼和吸收。① 但在小说中，胃只是动力学、解剖学意义上的器官，是再无象征意味的食物的消化器官，对胃的强调并非要使身体成为世界的支撑，而是讽刺和颠覆一切用精神赋予人更高意义的方案，进而嘲讽人的存在本身。在灵魂被否定、身体被肢解的前提下，

---

① Christoph Wulf：“Magen. Libido und Communitas - Gastrolatrie und Askese”. In：Claudia Benthien/Christoph Wulf(Hg.)：*Körperteile. Eine kulturelle Anatomie*. Hamburg：Rowohlt 2001，S. 198f.

对身体与灵魂关联性的讨论也便失去了意义。人与动物无异，是自然界中渺小的、脆弱的、灰尘般的存在，如主人公在小说结尾处发出的感慨：

> “……哎呀！这是什么——难道连你也只是一个面具，也来欺骗我？——我看不到你了，父亲——你在哪儿？——一经碰触，一切都崩塌成灰，地面上只剩下一小撮尘土……我将这捧父亲尸骨化成的尘土扬到空气中，余下的便是——虚无！
>
> 对面的坟墓上，那个能看见鬼魂的人仍然在站着，拥抱着虚无！
>
> 尸骨家园里的回声最后一次响起——**虚无！**”——(S. 143)

刚与主人公相认的母亲告诉他，这是他死去父亲的尸体，而在主人公碰触尸体后，尸体化为灰尘，散入虚空。躯体化为乌有代表着最后一点可见的物质的消亡，接连三个“虚无”为小说画上了句号，也宣告了一切意义的终结。肉体必然随着时间消逝，面对自然给定的限制，积极的人类学提出以教育培养人的完善的人格，并将个体与人类相连，通过个体的发展促进人类的进步，使易逝的个体成为人类链条上重要的一环。《守夜》则力图打碎时代对“人”——无论是个体的人还是人类整体——的希冀，并通过各种方式嘲讽赫尔德等人提倡的人文主义，颠覆时代话语中所论述的人性的完善与崇高。

父亲尸身的消亡和一切的化归虚无代表了谱系的断裂，也暗含对历史、对文明的质疑。同样，主人公对自身的存在也充满了质疑。他说自己常常“坐在我想象力的镜子前”(S. 56)，看到自己的形象仿佛是带有谜团的画，“从三个不同的角度观察，它显现出了美惠三女神中的一位、一只长尾猴，还有从正面看到的魔鬼”(S. 57)。让·保尔小说中的主人公维克托的三个混合在一起的灵魂暗示了诗意构想的广博，而《守夜》的主人公身上这种奇异的混合表明作者仅仅以人的对照物——神、动物和魔鬼——来定位人，或者说，更多地是要打破人对自身的定位。与明晓自己的市民出身却寻求更好的修养之途的威廉以及似乎是出身于贵族却厌恶宫廷生活的维克托不同，《守夜》中身世未明的主人公并未关注自己的社会属性，他摆脱了市民或贵族对人的阶级界定，而自认为是神圣与罪恶的混合体，其中亦有动物性的存在，唯独没有人本身。这种想象力催生的观察使他陷入迷茫，他由此假设自己的存在是由魔鬼与圣女的结合所导致的，仿佛是对上帝开的一个玩笑。“这种该死的矛盾”(S. 57)使他从源头上否定了自己的存在，以一种戏谑的方式否认人对自身的认识和提升。

此外，通过在小说中引入进化论观点，戏谑地强调人与猴子的相似性，《守夜》的作者再次嘲弄了满怀希冀的人类学学者。在一位作家的遗稿——为《人》这部悲剧所作的序幕中有这样的话：

> ……其实，根据达尔文博士[①]的观点来看，猴子是……整个人类的开场演说者、序幕创作者，而且，我的还有你们的思想和情感只是随着时间变得更精致、更文明了一些，尽管就起源来说，它们与曾经在猴子的头脑和心灵中产生的思想和情感没有任何差别。……同时，我们也能在猴子身上发现某些情感和灵性，这些东西显然是我们在纵身一跃变身为人的惊险过程中失落的。比方说，如今一只猴妈妈对猴宝宝的爱比有些王侯母亲对孩子的爱来得更多……(S. 72-73)

因而，诵读序幕的丑角建议应该“学着更重视我们的小兄弟，即世界各地的猴子”(S. 74)。初期进化论的观点无疑是对神创论的巨大挑战。在进化论的知识体系中，不再是上帝按照自己的形象造人，而是自然不乏偶然性地进化演变出万物，人失去了人所独具的与神的亲近关系，成为时间链条上无足轻重的一环。灵魂、永恒这些概念失效了，如今起作用的是物质性、时间性和偶

---

① 此处指伊拉斯谟斯·达尔文(Erasmus Darwin，1731—1802)。他是英国医生、诗人、生理学家、植物学家，《物种起源》的作者查尔斯·罗伯特·达尔文(Charles Robert Darwin)的祖父。他在自己的诗歌中糅入了早期的进化思想。

联性。虽然进化意味着一定程度上的进步，人似乎拥有优越于动物的地位，甚至似乎处于自然和万物的中心，但小说恰要借进化观点之名打破这种等级关系，颠覆在时间中发展、进步的模式，借丑角之口指出人并不比自己的“小兄弟”更高明。这种“纵身一跃”般的进化并非意义重大的突破，而是充满危险的文明的驯化和细化过程，甚至是失落本能之爱的退化过程。

在主人公嘲讽式的叙述中，不仅胃成为生命的根本要素，而且人与猴子的相似性被彰显，人不再是万物之灵，人与动物之间以语言、理性等为区分标准的等级关系被打破了。这种对人的降格源于主人公对生命、对存在本身的怀疑和否定，《学习时代》中威廉批评的虚无主义者的态度——“不是甚至于还有些人都已生气殆尽，将人的一生和本质都看成是虚无，都看成是一个苦恼的、灰尘一般的存在吗?”(《学习时代》，45)——在此恰成为核心基调，无论是“苍白而沉默地凝视空洞的虚无”(S. 6)的持异见者(Freigeist)，还是自诩为“创世者”(S. 80)的 9 号精神病人——他视人为“太阳下的细尘”(S. 80)、“却还常常舒适地幻想永生”(S. 81)的灰尘，抑或主人公自己，都把人看作悲剧式的渺小存在，因为人生是由“原本的虚无和绝对的死亡”(S. 75)支配的。

前两部小说中的“美丽心灵”都在上帝那里找到了灵魂的归宿和永生的信仰，两位主人公也都对上帝、教会抱有敬重之心，而在克罗伊茨冈的眼中，牧师、教会和修道院都只不过是在以上帝的名义施行“合理的”暴力，他们都不是“正义”的化身，或者说他们所宣扬的正义是虚伪可笑的。例如，在持异见者临终时的床前，牧师“满怀怒火”（S. 7），试图通过恐吓说服这名反叛者重新皈依上帝：“他的言辞就像河流一样强烈地涌动，他以大胆的画面描绘着彼岸；但并非新一日的美丽朝霞、绽放的树叶和天使，而是……火焰、深渊和但丁笔下极为骇人的地狱。”（S. 7）后来他又“以魔鬼本人的身份”（S. 8）侃侃而谈，本应代表上帝的至善和博爱的牧师在此成为邪恶和魔鬼的化身，他用充满暴力的言语恐吓持异见者，说“魔鬼不仅会索要他的灵魂，还会索要他的身体”（S. 9）。从旁观察这一切的守夜人则认为牧师本人就是魔鬼。守夜人对持异见者的细致描绘和对牧师的嘲讽使读者能感受到他对宗教的抵触态度，以及对神童执行者的批判。又如，在女修道院中，一名怀孕的修女受到的惩罚是在夜晚被活埋，其他修女须在旁围观。守夜人在得到看门人——一个厌恶人类的人——的允许后进入修道院从旁观看，用看门人的话说，可以“为消磨时间”（S. 91）而观看。作为观察者的守夜人评论道：“整个仪式会使满怀诗意、情感脆弱的观众感到毛骨悚然……然而我的情绪……受到的震动不是很强烈。”（S. 92）在此，他将自己置身事外，冷静地旁观，不做道德判断，也不表示同情，而是将黑暗、荒谬的事情呈现给读者。他对外界并无认同感，亦把人当作无意义的动物性的存在，并在批判理性的同时讽刺了心灵的感性、诗性与柔软，但他的社会批判实则隐含在叙述的过程中。在一个上帝存在的合理性虽受质疑却仍未被颠覆的年代里，小说中上帝与魔鬼的倒置正是对当下秩序的挑衅。当然，作为神意执行者和规则制定者的人仍是小说最终的落脚点，也是批判之矛所指向的最后一个靶子。叙述者的反叛精神隐藏在他的无动于衷与冷漠辛辣的背后，正如他为了影射机构审查带给人的束缚时所写的那样："先人们就像那位独处一隅的普罗米修斯那样，虽然也是用陶土烧制出他们手中的人，但他们在其中一并加入了太阳的火花；——我们出于对危险的恐惧而不喜欢玩火，所以丢弃了火花；——而且现在甚至到处有消防警察——审查与再审查——会足够迅速地扑灭任何一簇想冲向上空的火苗。"(S. 111)歌德《普罗米修斯》一诗中的普罗米修斯所代表的反叛精神在此亦有所体现，然而，小说强调的是，虽然普罗米修斯这样的祖先在人的身体里糅入了光明的精神，但如今，代表光明和希望的火种被丢弃，一切以安全为重。有独立思想和自由精神的人就像小说中的持异见者那样，只会落得悲惨的下场。审查严格的国家不需要有勇气、有见地的思想者，而只需要"精良而有用的机器"(S. 111)，"只需要一个头脑，但亟须百条臂膀"(S. 111)。这些说法明确地讽刺了时代的弊端，反映了国家与民众的无望。

在该书第十三章中，主人公在牧羊人的乐声中创作了**“春之赞歌”**(S. 106)。在描绘了自然界的生机和种种美景后，他转而写道：“……万物都在母亲炽热的心灵之畔吮吸生命和爱！——只有人——”(S. 106)至此，乐声戛然而止。接着，主人公写道：“自然母亲，难道你只写到这个词为止吗？你又把续写之笔交付到谁的手中？……母亲，母亲，你为何沉默？——唉，你在创作中本不应写下最后那个词，如果你就想在此处中断的话。我在这部大书里翻来翻去，却只找到关于我的这一个词，它后面就是破折号。……”(S. 107)叙述者不仅有意将自己的艺术创作与自然的创作杂糅，而且他也想制造这种效果，即是自然在书写。似乎是自然的有意安排使人自诞生之日起就注定了渺小和虚无——关于人只有单一的词和其后的破折号，说明“人”这个词在自然之书中是微不足道的。破折号所代表的无法解释、无法描述与小说最后的回声相呼应[①]，飘荡在空气中的“虚无”是对于人的唯一解释，它也意味着没有解释。人不再是万物的中心，而是自然中无足轻重、可以被忽视的小角色。相较于时代话语对人的密切研究，小说展示了另一种立场，它重新把人置于自然的限制之下，并借自然之名否定人存在的意义。

---

① Thomas Böning：*Widersprüche. Zu den “Nachtwachen von Bonaventura” und zur Theoriebildung*. Freiburg im Breisgau：Rombach 1996，S. 170.

二、黑夜与死亡

通过对身体和心灵的双重否定，小说几乎颠覆了所有既存的身体—灵魂方案，也颠覆了积极的、理想的人类学话语，而将人带入永恒的黑夜和奇诡的想象世界之中。书中呈现了一个多方倒置的世界，但一切停留在小说塑造的黑暗空间里，这与启蒙运动时期以光明启迪人类的思想背道而驰。“我们这些守夜人和诗人实际上很少关心人们在白天的忙忙碌碌”(S. 15)，有批判性想象力的人不愿意在白天生活，而只愿躲进黑夜：“上次守夜持续了很久，后果是我和那个人一样地失眠，因而我就得在明亮、无诗意的白天里一直醒着，——平时我习惯于像西班牙人一样当它是夜晚来过，我就得在市民生活中、在许多醒着的熟睡者中间忍受无聊。”(S. 40-41)睡与醒是相对的，对于主人公而言，没有想象力的市民白天虽然忙忙碌碌，但由于精神的贫乏而与睡眠者无异。当时逐渐成为社会支柱的市民阶层却受到主人公的鄙视，他在市民生活中看到的是机械式的运转和毫无诗意。黑夜于主人公而言是幻想的空间，是自由、奇异、僭越的空间，它取代了日常的忙碌和无聊，是与现实世界并存的独特世界。不过这里的第二个世界与让·保尔笔下的诗意世界不同，它并非美德所在的爱之世界、更高世界，而是充满了魔鬼、丑角、疯狂与坟墓等异质元素的黑暗世界、地下世界。

克罗伊茨冈喜欢的故事之一是一个穿大衣的男人的自述。这个男人天生失明，从小便渴盼看到光明："我的幻想……猛烈地运转，充满渴望的精神暴烈地渴求冲破身体，看一看光明。光明中有为我所预感到的国度，那个充满自然与艺术奇迹的意大利。"(S. 95)后来，诗的世界逐渐成为如他所渴望的意大利一般的乐土，爱情带给他无限的幻想和幸福，对太阳和爱人的向往之情使他的灵魂变得炽热。最终，他的眼疾被治愈了，他第一次领略到日出的壮观，也看到了母亲，可他却感慨说："啊，黑夜，黑夜，归来吧！我没法再忍受这完全的光明与爱了！"(S. 98)与在加入塔社的仪式上接受启蒙之光照耀的威廉和接受埃马努埃尔诗意之光沐浴的维克托相反，这个男人经历了由幻想、渴盼光明到怀念黑夜、渴求回归黑暗的心理过程。他无法忍受光明和爱，就像守夜人只想停留在夜晚，无法忍受白天的秩序、常态一样。如果说看到意味着"知"，那么他宁愿停留在代表无知与蒙昧的黑暗之中，由联想走向认知的模式失效了，以意大利为范本的、致力于协调自然与精神的德国古典主义范式亦被瓦解，这既是认知过程的逆转和知识等级体系的崩塌，又暗含了黑暗与光明之间的一种辩证关系，同时也有针对目所能见的社会现实的不满。

博纳文图拉笔下的黑夜不同于早期浪漫派作家理念中的黑夜，在此，黑夜丧失了其开放及幽暗的无限性，也丧失了接近预感和上帝的可能，它和人的心灵与生命一样，褪去了表面的光环，失去了神秘的魅力。[1] 因而，他并非要在独特的时空中重新建构一种失落的总体性，或是像浪漫派作家一样试图将一切诗化，或者在诗化后用反讽打碎一切，而是在黑夜中描画各种断裂、破碎和非常态。在这样的时空中，“一切都是虚无，它们掐住自己的脖子，贪婪地把自己大口地吞入腹中”(S. 75)，万事万物都会走向毁灭，走向消亡。在小说中，虚无和荒诞取代了上帝、主体、精神、理性、艺术及其他，成为绝对的永恒之物，这是对本体论的解构，也是对一切能够依恃之物的瓦解。相应地，僭越取代了美德，破碎的人、黑暗的人处在荒谬的生存状态之中，能够容纳这一切疯狂与失常的不是白昼，而是能与之相抗衡的夜晚。守夜人可谓“作为人的魔鬼”或“作为魔鬼的人”[2]，他认为自己是魔鬼，对外部世界几乎只有厌恶、排斥，并想消除自身的所有欲求、渴望。如他的吉普赛母亲所说的：“憎恨这个世界比热爱它更伟大；有爱的人会有欲望，而有恨的人拥有自己就足够了。”(S. 136-137)如果说歌德的小说承认人与环境的关联及人投身于事业的必要性，而让·保尔的小说游荡在对世界的认可、亲近

① 参见 Peter Kohl：*Der freie Spielraum im Nichts. Eine kritische Betrachtung der “Nachtwachen” von Bonaventura*. a. a. O.，S. 46.

② Wolfgang Paulsen：“Nachwort” zu Bonaventuras *Nachtwachen*. In：Bonaventura：*Nachtwachen*. a. a. O.，S. 183.

与对现实的否定、替代之间，那么《守夜》的态度则是完全的避世和消极的拒绝，如主人公最后所言："我不想去爱，我要保持冷漠和僵硬，为的是，在那只巨手也要压扁我时，我或许还能对着它大笑。"(S. 142)主人公面对虚无的态度是憎恨和冷漠，试图以反抗式的大笑来面对终点。正因为他时时思索虚无，思考生与死，把死纳入生，所以才会试图以不寻常的方式反抗虚无、歌唱虚无。

"只有生者会死去，死者在我身边长存，而我们之间的爱和拥抱是永恒的!"(S. 88)在主人公看来，死是比生更长久的状态，相对于生命的短暂而言，死亡才是永恒的。不同于《学习时代》中死服务于生、人专注于生的理念，亦不同于《赫斯珀洛斯》中祛除了残酷性的死亡在主要人物身上展露的意义，在《守夜》中，夜晚和死亡成为地下世界的主角，小说中死被置于比生更重要的位置，从而生成了一种独有的人类学知识。人与死亡的关联、人的边缘状态成为被关注的对象，因而，主人公细致地描绘将死者、寻死者、谋杀者；也因为这样，他为刚出生的婴儿写下悼词："我请求你们，也别相信男孩儿脸上的生命显影和玫瑰色；这是自然的艺术，借此，自然像一名熟练的医生一样，使涂有防腐料的身体在一种舒心的欺骗中留存较长一段时间；在其内部，腐烂却已经开始侵蚀生命。……到处都只有死亡和腐烂贪婪地向他伸出手臂，要一点点地吞噬他……"(S. 58)"离去，离去，这是世间常态。”(S. 89)生命从诞生之日起便联结着死亡，初生的婴儿一向代表着生命的喜悦和希望，代表着人的接续和谱系的传承，而主人公观察到的却是死亡的阴影和暂时性的欺骗。令人心惊的描写迫使人直视死亡，也加深了人对自身的理解。

面对任何人都无法逃脱的结局，主人公的抗争方式就是大笑。笑是对死亡的嘲讽，也是对自我身份的消解。对于主人公来说，人生就像剧作家写就的悲剧，对此主人公的态度是要成为“幽默家”(S. 11)，在悲剧中寻找乐趣，而对逗人乐的小伎俩、喜剧及柔弱善感的人表示不屑。他的幽默是一种严肃与诙谐、深思与大笑的混合，他要“摧毁人的整个生活，以把人本身提升到生活之上”(S. 29)，他所关注的对象是人，而非生活，因为人本应高于生活，比秩序支配下的生活更复杂、更多元。这种将生活与人相对置的做法并不常见，生活在此几乎等同于社会、现实，是对人的束缚，似乎在洋葱层层包裹的外皮之下是备受挤压的微小的人。[①] 主人公抛弃了悲剧净化观众心灵的理论，也不屑于善感主义者以移情和眼泪提升道德的做法，他的笑作为一种抗争和挑衅，是幽默者的最高法则——“没有什么能超越大笑，我几乎把它抬高到眼泪在其他有修养的人那里的

① 参见 Wolfgang Paulsen：“Nachwort” zu Bonaventuras *Nachtwachen*. In：Bonaventura：*Nachtwachen*. a. a. O.，S. 181.

地位”(S. 125)，“要与世界的每次嘲弄，乃至与命运相对抗，究竟还有什么是比大笑更有效的手段呢?”(S. 126)主人公并不想介入生活，他也承认命运的不可更改，而大笑或许是一种消极的对抗手段，它具有一定的刺激、破界作用。主人公曾这样写道：“有几次人们把我赶出教堂，因为我在里面大笑。同样有几次，我被轰出妓院，因为我想在里面祷告。”(S. 57)大笑具有潜在的颠覆性，也无疑因为这个层面的危险性而受到社会秩序的排斥。在大笑中，占据主导地位的身体反抗机构化、理性化的主体，大笑的我反观理性的我、充满局限性的我；大笑危及现代主体冷静、克制、与客体保有距离的理性秩序，破坏个体和社会的行为规则，混淆真与假、对与错、善与恶，动摇人们的行为导向准则；大笑具有自我反思性，却是理性的对立面，是社会秩序力图排斥的“他者”，当公众视野中的大笑逐渐被驯化为微笑，文学作品中仍保留了大笑的一席之地。①

大笑亦有俯视的嘲讽意味。然而，小说的主人公虽嘲讽、否定人，认为人们庸碌无聊、毫无诗意，认为人类在历史发展中毫无所成——比如，他认为：“自亚当以来我们经历了一长串年代……这么多年里我们取得了

---

① 参见 Dietmar Kamper/Christoph Wulf：“Der unerschöpfliche Ausdruck. Einleitende Gedanken”. In：dies.（Hg.）：*Lachen - Gelächter - Lächeln. Reflexionen in drei Spiegeln*. Frankfurt am Main：Syndikat 1986，S. 7-9.

什么成就？——我要说：一无所得！”(S. 51)但他仍旧关注各式人，尤其是边缘人，并围绕他们展开自己的叙述。他虽声称自己选择避世，但夜晚实为他的保护伞，他可以发挥自己的想象力，使其与现实发生更深切的关联，成为现实的对照和批判。从本质上说，他并非彻头彻尾的虚无主义者，因为他在反抗秩序，与既定的规则对抗，像地狱之神派出的一名黑衣使者，带着幽默和大笑、游戏和破界游荡在高悬的夜幕下。

黑夜象征的死亡其实与生命密不可分，或者说，死亡才是被人类学话语忽略、排斥和压抑的主角：“死亡的白色玫瑰比它的姐妹更美丽，因为它使人想起生命，使生命值得向往、珍贵无比。”(S. 88)没有死亡的映衬，生命便会失去其珍贵的特质，因为生命“只有通过一种持续的死亡才会产生”(S. 75)。死的意义、生与死相互依存的辩证关系在小说中体现得很明显。一方面，人的必死性使活着的人感到恐惧，并由于这种易逝性而陷入虚无主义；另一方面，消除了死亡的生命是无聊的，甚至是可怕的。比如，小说中一个男人爱上了兄弟的妻子却遭到拒绝，出于怨愤，他诬陷她与侍童偷情，致使兄弟在杀死自己的妻子及其他无辜的人之后自杀，因而受到“惩罚”(S. 32)。这个男人极为痛苦，因为他受到了永生的宣判，永远无法解脱。主人公在听了他的故事后写道：“哦，人就是从这种矛盾中被创造出来的；因死亡之故，他热爱生命，而若是他所惧怕的东西在他面前消失，他又会憎恶生命。”(S. 40)让·保尔笔下的高贵的人物渴望永生，醉心于构建永恒神界的梦想，而在《守夜》中，永生成为令人绝望的噩梦，男人犹如“永恒的犹太人”(S. 32)，仿佛受到了神的诅咒。人没有更好的选择，注定的死或永生都会使人深陷于痛苦之中。埃马努埃尔将死纳入生，是因为他想借由死亡实现光明的永恒，其中蕴含着诗性的理想，而克罗伊茨冈对死亡的理解则更加辩证，也更加冷峻，死与生的对照和并存是人无法逃避的悖论，没有幻想的余地或逃逸的可能。

当然，如上所述，死并非绝对消极的事情，因为它使人认识到生命的易逝。同时，主人公借描绘死亡的场景来表达一种社会批判，死与夜一样，都成为游戏的绝佳外衣。在第六次守夜时，主人公想象末日审判的场景，并批判了各行各业的人，作为“唯一不慌乱的观众”(S. 49)和审判的代言人，他这样说道：

> 我的兄弟们，你们这些亲王、放高利贷的人、士兵、谋杀犯、资本家、小偷、政府官员、法学家、神学家、哲学家、傻瓜以及各种职位和行业的人，你们说，你们想面带什么样的表情出现在咱们的上帝面前……
>
> 承认真相吧，你们取得过什么真值得花力气的成就？就像你们这些哲学家，直到现在，你们除了说过不知道要说什么这一句之外，还说过更重要的

> 话吗？……你们这些法学家，你们这些半人，其实你们跟神学家合在一起才能构成一个人。……
>
> 你们这些政治家，你们把人类压缩成呆板的准则，我到底该说你们什么好呢。……亲王和统治者，他们不是用硬币，而是用人进行支付，并与死亡进行可耻的奴隶交易。——
>
> 啊，这些真让我疯癫发狂……我只想在这场普遍的末日审判的一小时里当一回魔鬼，只为给你们做一场更激烈的演讲！——
>
> ……那么，祈祷吧，哀号吧，你们这些伪君子。……
>
> ……你们所有人，就像我看到的你们这种样子，你们竟能理直气壮地要求进天堂或者下地狱？对于前者来说，你们太低劣；对于后者来说，你们又太无聊！——(S. 51-53)

主人公赋予自己魔鬼身份的着眼点便在于对人和社会的批判。魔鬼在此拥有疯狂、僭越的权利，身为魔鬼便可无所顾忌，无视所有规则，可以大笑、怒骂，在黑夜的阴影中喊出隐藏的真实。在主人公的眼中，各行各业的人都是终日忙碌却一无所成的“伪君子”，戴着各种面具，说着各式谎言，因末日的到来而恐慌、哀号。人由于道德的败坏进不了天堂，又由于无趣而入不了地狱，被悬置在中间地带，既无法实现理想中的完整性，无法上升到至善的领域，又因缺少冲向黑暗的想象力而无法进行彻底的颠覆。一方面，人的行动都是徒劳的，最终毫无成就，哲学家连篇累牍的论述只是证明了他们没有什么可说；另一方面，人类社会分明的等级关系，王公贵族的功利主义、实用主义和对人的物化、降格都是主人公要批判的。

克罗伊茨冈对人的观察之中带有一种舞台效果，这或许与克林格曼自身的戏剧创作经验有关。他给自己戴上魔鬼面具，大千世界就是眼前的舞台，生活就是一部被创作出来的戏剧，因而他不参与其中，而只是冷静地观察、激烈地批判。他眼中的人扮演着各种角色，现实中的事情都是可以令人发笑的舞台故事，无论悲喜。前文提到的被宣判永生的男人在应主人公的要求讲述自己的故事时对他说道："你将会向我承认，从容不迫、一段接一段地讲述自己的故事，这无聊得要命；所以，我把它带入情节之中，把它当成有丑角的木偶剧表演出来，这样，整个事情就会变得更直观、更滑稽。"(S. 33)这番话影射了《学习时代》的叙事方式，认为成长小说的线性叙述极其无聊，而表演出来的情节才更有冲击力，亦会引人发笑，这不仅是对写作方式的反思，也是对既有的人之构想的挑战。接着，这个男人以戏剧的方式呈现自己的故事，把自己置换为剧中的一个木偶，而把剧团经理设定为一切的操纵者，由此展现人的渺小和徒劳无功。自决的维度消隐了，"经理的心情"(S. 38)决定一切，世人犹如戏剧中设定好的角色、被上帝之手操控的木偶。后来，由于次日无法入睡，主人公改写了头天夜里听到的这个故事，他“为这个疯狂的人的生活加上了合适的动机，并理性地把它写了下来”(S. 41)，他认为通过这种文学加工是“把我那充满诗意而奇特的夜晚转换为明白而无聊的无韵文”(S. 41)，原本毫无关联、无法解释的事件一经文学加工，彼此之间便有了一定的关联和内在的逻辑，夜晚的混乱、奇异化作白日的理性、清晰。

此外，视生活为戏剧的做法使其中的角色并不需要符合美学之外的标准，就像以戏剧方式展现自己故事的男人所说的，在这种形式下人们可以“相当恶毒，而道德家们无法提出反对意见或称它为一种亵渎”(S. 38)。在此，嘲弄的大笑、恶毒的言辞都是正当的，丑角、傻瓜、疯狂的人亦是合理化的存在，他们不像《学习时代》中的弗里德里希那样是令人叹息或同情的人物，不像患精神疾病的竖琴师那样需要被治疗和被规训，也不像《赫斯珀洛斯》中葆有纯粹诗意的达霍那样要请求读者原谅，而是超越了时代秩序和道德的局限，具有破界的作用，具有一种生成感和流动性。由此，小说实则在为边缘人、局外人正名，也是在时代人类学话语的影响下进行实验。最后一章中有这样的脚注：“如果我没记错的话，这种奇特的、能看见鬼魂的例子之一收录在**莫里茨**的经验心灵学杂志中。”(S. 138)此处引用莫里茨的杂志内容说明了小说作者对心理学的关注。前文中已经提及，莫里茨曾指出自己主办的杂志中发表的“是事实，而非道德空谈，亦非小说或喜剧”，而博纳文图拉则以小说为媒介做出了文学和人类学方面的贡献，他的作品脱离了时代话语中的规定性和道德评判，从另一种角度探究可笑之人、边缘之人、奇异之人、黑暗之人的精神和心理状态，将他们置于舞台中心，同时与人类学知识形成特殊的互动。

在社会批判作用以外，小说中死亡的作用还体现在消除一切不平等上。人世充满等级高下，死亡才真正实现了所有人的平等。在小说末尾，主人公写道：“当我有心情要把国王和乞丐编排进一个相当有趣的兄弟式社会中，我便会在教堂墓园里漫步至他们的坟墓上方，想象着他们，想象他们如何在地下和平地躺在彼此身边，处在最伟大的自由而平等的状态中……”(S. 132)他看到，在地上，有的坟墓前有石碑，而有的坟前只有乱长的植物。但在地下，人人皆兄弟，阶层被打破，灭亡和虚无赋予各色人最终的平等。赫尔德提倡的人文理念和时代关于人的权利、平等的讨论在此被另一种平等取代，人无须努力消除等级差异，在理想的指引下构建更好的社会，因为死亡自会使所有人化归黄土，地下的“兄弟式社会”实现了所有社会都不可能达到的绝对平等。

无论是尽享荣光的王公贵族，还是从事各种职业的平民，最终都不可避免地在“死亡的地下博物馆”(S. 141)

中成为蛆虫的美食，如主人公对从坟墓里钻出的蠕虫所说的那样：

> 国王以王国的精华供养自己，而你又以国王的身体为食，好把这位死去的陛下……重新带入他这些忠诚的大臣怀中，或者至少是他们的腹中。你这条滚圆的寄生虫，你用多少国王和诸侯的大脑喂肥了自己，才会长得如此粗壮？你把多少哲学家的唯心主义带回你的现实主义之中？……对你来说已经没什么是神圣的了，美或丑、美德或恶习都不是；你缠绕一切，拉奥孔之蛇，并向整个人类证明你的无比的崇高。(S. 140)

在主人公看来，无论是王公贵族——哪怕是最尊贵的国王，还是哲学家的理想方案，在死亡的面前都不值一提，这种认为一切终归虚无的“现实主义”打破了人类社会的秩序，消除了所有神圣，也消解了原本的二元对立。现实中渺小和肮脏的蠕虫被比作神话中崇高的巨蛇，最有权势的人成为它们的美餐，原本的美与崇高的秩序和人构建的社会秩序被完全颠覆。这种颠覆性的游戏消解了神性，挑战了当时的观念，通过引入死亡这个要素扩展了人的维度。

三、失效的理性及教育方案

在黑夜中游荡的守夜人拒绝光明、批判理性，作为理性对立面的疯狂、作为秩序对立面的混乱和作为道德对立面的僭越成为另一种人的模式，这也是对所有以理性或感性为主导的教育方案、修养方案的瓦解。主人公在第六章中写道："可惜我在少年时期，可以说是在源头上就败坏了，因为，当其他有学问的男孩和大有希望的少年费尽心思要变得更聪明、更理性之时，我则恰好相反，始终对疯狂怀有特殊的偏爱，并力图把这一点转化成我内心里绝对的混乱。……"(S. 48)

从小便与众不同的主人公与其他好学上进、接受教化的少年形成鲜明的对照。这些男孩代表着一种由规则支配的理性教育方案，着眼于自身的不断进步、完善，而主人公却试图挣脱这种秩序，放弃一切接受教育和自我修养的努力，而以疯狂、无序为导向。"从源头上就败坏了"，这既是对卢梭教育构想的反抗，也是对时代教育话语尝试结合人的禀赋与环境、充分推动人的各项禀赋发展的努力的消解。

重视无序、混乱的克罗伊茨冈很享受自己在疯人院的生活。后来，当他因与那里的一位女病人相爱并使其怀孕而被逐出疯人院时，他毫无重获自由的欣喜，而是满怀感伤："啊，当我要与兄弟们告别，以便再次加入理性者的行列中时，我是多么的悲伤。……我从疯人院带出来的，是对所有理性者更强烈的憎恨，面相无聊而空洞的这些人如今又在我周围晃荡。”(S. 124)在依据理性原则构建的社群中，疯狂之人遭到排斥，被专门的机构收容，隔绝在正常人的生活之外，但在抵制理性的主人公看来，疯人院才是他的归宿，因为这个“异托邦”[①]符合他反叛社会、颠覆社会的需要，它独立于社会秩序之外，与社会中的常态场所相异，同时又能在其中反观社会。博纳文图拉笔下的疯人院与1800年前后现实中的疯人院不同，那里的生活实则悲惨、痛苦，但小说中的疯人院可谓存在于社会规范之外的乐园，各异的疯狂之人在此按照自己的意志生活，打破了社会体系的单向度规则，而享有傻瓜的自由和多元的可能性，如同一个狂欢者的社群。[②]

---

① 福柯在《不同的空间》一文中提出了与乌托邦相对立的“异托邦”(hétérotopie)概念。他在文章中指出，某些真实的空间“呈现出来，引起争议，甚至被颠倒过来，进而形成一些外在于所有场所的场所类型”，它们“全然不同于它们所意指或反映的各种位所”，既神秘，又真实，既实实在在地存在，又与周围空间相关联，同时却又明显区别于常态空间，独立于社会空间之外。它可以反映出社会文化的转换，也可以在一个真实的空间中并置几个本无法比较的场所，或表征时间的断裂。异托邦的系统既开放又闭合，使得异托邦既孤立、封闭，又具有可渗透性和强烈的对照性。参见[法]福柯、[德]哈贝马斯、[法]布尔迪厄等：《激进的美学锋芒》，周宪译，22～27页，北京，中国人民大学出版社，2003。

② 参见 Peter Kohl：*Der freie Spielraum im Nichts. Eine kritische Betrachtung der “Nachtwachen” von Bonaventura*. a. a. O.，S. 85.

相应地，主人公不认同学校、科系的教育方式，如在第十章中他对参观疯人院的厄尔曼博士(Doktor Oehlmann)说："……我们诚然多多少少都会苦思冥想，想琢磨出固定的理念；不仅每个个体，而且所有共同体和学科都在这样做，其中，如后者之中的很多人除了推销智慧，还致力于纯粹的博士帽交易。通过这项交易，他们相信，只要把这样一顶在他们的工厂中生产的帽子往别人头上轻轻一按，无才智的头脑都能变成有智慧的……"(S. 78)厄尔曼博士代表着用学科知识培养出来的职业医生，但主人公对按照这种教育方式塑造出来的专业人士表示质疑，他嘲讽象征科学、专业分工的博士头衔和特定集体建构的知识、智慧，因为其中包含机械化、片面化的倾向，时代所追求的教育和进步在主人公看来并非真正的智慧，而是人们制造的表象。教育成品厄尔曼博士并不了解疯人院里的情形，他在疯人院的考察之行完全由克罗伊茨冈引领，克罗伊茨冈在此仿佛承担了医生的职责，他逐一描述、分析被编号的多名疯狂之人，而真正的医生则偶尔摇晃头上的博士帽表示不赞同。这意味着，市民社会教育出来的人不具备认知或描述疯人院事务的资格①。《学习时代》中负责治疗竖琴师的医生代表着一种救治的力量，病人需接受这种理性的匡正，而在

---

① 参见 Alexander Košenina：*Literarische Anthropologie. Die Neuentdeckung des Menschen*. a. a. O.，S. 200.

《守夜》构建的异托邦中，医生与疯狂之人的身份界限被打破，医生并没有救治方案，病人也不愿受到成规的约束。在此，黑暗的力量高于光明，理性的模式和准则受到了强烈质疑。疯人院与学校都是理性催生出来的规训机构，主人公则蔑视正统的学校教育，并嘲讽理性教育的成果。博士到疯人院考察代表着学校教育和科学话语对社会边缘机构的干涉，但这种权力未能真正对异托邦内部施加影响，就像理性无法如愿驯化疯狂一样。

克罗伊茨冈在介绍疯人院的成员时说："这个1号就是人性的例证……他的疯狂之处在于，他把人类估计得太高，而把自己估计得太低；因此，与糟糕的诗人们相反，他保留自己体内所有的液体，因为他怕在释放液体之后会导致一场大规模的洪水暴发。"(S. 78-79)这位主人公口中的人文主义者生活在幻想的世界中，为避免给人类带来灾难而不敢排泄，时代话语中所讨论的人文主义被戏仿，或者说变成了一种"倒置的古典人文主义"[①]。9号病人深信自己是具有超凡能力的造物主，主人公则认为9号病人"像费希特一样优秀，拥有一套坚不可摧的体系"(S. 83)。他把疯狂之人头脑中臆想出的体系与哲学家经过严密思考建立的哲学体系相提并论，幻想的空间提供了一种与科学知识对抗的可能性，正如文学方案

---

① Wolfgang Paulsen: "Nachwort" zu Bonaventuras *Nachtwachen*. In: Bonaventura: *Nachtwachen*. a. a. O., S. 181.

在知识复合体中具有不同于科学的独特地位一样。让·保尔亦注重文学作品中疯狂的人和傻瓜的作用，他认为最理想的作品是一部仅仅由疯狂的人构成的悲剧，但艺术尚未到达这个境界，因此，“就让我们满足于我们实际拥有的疯狂的人吧。这些为数不多的疯狂的人也会使诗人的描绘和演员的表演明显变得容易一些，因为疯狂会提供不计其数的路线供人选择和偶遇，而意识则仅仅提供单向道。……”①同样，在小说主人公看来，疯狂是“仅有的站得住脚的体系”(S. 112)，它与一切秩序分明的常规体系对抗，与权力和暴力对抗，甚至与自身对抗。

主人公对病人的描述可视作疯狂的人对疯狂的人所做的说明，而非由外界强加的诊断，这种源于内部的描述挣脱了科学话语的束缚，而形成了另一种话语方式。在主人公的眼中，“4 号会坐在这个地方，只是因为他在修养上遥遥领先常人半个世纪”(S. 79)；疯狂的人在修养上领先于常人而被排挤是对社会的反讽。又如，“5 号的演说太过于明智而易懂，因此他们送他来了这里”(S. 79)，这也是对理性的人、正常的人的嘲弄，他们听不懂原本易于理解的言语。追求智慧的人恰因为无法容忍高明的识见而排斥异己，把更具智慧的人当作疯狂的

---

① Jean Paul：*Vorschule der Ästhetik*. In：ders.：*Sämtliche Werke*. Abtl. I. Band 5. a. a. O.，S. 500.

人关押起来。主人公认为自己的“理智胜过体系演绎的理性，智慧胜于学院传授的智慧”(S. 85)，他显然并非病理学意义上的精神病患——这一点也为厄尔曼博士所承认。同样，他以独特的方式描摹的同类其实也并非纯粹病理学意义上的患者，而更多地是隐喻层面的疯狂者、傻瓜，他们代表着另一些理念和生活模式，即让·保尔所说的多条路线。在厄尔曼博士探访的最后，主人公说道：

> ……您说说，若是有人——如您所知——与这体系无法协调，可能偏把更高级别的健康当成疾病，反之亦然，那么，他怎么会想要与疾病对抗呢。
>
> 啊，谁来最终决定，到底是我们这些疯人院里的傻瓜还是大学讲堂里的学者犯的错误更具典型意义？或许错误不正是真理，蠢行不正是智慧，死不正是生？……哦，我是无药可救的，这一点我自己清楚。(S. 85-86)

在克罗伊茨冈的眼中，市民社会就是一个“大众的疯人院”(S. 77)，而在机构性的“较小的疯人院”(S. 77)中，反而有更高层次的理性和健康。同时代的作家约翰·路德维希·蒂克(Johann Ludwig Tieck)在一部剧作中写道：“然而谁若理性地蔑视理性，那他就又会是理性的。”[①]这种辩证的思想中包含着强烈的批判。克罗伊茨冈不愿服从理性的控制和教育体系的塑造，拒绝接受外部规训，而情愿始终做一个与社会风尚背道而驰的精神病人。他并无威廉的求知欲，也没有在机构中接受教育的需要，徘徊在体制和机构的边缘，拒绝成为“有用”的人，拒绝对人世动情。如果说莫里茨出于人类学的求知欲而去探究灵魂的疾病及其缘由，而作家施皮斯试图以疯狂者的生平故事来警醒读者勿陷入疯狂，那么，博纳文图拉塑造的主人公则清醒地知道自己“无药可救”，因为他视愚蠢和疯狂为反转的、更高的理性，并不想拒绝这种外界强加的疾病标签，且以此与外界抗衡：“只有一个可能，要么是人们颠倒了，要么是我。”(S. 57)这种等级关系的倒置和价值的重估之中蕴含着一种反思和挑战，对后世具有持久的影响。

在小说中，不仅是理性，感性和想象力也受到了挑战，对人的设想由对美德和更高世界的歌颂向下延伸至怪诞、黑暗的领域，审美鉴赏力和美育不再起作用，内修、美德或爱也不再是受关注的对象，小说中展现的是世界末日的景象、行刑的场面、夜晚的墓地、背负着沉重罪恶的人、被诅咒者、能看见鬼魂的人、鬼魂和魔鬼。……专注于这些的主人公并不想与外部社会发生任

① Ludwig Tieck：*Werke in vier Bänden*. Hg. von Marianne Thalmann. Band 2. München：Winkler 1964，S. 324.

何关联，父母的特殊身份——炼金术士和吉普赛女人——似乎早已注定他局外人的命运。[1]

职业不仅是谋生的手段，也是与他人、与社会交往的纽带，如《学习时代》的主人公最终与塔社一起投身实业，在大环境中继续修养自身，为他人做贡献。但克罗伊茨冈认为，“人们在**行动**时极为庸常，最多在他们**做梦**时，才可能会赢取我们的些许兴趣”(S. 15)。他工作是为了生存，而这份职业恰恰为主人公提供了一个异质空间，即逃离日常、与社会隔绝的独立空间、梦幻空间。在此，被颠倒的不仅仅是光明与黑暗、上帝与魔鬼的位置，还有灵魂与胃、健康与疾病、理性与疯狂。有研究者认为《守夜》中刻画了一种“倒置的古典人文主义”，也有人认为它是一种“加强化的启蒙”。[2] 小说中的人物形象亦不乏矛盾性，即既被绝对的虚无决定，又在形形色色的异托邦中与常态空间相对抗，如克罗伊茨冈最后面对父亲的尸体时说：“只不过，在我看来，你不应该向上天乞求——不要乞求——毋宁强取，若你还有力气。”(S. 143)同样，主人公似乎是漠视一切的虚无主义者，同时却又是普罗米修斯式的抗争者。

---

① 参见 Peter Kohl：*Der freie Spielraum im Nichts. Eine kritische Betrachtung der "Nachtwachen" von Bonaventura*. a. a. O.，S. 81.

② Richard Brinkmann："Nachtwachen von Bonaventura. Kehrseite der Frühromantik?" In：Hans Steffen（Hg.）：*Die deutsche Romantik. Poetik，Formen und Motive*. Göttingen：Vandenhoeck & Ruprecht 1967，S. 149.

被迫从疯人院离开后，主人公游荡在大自然中。他认为富人的宅邸远不如乞丐的住处宏大华丽，因为乞丐栖身于大自然的宫殿之中；他戏仿美与实用的结合："一天，我刚在我的宿营地——一片香气弥漫、花朵盛开的草坪上坐起身来，凝望着清晨时分那红彤彤的、仿佛海里面升起的幽灵一般的火焰。此时，为将有用的与令人愉悦的事物结合起来，我咬了一口刚拔出来的胡萝卜。"(S. 125)《学习时代》致力于将美与实用相结合，塑造"完整的人"这一知识样态，而此处则是对这种模型的戏仿和嘲讽，有用的事物即食物，与前文中论述的胃的关键作用相呼应，满足人最基本的动物性需要，而美的事物被降格为令人愉悦的景象、个体感受到的暂时的愉悦。在康德那里，美的东西(美者)与令人愉悦的东西(适意者)其实代表着不同的层面，前者兼具主观与客观的合目的性，是普遍的，而后者"带有一种生理学上有条件的愉悦"，是个体性的、较低层次的阶段："适意者、美者、善者表示表象与愉快和不快的情感的三种不同的关系。……适意也适用于无理性的动物；美仅仅适用于人，亦即动物性的、但毕竟有理性的存在者……"[①]由此我们可以看出，主人公在戏仿美与实用相结合的同时，亦将人再度降格，取消其理性层面。康德的审美判

---

① [德]康德：《判断力批判》，见李秋零主编：《康德著作全集》第5卷，217页。

断及教育理念均建立在人的理性基础上，小说则弃理性于不顾，从根本上否定了人能够在教育知识、更高理念的引导下不断完善自己的可能性。所有的进步、提升、意义、理想都被否定，对人的全面教育被颠覆，反教育话语催生出一种“丑的理想”。

四、道德解放与新的美学模式

如果说前两部小说之间虽有诸多差异，却都参与构建了时代教育学话语，那么《守夜》这部作品则否定和颠覆了所有的教育方案。在夜幕下漫游的主人公不同于行走于成长之途、逐渐形成完善人格的威廉，也不同于注重内修、渴望灵魂飞升的抱持诗性情怀的医生维克托，而是否定教育和修养、否定理性和主体性的边缘人、反社会的人。他既不寻找自己在社会中的位置，也不相信崇高的、永恒的神圣世界，而是固守无边的黑暗这个异质处所。相应地，社会道德规范必须被黑暗的精神打破：“……假如我可以在二者之间选择，那么我宁可做个活着的罪人，也不愿成为这样一个死去的圣人。”(S. 19)虽说 1800 年前后，美学自治已然在理论层面实现，倡导美学自治的学者们相信，审美应独立于道德判断之外，但美者与善者在康德、席勒等人的学说里仍有千丝万缕的关联，美学的自治实际上并未真正实现；而且，道德维度也是当时的教育学话语中不可或缺的方面。《守夜》却最终打破了道德的界限，转向一种怪诞美学、丑的美学。

弗里德里希·施莱格尔曾写道："正如美者是善者适意的展现那样，丑的事物是恶者令人不快的显现。"[①]美者多与善者相连，就像前两部小说中女主人公外表的美丽与心灵之美相得益彰那样，而对丑陋事物的描摹多与坏、邪恶相连，但博纳文图拉打破了这种模式，将依凭幻想的文学视为自由的领地，取消了道德维度，与艺术相伴的不再是善恶美丑的区分，而是一种越界、批判的力量，一种突破均衡、寻求震颤的冲动。"高度与深度从来不可分割，相反，在平地上跌倒不足为惧。"(S. 59)小说要避免的是平庸的无聊，而非不见容于日常秩序的怪诞、荒谬。在主人公看来，美实际已经陷入无聊之中，取而代之的应是丑的理想。他在第八章中这样写道："哦，人们大步向前，一千年后，我大概只会有一个小时的兴趣把头塞进这个笨拙的世界；我敢打赌，我将看到，在古典艺术陈列室和博物馆里面，人们描摹的只有一些奇形怪状的东西，并且在追求一种丑的理想，在他们宣称早已成为第二种法国诗学的美是乏味的东西之后。"(S. 68)

---

① Friedrich Schlegel: *Friedrich Schlegel. Kritische Ausgabe Seiner Werke*. Hg. von Ernst Behler u. a. Abtl. I. Band 1. Paderborn: Schöningh 1979, S. 311.

此处不仅影射和嘲讽了时代的进步观，而且折射出启蒙运动以来“真善美”模式分化进程中的又一次审美转型，它为丑推开了艺术殿堂的大门，成为19世纪中期《丑的美学》(*Ästhetik des Häßlichen*，1853)等论著的先行军。无论是将小说中颠覆一切、投身荒诞，同时蕴含思想深度的丑的理想看作对美的彻底否定，还是认同弗里德里希·施莱格尔所说的“丑的最高阶段里还包含着一些美的东西”①，我们都可以看出，文本生成的是一种有别于时代话语的美学模式，是一种难以见容于时代的美学实验。

一位总是尝试与角色建立情感认同的演员说：“冷静是艺术的坟墓！”(S. 105)这与《学习时代》中威廉试图从宏观上把握剧本，与所饰演角色保持距离的做法背道而驰。对艺术的理解也影响着对人物的把握和塑造，威廉汲取了多方面的教育学知识，其中包括客观与理性的审美模式，而《守夜》则力主感情上的刺激，摒弃“所有感人的、温柔的虚伪”(S. 115-116)。创作《人》这部悲剧的作家写过一番话，解释了为何要在这部悲剧的序曲中引入丑角的形象，而非像古希腊人那样用歌队来缓和悲剧气氛，减缓人在感情上所受的冲击。他写道：

---

① Friedrich Schlegel：*Friedrich Schlegel. Kritische Ausgabe Seiner Werke*. Abtl. 1. Band 1. a. a. O.，S. 313.

> 我想，安抚这种做法如今是不合时宜的，更应该做的是强烈地激怒和煽动，因为除此之外没有任何具有冲击性的东西，而且人类在整体上变得如此绵软而阴险，故而他们秩序井然地并机械地推动着一切。……应该狠狠地刺激他们，就像对待虚弱的病人那样，因此我安插了我的丑角，以便使他们变得狂暴；因为，就像俗话说的，孩子和傻瓜说真话，同样，他们也输送可怕的、悲剧性的东西，孩子的方式是无辜而冷酷地表演，而傻瓜的方式却是嘲弄与插科打诨。更为新式的美学家将会使我得到公正的对待。(S. 72)

小说中呼唤一种符合当时现实的全新审美模式，傻瓜、丑角作为其中的重要元素，与疯狂之人的作用类似，都具有突破和刺激的力量。过去作为"喜剧的歌队"[①]出场的丑角在此却进入了悲剧作品，与传统的戏剧形式之间构成了鲜明的张力。和谐被毫不留情地破坏，面对令人悲伤的、可怕的东西，丑角以大笑和插科打诨的方式对其加以嘲讽，使观众在矛盾冲突中变得狂暴，这种刺激中无疑包含着一种反叛和突破的可能，也是针对受众的美学新要求。在理性的教育理念中，激情应受

① Jean Paul: *Vorschule der Ästhetik*. In: ders.: *Sämtliche Werke*. Abtl. I. Band 5. a. a. O., S. 160.

到约束，拥有过度的激情被视为病态，完全不加节制的激情会使人疯狂，需要得到治疗。而在此，松弛、理性而有节制的人成为主人公眼中的病人——他们恰恰需要激情的冲撞，这种刺激疗法会以独特的方式影响人的感知，丑、怪诞和疯狂成为这种特殊感知体系的支撑，参与对人的重构。在让·保尔的作品中，傻瓜、丑角是喜剧角色，他们身上更多地体现了幽默和游戏的成分，而博纳文图拉则以一种杂糅来进行辛辣的嘲讽和粗暴的破界，因而他的语言风格也与让·保尔不同，让·保尔极尽铺陈的矫饰主义在博纳文图拉这里变成了粗糙、尖锐、古怪而混乱的表达。[①]

在进疯人院之前，主人公曾是“像失明的荷马一样”(S. 61)的漫游艺人，他为王公贵族吟唱了许多受他们喜爱的谋杀故事，从而“使我的听众和学生得到磨炼”(S. 62)，以适应血腥的场面。后来，他开始关注更深层的杀戮和毁灭：“而我终于开始厌恶较小型的谋杀片段，继而敢于触碰那些更大的——教会和国家进行的灵魂谋杀，并为此从历史史实中挑选合适的材料。……”(S. 62)出于猎奇心理而喜欢听主人公讲谋杀故事的王公贵族实则在进行更严重的谋杀，即灵魂谋杀，如牧师对持异见者的恐吓与威胁。这与前文论及的审查制度相关，也反

① 参见 Wolfgang Paulsen：“Nachwort” zu Bonaventuras *Nachtwachen*. In：Bonaventura：*Nachtwachen*. a. a. O.，S. 186.

映了主人公强烈的社会批判意识。由于这种揭露行为，主人公受到起诉。在审判场上，他为自己辩护说，只有造成实际伤害的行为才算是犯罪，而他“仅仅在道德上冒犯和伤害别人的感情”（S. 64），这并非法律层面应判定的犯罪。最终，主人公未被宣判有罪，而是被送进了疯人院——它“作为一个司法机构是完全独立的……它直接判决，不许上诉”[①]。从这个意义上说，小说中疯人院的设置与道德相关，道德上的僭越被认定为一定程度的疯狂，而疯人院作为收容和诊疗的机构，应将病人重新纳入国家认可的道德框架中。用福柯的话说：“疯人院是一个没有宗教的宗教领域，一个纯粹的道德领域，一个道德一律的领域。……疯人院给自己提出的任务是，实行统一的道德统治，严格对待那些想逃离这种统治的人。”[②]主人公要抨击的正是虚伪的国家道德，是以机构和集体的名义进行的思想强制和秩序构建：持异见者被逐出教会，临终前被牧师诅咒；怀孕的修女被活埋，是为了对围观的修女进行警示……这些都是机构暴行和道德压迫的体现，这种“灵魂谋杀”正是叙述者要揭露和抨击的。就像他的辩词中所宣称的那样，诗学和艺术的功能同样是一种与现实层面相区别，却又能间接作

① [法]米歇尔·福柯：《疯癫与文明：理性时代的疯狂史》，刘北成、杨远婴译，246页，北京，生活·读书·新知三联书店，2003。

② [法]米歇尔·福柯：《疯癫与文明：理性时代的疯狂史》，238～240页。

用于现实的破界，是在精神、道德层面的刺激，而非实际的行动和直接的干涉。这种美学模式也体现在其他的章节中。

离开疯人院后，克罗伊茨冈短暂地在一个木偶剧团里待过一段时间。他最擅长饰演的是丑角，不过同时他也饰演国王。有一次，剧团在一个村子里演出的“悲喜剧”(S. 128)——犹太女人尤迪特(Judith)斩下入侵的外敌首领霍洛芬斯(Holofernes)头颅的故事——围观村民的反叛情绪被煽动了起来，他们情绪激昂地跃上舞台，之后又到村长家去，向他索要他的人头。为防止流血事件的发生，主人公规劝村民说：“这颗头颅是国王的，可我……是一个再普通不过的人……那么，既然这个霍洛芬斯的点头或摇头都由我的意志决定，你们又怎么能对他发怒呢?”(S. 128-129)对于村民将针对霍洛芬斯的怒气转移到村长身上的做法，主人公表示反对，他认为这个木制的霍洛芬斯的头颅只是个“机械性的物件”(S. 129)，并不能思想，仅仅是为了演员的表演和观众的观看而存在的，不应该因为这样一个物件而要求自由。村民们被说服了，四散离去。夜里，村长却带人“以国家的名义”(S. 130)逮捕了剧组成员——更确切地说，是逮捕了一批表演用的木偶，罪名是他们“在政治上很危险”(S. 130)，且审查令规定所有的讽刺作品都禁止上演。主人公不仅嘲讽了混淆艺术与现实、表演与实际行动的村民，因为他们在审美层面上是幼稚而单向度的，情绪很容易被煽动和诱导，而且也嘲讽了不知感恩的村长和禁止一切讽刺、影射性文学作品的严格的国家审查机制，以及逮捕木偶这种愚蠢的行为。主人公不赞成革命，因为艺术并不等于现实，艺术不必左右现实或影响人的行为。席勒所提倡的将舞台作为道德机关的设想在此失效了，不仅舞台上演出的剧目已变成混杂不同元素的、不伦不类的反传统之物，而且其作用也更多地是带来情感层面的冲击，提供一种新的具有批判性的感知方式、认知模式。道德和理性、均衡和秩序、美育和德育都已失效，矛盾不会得到调合，人性不会彰显高贵。同时，主人公并非要干预现实、改造社会，他没有引领人完善自我、走向光明未来的进步理想，只是将怒气和不满发泄于艺术的大千世界中，又用引发大笑的丑角来嘲讽自己的愤怒。

如果说前两部小说中的主人公都被爱治愈了，并在爱之中完善自身的修养，那么作为独行者和避世者的克罗伊茨冈则仿佛被狂暴的激情和对人世的恶意填满，又在怨恨中筑起了自己的反叛之壳。在前两部小说中，圆满的爱情标志着理想中的修养状态，女主人公是美和善的化身，《守夜》中的爱情则短暂地发生在主人公与另一位疯人院的病人之间，他们认同自己曾饰演过的角色，自称为哈姆雷特和奥菲莉亚，在互相通信时也使用这两个名字，这也注定了两人的爱情会以悲剧收场。抗拒爱情却仍一时坠入爱河的主人公在写给爱人的信中声称，自己在恨整个世界时“曾经是那么自由和健康”(S. 117)，但现在他开始爱这个世界，便沦为了奴隶，“几乎得了病”(S. 117)。前两部小说中的爱情与灵魂修养相关，是通向美德与健康的爱；而《守夜》中被常人视为病态、疯狂的爱与抗拒、怀疑相连，无关道德，无关本质，或许只是角色之间表演出来的、非真实的东西。当奥菲莉亚仍在追寻角色之外的“我”时，哈姆雷特已经深信“一切都是角色，包括角色本身及藏匿其中的演员。……一切也只是演戏”(S. 119)，人仿佛是被上帝提拉的木偶，无法挣脱这位“导演”(S. 39)的操纵之手，只好在被指定的角色中重复着“无聊”(S. 120)。

最终，并未被爱情拯救，也不愿受爱情牵绊的主人公告别了流浪生活，心灰意冷地选择了守夜人这一“正派的”(S. 131)职业。他自嘲地说：“在这个世界上，有一种觉悟高于其他任何事情，那就是要对人有用，并且有一份固定收入；人不仅仅是世界主义者，也是国家的公民！……如今的世界修养程度已经很高，人们有理由要求每位市民都拥有了不起的天赋。”(S. 131)这番话看似认同促进市民个人天赋的发展、使市民服务于社会的实用理念，实则却是对此理念进行的反讽。同时，在附于小说正文之后的《魔鬼袖珍书》(*Des Teufels Taschenbuch*)的前言中，博纳文图拉讽刺了追求全面修养的理念：“片面是修养的坟墓；你们到处去人群中看看吧，看所有人怎样热心地追求广博性，看没有一个鞋匠继续满足于自己的产出，每个农家裁缝都顺便要进修成国家级裁缝，看世上的一切都怎样地统摄于繁忙和利益的追逐，每一个人都忙得团团转。……”(S. 145)博纳文图拉借魔鬼之口向它的魔鬼兄弟们描述的忙碌场面正是市民社会的日常生活景象，在经济和技术日益发展的社会中，在教育学话语的统治下，市民有不断发展自身的要求。就像百科全书是汇集知识的宝库那样，人的知识也应当“广博”，应当用各式知识充实自己，但最终造就的反而是受到威胁、举步维艰的人，理性主义和功利主义导致的人的工具化和碎片化在小说中以怪诞的方式被夸张和变形，但小说并未脱离时代的知识坐标。

小说《守夜》不仅毫无顾忌地展现了黑暗、疯狂和“怪诞的幽默”[①]，也不仅是对时代的诊断，反映出“时代的浅薄”(S. 21)，而且是一部人类学意义上的作品，也更加是对着眼于进步的时代教育学话语的反抗。其自主性不仅体现在作者笔名的使用和文本的独立与开放上，而且也与审美模式、感知方式的重构相关。通过匿名发表作品的方式，另类话语的生产者在彰显虚构性的同时，也规避了被主流话语问责的可能，同时可以对主流话语进行批判、颠覆。1800 年前后，知识结构的重组和知识秩序的变动催生了多元的人的模式和反模式，其中

---

① Hans Feger: “Das Groteske in Bonaventuras *Nachtwachen*”. In: *Athenäum. Jahrbuch für Romantik*. 17. Jg. (2007), S. 56.

不仅有理想教育方案的参与，也有对作为宗教替代品的诗学、艺术的重视，还有对于黑暗的想象。在博纳文图拉向读者展现的想象空间中，一切固定的体系和程式化的思维都站不住脚，无论是形而上学，还是人文主义，无论是理性的教育学话语，还是积极的人类学话语，都遭到质疑。作为对“完整的人”这一理念的反抗，让·保尔的作品着眼于高处、上方，而博纳文图拉的小说则向下延伸，致力于颠覆一切，嘲讽秩序井然却无聊、功利的市民社会，也解构诗意、理想的世界，如一个丑角的“聪明”(S. 36)见解：“生命中的一切，无论是悲是喜，都只是表象。”(S. 36)在辛辣甚至带有恶意的嘲讽中，在认为一切皆为表演、表象的念头中，与丑角、傻瓜、疯狂之人一起大笑、做梦、破界的叙述者在黑夜中打破一切，又重建起一个与外界话语相对立的异托邦。人无所依傍，没有体系支撑，却发掘出人本身的无穷可能。负面、丑陋的东西实则丰富了人的理念，其中蕴含的“丑的理想”作为对读者的审美要求，也是一种强烈的挑战，其效应不逊于积极的教育学知识对于人的影响。

结　语

正如本书开头所谈及的那样，人在18世纪的德国获得了尤为重要的地位，关于人的知识大量生成，也掀起了关于如何塑造人的讨论热潮。正是在这样的语境下，文学作品发挥着尤为特殊的作用。本书着眼于1800年前后这个过渡转型时期及其时对人的构想，以知识这个问题领域为切入点，探索文化学视角下知识问题的新维度，分析知识与文学之间新的关系形式。在此基础上，本书还考察了这一时期由人类学、教育学和文学构成的知识复合体，并着重分析了文学文本在其中的多元建构功能。

无论是认为处于这一知识重组时期的三部小说代表着文学的一种走向，即由外转向内，由谈论理想、美德走向探索阴暗、奇诡，由追求完整性到尽力展现分裂，还是认为它们更多地是并存于1800年前后那个时期，在共生的关系中作用于文学场域和历史语境，我们都不可否认的是，它们之间充满张力，代表着各异的文学方案对人的构想，它们与其自身所关注的时代话语也处在张力十足的关系之中，这种复杂而难以尽述的关系在分析几部小说的过程中得到了一定体现，从中我们也可以看到文化学视角指导下文学分析的实践成果。

文学人类学研究者里德尔曾说："对于人所怀有的关于自己、关于存在的梦想，人们会在哲学中获知许多；它们多数时候……描述的是一种美好的——才智上和道德上的——应然。反之，自从启蒙运动晚期针对心理及人的学说的那次转向完成之后，'美文学'给我们阅读的则是未加修饰的对人的缺陷生存的记录；文学——并且几乎只有文学——描述人的存在。这样看来，文学是最包罗万象、最精准的人类学，而如果还存在真正的人类学的话，它也是现代的最真的人类学。"[1]这段话道明了文学在人类学知识体系中所起的作用，也因此可以说，研究文学人类学具有不可小觑、不容替代的意义。相对于人类学这门学科对人的把握和规定而言，文学作品既可提供某些生活指南，又可以呈现人本身所具有的丰富性，这种丰富性包括理想而光明的均衡状态、富于诗意的内心状态，也包括幽默的破界行为、黑暗的边缘状态，以及脱离所有理想的真空状态。人不

---

① Wolfgang Riedel："Anthropologie und Literatur in der deutschen Spätaufklärung. Skizze einer Forschungslandschaft". In：*IASL*. Sonderheft 6. a. a. O.，S. 154f.

仅仅是人类学设想中的“完整的人”，或者片面的、降格的、危机中的人，而且是多元而开放的矛盾体，标尺的笔直无法丈量人的曲折，黑白分明的规范无法尽述人的复杂。从着眼于生活、内外的平衡到强调内心的高贵，再到“死亡的万花筒”①和被颠覆的理性世界，这些远远不是文学之外的话语所能呈现的。但反过来说，正是由于学科话语、外部知识秩序提供了一定的坐标，文学才有反叛和越界的可能。重构时代的话语样态是必要的，否则很难解释为何恰在此时，文学会从多个视角给予人、人的心理和生存状态以如此密切的关注，也无法解释为何恰在1800年前后会诞生这样的作品。

从《学习时代》中积极、光明的修养理念，到《赫斯珀洛斯》在清晨或黄昏这一过渡时间段闪烁的温柔、宁静的微光和对诗性美德的构想，再到《守夜》的漫漫黑暗和打碎一切的死亡、荒诞、疯癫和大笑，针对人的教育理念经历了从形成到变形再到被颠覆的过程，所反映出的也是由积极的人类学向消极的人类学的演变。《学习时代》中的修养理念与塑造“完整的人”的时代教育理念不谋而合，虽然其中保留了多种可能，同时展现了虔信派教徒、神秘的迷娘、竖琴师、弗里德里希等角色所代表的异质方案，但他们都只是主人公修养旅程中的过

---

① Anne-Katrin Hillebrand: *Erinnerung und Raum. Friedhöfe und Museen in der Literatur*. Würzburg: Königshausen & Neumann 2001, S. 27.

客。在塔社的教育实验要求与自身的天性之间，威廉最终找到了平衡点，正如他在经历了不同环境之后，认识到将美与实用、爱好与义务统一的必要性。小说分阶段细致地描绘了主人公曲折的修养之路，呈现了在他身上起作用的理想教育方案。让·保尔的小说则无意实现矛盾的消解和人内心的平衡，而是用诗学理念统合并保存所有的不和谐，主人公受到专注于内修、向往永恒的印度老师的影响，精神驻留于第二个世界。在与外部环境相碰撞时，冲突与内外的分裂无法避免。取代现实的是无限延展的叙述游戏，取代文本静态结构的是作品生成的动态过程的演示，审美模式的演变对读者的塑造和影响也可被视为一种教育。最后一部篇幅较短的小说不但着力表现冲突、不协调和混乱，而且放弃了所有统合的体系和可以傍身的模式，疯狂虽是唯一站得住脚的“体系”，却也具有自我解构的狂野力量。主人公带着想象力坠入黑暗，人被降格为动物性的存在，美与实用都受到批判，歌德作品中澄明、和谐的秩序被降格为虚伪、僵化的假象，成为对人的束缚，甚至是一种暴力。身体与灵魂都无法支撑人，无法阻止人走向虚无。比理性的、机构化的人更生动的是疯狂者、丑角，他们实则代表着更高的理性和智慧。文本中蕴含的是一种有别于前两部作品的美学模式，是一种独特的、难以见容于时代的诗学实验。

歌德的小说从建立和谐个体的理念出发，将培养

“完整的人”这一教育方案推及全社会乃至人类整体，在谋求个人进步的基础上推动社群的发展进步；让·保尔则勾画了“诗意的人”，衍生出个体以幻想对神性、美德的追求及人类发展到由想象力支撑的“黄金时代”的理想，人性攀升至神性，诗学又取代神灵；而《守夜》将人带入地狱式的黑暗，个人的存在与人类整体的存在一样变得毫无意义，坠入迷茫和虚空，幻想不再指向更高的神界，而是指向现世的地狱。无论天堂还是地狱，在此都是文学的想象，人不满足于生活在秩序的框架之内，渴望与现实相对照的异质世界，并以各种方式探求它与自身的关联，进一步反观自身。人的复杂，尤其是处于边缘状态时的复杂，在无限想象之领域得到了很好的展现。时代的知识复合体中若缺少文学的参与，对人的理解和建构必然会有无法弥补的缺失。

参考文献

Abel, Jacob Friedrich: *Einleitung in die Seelenlehre*. Stuttgart: Metzler 1786.

Bachmann-Medick, Doris (Hg.): *Kultur als Text. Die anthropologische Wende in der Literaturwissenschaft*. 2. aktualisierte Aufl. Tübingen/Basel: Francke 2004.

Bachtin, Michail M.: *Chronotopos*. Aus dem Russischen von Michael Dewey. Frankfurt am Main: Suhrkamp 2008.

Baierl, Redmer: *Transzendenz. Weltvertrauen und Weltverfehlung bei Jean Paul*. Würzburg: Königshausen & Neumann 1992.

Barkhoff, Jürgen/Sagarra, Eda (Hg.): *Anthropologie und Literatur um 1800*. München: Iudicium 1992.

Baumgarten, Alexander Gottlieb: *Theoretische Ästhetik. Die grundlegenden Abschnitte aus der "Ästhetica" (1750/58)*. Übers. und hg. von Hans Rudolf Schweizer. Hamburg: Meiner 1983.

Bennholdt-Thomsen, Anke/Guzzoni, Alfredo: *Der "Asoziale" in der Literatur um 1800*. Königstein/Ts.: Athenäum 1979.

Bergengruen, Maximilian: *Schöne Seelen, groteske Körper. Jean Pauls ästhetische Dynamisierung der Anthropologie*. Hamburg: Meiner 2003.

Bergengruen, Maximilian/Borgards, Roland/Lehmann, Johannes Friedrich: "Einleitung". In: dies. (Hg.): *Die Grenzen des Menschen.*

Anthropologie und Ästhetik um 1800. Würzburg: Könighausen & Neumann 2001.

Bies, Michael/Gamper, Michael (Hg.): *Literatur und Nicht-Wissen. Historische Konstellationen 1730-1930*. Zürich: diaphanes 2012.

Blumenberg, Hans: *Die Legitimität der Neuzeit*. 3. durchges. Aufl. Frankfurt am Main: Suhrkamp 1984.

Blumenberg, Hans: *Die Lesbarkeit der Welt*. Frankfurt am Main: Suhrkamp 1983.

Blumenberg, Hans: *Paradigmen zu einer Metaphorologie*. Frankfurt am Main: Suhrkamp 1999.

Böhme, Hartmut/Matussek, Peter/Müller, Lothar: *Orientierung. Kulturwissenschaft. Was sie kann, was sie will*. Hamburg: Rowohlt 2000.

Böhme, Hartmut: "Hängt 'Kultur' von Medien ab?" In: *Zeitschrift für Literaturwissenschaft und Linguistik*. Jg. 33. Heft 132 (2003).

Bonaventura: *Nachtwachen*. Hg. von Wolfgang Paulsen. Stuttgart: Reclam 2010.

Böning, Thomas: *Widersprüche. Zu den "Nachtwachen. Von Bonaventura" und zur Theoriebildung*. Freiburg im Breisgau: Rombach 1996.

Borgards, Roland/Neumeyer, Harald/Pethes, Nicolas u. a. (Hg.): *Literatur und Wissen. Ein interdisziplinäres Handbuch*. Stuttgart/Weimar: Metzler 2013.

Borgards, Roland: "Wissen und Literatur. Eine Replik auf Tilmann Köppe". In: *Zeitschrift für Germanistik*. N. F. 17 (2007).

Brinkmann, Richard: "Nachtwachen von Bonaventura. Kehrseite der Frühromantik?" In: Hans Steffen (Hg.): *Die deutsche Romantik. Poetik, Formen und Motive*. Göttingen: Vandenhoeck & Ruprecht 1967.

Brittnacher, Hans Richard: "Mythos und Devianz in 'Wilhelm Meisters Lehrjahren'". In: *Leviathan. Zeitschrift für Sozialwissenschaft* 14 (1986). Heft 1.

Cancik, Hubert: "Die Begründung der Humanität bei Herder. Zur

Antikerezeption in den Briefen zur Beförderung der Humanität". In: Vöhler, Martin/Cancik, Hubert (Hg.): *Humanismus und Antikerezeption im 18. Jahrhundert*. Band 1: *Genese und Profil des europäischen Humanismus*. Heidelberg: Winter 2009.

Cassirer, Ernst: *Rousseau, Kant, Goethe*. Hg. von Rainer A. Bast. Hamburg: Meiner 1991.

Deleuze, Gilles/Guattari, Félix: "1440 - Das Glatte und das Gekerbte". In: Dünne, Jörg/Günzel, Stephan (Hg.): *Raumtheorie. Grundlagentexte aus Philosophie und Kulturwissenschaften*. Frankfurt am Main: Suhrkamp 2006.

Dilthey, Wilhelm: "Hyperion". In: ders.: *Gesammelte Schriften*. Band 26: *Das Erlebnis und die Dichtung. Lessing, Goethe, Novalis, Hölderlin*. Göttingen: Vandenhoeck & Ruprecht 2005.

Dittrich, Andreas: "Ein Lob der Bescheidenheit. Zum Konflikt zwischen Erkenntnistheorie und Wissensgeschichte". In: *Zeitschrift für Germanistik* N. F. 17 (2007).

Dohm, Burkhard: "Radikalpietistin und 'schöne Seele': Susanna Katharina von Klettenberg". In: Hans-Georg Kemper/Hans Schneider (Hg.): *Goethe und der Pietismus*. Tübingen: Niemeyer 2001.

Duden. Das große Wörterbuch der deutschen Sprache in sechs Bänden. Mannheim/Wien/Zürich: Bibliographisches Institut 1977-1981. (Band 1: *A-Ci*.)

Erb, Andreas: *Schreib-Arbeit. Jean Pauls Erzählen als Inszenierung "freier" Autorschaft*. Wiesbaden: Deutscher Universitätsverlag 1996.

Feger, Hans: "Das Groteske in Bonaventuras *Nachtwachen*". In: *Athenäum. Jahrbuch für Romantik*. 17. Jg. (2007).

Fertig, Ludwig: *Zeitgeist und Erziehungskunst. Eine Einführung in die Kulturgeschichte der Erziehung in Deutschland von 1600 bis 1900*. Darmstadt: Wissenschaftliche Buchgesellschaft 1984.

Fichte, Johann Gottlieb: *Schriften zur angewandten Philosophie. Werke II*. Frankfurt am Main: Deutscher Klassiker Verlag 1997.

Foster, Georg: *Georg Forsters Werke. Sämtliche Schriften, Tagebücher, Briefe*. Hg. von der Akaclemie der Wissenschaften der DDR. Band 17: *Briefe 1792 bis 1794 und Nachträge*. Berlin: Akademie Verlag 1989.

Forster, Georg: *Georg Forsters Werke in zwei Bänden*. Band 1: *Kleine Schriften und Reden*. Hg. von den nationalen Forschungs- und Gedenkstätten der klassischen deutschen Literatur in Weimar. Berlin/Weimar: Aufbau 1968.

Forster, Georg: *Schriften zu Natur, Kunst, Politik*. Hg. von Karl Otto Conrady. Hamburg: Rowohlt 1971.

Foucault, Michel: *Archäologie des Wissens*. Übers. von Ulrich Köppen. 7. Aufl. Frankfurt am Main: Suhrkamp 1995.

Friedrich, Hans-Edwin/Jannidis, Fotis/Willems, Marianne (Hg.): *Bürgerlichkeit im 18. Jahrhundert*. Tübingen: Niemeyer 2006.

Friedrich, Udo: "Ordnung des Wissens. a) Ältere deutsche Literatur"; Bernhard J. Dotzler: "Ordnung des Wissens. b) Neuere deutsche Literatur". In: Benthien, Claudia/Velten, Hans Rudolf (Hg.): *Germanistik als Kulturwissenschaft. Eine Einführung in neuere Theoriekonzepte*. Hamburg: Rowohlt 2002.

Goebel, Eckart: *Am Ufer der zweiten Welt: Jean Pauls "Poetische Landschaftmalerei"*. Tübingen: Stauffenburg 1999.

Goethe, Johann Wolfgang: *Sämtliche Werke. Briefe, Tagebücher und Gespräche*. Frankfurter Ausgabe in 40 Bänden. Hg. von Hendrik Birus/Apel, Friedmar/Borchmeyer, Dieter. Abtl. I: Band 24: *Naturkundliche Schriften*. T. 2: *Schriften zur Morphologie*. Frankfurt am Main: Deutscher Klassiker Verlag 1987.

Goethe, Johann Wolfgang: *Goethes Biologie. Die wissenschaftlichen und die autobiographischen Texte*. Kommentiert von Hans Joachim

Becker. Würzburg: Königshausen & Neumann 1999.

Goethe, Johann Wolfgang: *Goethes Werke*. Hamburger Ausgabe in 14 Bänden. Hg. von Erich Trunz. München: Beck. (Band 1: *Gedichte und Epen* I. 11. Aufl. 1978; Band 3: *Dramatische Dichtungen* I. 17. Aufl. 2005; Band 7: *Romane und Novellen* II. 9. Aufl. 1977; Band 13: *Naturwissenschaftliche Schriften* I. 14. Aufl. 2005.)

Grimm, Jacob/Grimm, Wilhelm: *Deutsches Wörterbuch von Jacob Grimm und Wilhelm Grimm*. 16 Bände. Leipzig: S. Hirzel 1854-1960. (Band 2: *Biermörder-D*; Band 3: *E-Forsche*.)

Gruithuisen, Franz von Paula: *Anthropologie oder von der Natur des menschlichen Lebens und Denkens für angehende Philosophen und Ärzte*. München: Lentner 1810.

Gumbrecht, Hans Ulrich: *Diesseits der Hermeneutik. Über die Produktion von Präsenz*. Aus dem Amerikanischen von Joachim Schulte. Frankfurt am Main: Suhrkamp 2004.

Habermas, Jürgen: *Strukturwandel der Öffentlichkeit. Untersuchungen zu einer Kategorie der bürgerlichen Gesellschaft*. Darmstadt/Neuwied: Luchterhand 1978.

Hagner, Michael: *Homo cerebralis. Der Wandel vom Seelenorgan zum Gehirn*. Berlin: Berlin 1997.

Haller, Albrecht von: *Anfangsgründe der Physiologie des menschlichen Körpers*. Band 4: *Das Gehirn, die Nerven, und Muskeln*. Berlin: Voß 1768.

Hammstein, Notker/Herrmann, Ulrich: *Handbuch der deutschen Bildungsgeschichte*. Band II: *18. Jahrhundert. Vom späten 17. Jahrhundert bis zur Neuordnung Deutschlands um 1800*. München: Beck 2005.

Hedinger-Fröhner, Dorothee: *Jean Paul: Der Utopische Gehalt des Hesperus*. Bonn: Bouvier 1977.

Heinz, Jutta (Hg.): *Wieland-Handbuch. Leben - Werk - Wirkung*. Stuttgart/Weimar: Metzler 2008.

Hempel, Dirk: "Kultur und Ökonomie im 18. Jahrhundert - Einleitung und Forschungsaufriss". In: *Das Achtzehnte Jahrhundert: Zeitschrift der Deutschen Gesellschaft für die Erforschung des 18. Jahrhunderts* (DGEJ). Jg. 32 (2): *Kultur und Ökonomie im 18. Jahrhundert.*

Herder, Johann Gottfried: *Sämtliche Werke.* Hg. von Bernhard Suphan. Band 4: *Kritische Wälder. Kleine Schriften u.a.* Berlin: Weidmann 1878.

Herder, Johann Gottfried: *Werke in 10 Bänden.* Hg. von Martin Bollacher/Ulrich Gaier/Hans Dietrich Irmscher u. a. Frankfurt am Main: Deutscher Klassiker Verlag 1985-2000. (Band 1: *Frühe Schriften 1764-1772*; Band 4: *Schriften zu Philosophie, Literatur, Kunst und Altertum 1774-1787*; Band 6: *Ideen zur Philosophie der Geschichte der Menschheit*; Band 7: *Briefe zu Beförderung der Humanität*; Band 8: *Schriften zu Literatur und Philosophie 1792-1800.*)

Hillebrand, Anne-Katrin: *Erinnerung und Raum. Friedhöfe und Museen in der Literatur.* Würzburg: Königshausen & Neumann 2001.

Hirschfeld, Christian Cay Lorenz: *Theorie der Gartenkunst.* Band 1. Leipzig: Weidmann 1779.

Hölderlin, Friedrich: *Hyperion. Empedokles. Aufsätze. Übersetzungen.* Hg. von Jochen Schmidt. Frankfurt am Main: Deutscher Klassiker Verlag 1994.

Hörner, Wolfgang/Drinck, Babara/Jobst Solvejg: *Bildung, Erziehung, Sozialisation. Grundbegriffe der Erziehungswissenschaft.* Opladen/Berlin/Toronto: Barbara Budrich 2008.

Humboldt, Wilhelm von: *Gesammelte Schriften.* 17 Bände. Ausgabe der Preussischen Akademie der Wissenschaften. Hg. von Albert Leitzmann. Abtl. 1. Band 1. Berlin: Behr 1903.

Jacobs, Friedrich: "*Rezension der ersten Auflage des 'Hesperus' in der 'Allgemeinen Literatur-Zeitung'*". In: *Jahrbuch der Jean Paul*

Gesellschaft. 1. Jg. (1966).

Jannidis, Fotis: "Zuerst Collegium Logicum. Zu Tilmann Köppes Beitrag 'Vom Wissen *in* Literatur'". In: *Zeitschrift für Germanistik* N. F. 18 (2008).

Jean Paul: *Sämtliche Werke*. Hg. von Norbert Miller. Lizenzausgabe des Hanser Verlags. Frankfurt am Main: Zweitausendeins Verlag 1996. (Abtl. I: Band 1: *Die unsichtbare Loge*; *Hesperus*; Band 4: *Kleinere erzählende Schriften 1796-1801*; Band 5: *Vorschule der Ästhetik*; *Levana oder Erziehlehre*; *Politische Schriften*; Band 6: Schmelzles Reise nach Flätz; Dr. Katzenbergers Badereise; Leben Fibels; Der Komet; Selberlebensbeschreibung; Selina.)

Jean Paul: *Sämtliche Werke*. Historisch-kritische Ausgabe. Hg. von Eduard Berend. Abtl. 3. Band 1: *Briefe 1780-1793*. Berlin: Akademie Verlag 1956.

Jürgen-Schings, Hans: *Melancholie und Aufklärung. Melancholiker und ihre Kritiker in Erfahrungsseelenkunde und Literatur des 18. Jahrhunderts*. Stuttgart: Metzler 1977.

Kamper, Dietmar/Wulf, Christoph: "Der unerschöpfliche Ausdruck. Einleitende Gedanken". In: dies. (Hg.): *Lachen - Gelächter - Lächeln. Reflexionen in drei Spiegeln*. Frankfurt am Main: Syndikat 1986.

Kittler, Friedrich A.: *Aufschreibesysteme 1800/1900*. 4. überarbeit. Neuaufl. München: Fink 2003.

Klausnitzer, Ralf: *Literatur und Wissen. Zugänge - Modelle - Analyse*. Berlin/New York: de Gruyter 2008.

Kleist, Heinrich von: *Sämtliche Werke und Briefe in 4 Bänden*. Hg. von Barth, Ilse-Marie/Müller-Salget, Klaus/Ormanns, Stefan u. a. Band 3: *Erzählungen*, *Anekdoten*, *Gedichte*, *Schriften*. Frankfurt am Main: Deutscher Klassiker Verlag 1990.

Klinkert, Thomas: *Epistemologische Fiktionen. Zur Interferenz von Literatur und Wissenschaft seit der Aufklärung*. Berlin/New York: de

Gruyter 2010.

Kohl, Peter: *Der freie Spielraum im Nichts. Eine kritische Betrachtung der "Nachtwachen" von Bonaventura*. Frankfurt am Main u. a.: Lang 1986.

Kohlross, Christian: "Ist Literatur ein Medium? Heinrich von Kleists Über die allmähliche Verfertigung der Gedanken beim Reden und der Monolog des Novalis". In: Klinkert, Thomas/Neuhofer, Monika (Hg.): *Literatur, Wissenschaft und Wissen seit der Epochenschwelle um 1800. Theorie - Epistemologie - komparatistische Fallstudien*. Berlin/New York: de Gruyter 2008.

Köppe, Tilmann (Hg.): *Literatur und Wissen. Theoretisch-methodische Zugänge*. Berlin/New York: de Gruyter 2011.

Köppe, Tilmann: "Fiktionalität, Wissen, Wissenschaft. Eine Replik auf Roland Borgards und Andreas Dittrich". In: *Zeitschrift für Germanistik* N. F. 17 (2007).

Köppe, Tilmann: "Vom Wissen *in* Literatur". In: *Zeitschrift für Germanistik* N. F. 17 (2007).

Koschorke, Albrecht: *Körperströme und Schriftverkehr. Mediologie des 18. Jahrhunderts*. München: Fink 1999.

Košenina, Alexander: *Ernst Platners Anthropologie und Philosophie. Der philosophische Arzt und seine Wirkung auf Johann Karl Wezel und Jean Paul*. Würzburg: Königshausen & Neumann 1989.

Košenina, Alexander: *Literarische Anthropologie. Die Neuentdeckung des Menschen*. Berlin: Akademie Verlag 2008.

Krings, Hermann/Baumgartner, Hans Michael/Wild, Christoph (Hg.): *Handbuch philosophischer Grundbegriffe. Studienausgabe*. Band 6: *Transzendenz - Zweck. Register*. München: Kösel 1974.

Landwehr, Achim: "Das Sichtbare sichtbar machen. Annäherungen an 'Wissen' als Kategorie historischer Forschung". In: ders. (Hg.): *Geschichte(n) der Wirklichkeit. Beiträge zur Sozial- und Kulturgeschich-*

te des Wissens. Augsburg: Wißner 2002.

Landwehr, Achim: "Wissensgeschichte". In: Schützeichel, Rainer (Hg.): *Handbuch Wissenssoziologie und Wissensforschung*. Konstanz: UVK Verlagsgesellschaft 2007.

Langner, Beatrix: *Jean Paul. Meister der zweiten Welt. Eine Biographie*. München: Beck 2013.

Lehmann, Johannes Friedrich: "Vom Fall des Menschen. Sexualität und Ästhetik bei J. M. R. Lenz und J. G. Herder". In: Bergengruen, Maximilian/Borgards, Roland/Lehmann, Johannes Friedrich (Hg.): *Die Grenzen des Menschen. Anthropologie und Ästhetik um 1800*. Würzburg: Könighausen & Neumann 2001.

Lessing, Gotthold Ephraim: "Hamburgische Dramaturgie. [Auszug] 101-104 Stück". In: Mayer, Hans (Hg.): *Deutsche Literaturkritik*. Band 1: *Von Lessing bis Hegel (1730-1830)*. Frankfurt am Main: S. Fischer 1985.

Man, Paul de, *Allegories of Reading. Figural Language in Rousseau, Nietzsche, Rilke, and Proust*, New Haven/London, Yale University Press, 1979.

Mertens, Gerhard/Frost, Ursula/Böhm, Winfried u. a. (Hg.): *Handbuch der Erziehungswissenschaft*. Band 2: *Allgemeine Erziehungswissenschaft* II. Paderborn u. a.: Schöningh 2011.

Mieth, Günter: *Vom Beginn der großen Französischen Revolution bis zum Ende des alten deutschen Reiches 1789-1806*. Berlin: Rütten & Loening 1988.

Mittelstraß, Jürgen (Hg.): *Enzyklopädie Philosophie und Wissenschaftstheorie*. Band 1: *A-G*. Stuttgart/Weimar: Metzler 1995.

Mittelstraß, Jürgen: *Wissen und Grenzen. Philosophische Studien*. Frankfurt am Main: Suhrkamp 2001.

Morgenstern, Karl: "Über das Wesen des Bildungsromans". In: Selbmann, Rolf (Hg.): *Zur Geschichte des deutschen Bildungsromans*.

Darmstadt：Wissenschaftliche Buchgesellschaft 1988.

Moritz，Karl Philipp：*Die Schriften in 30 Bänden*. Hg. von Petra und Uwe Nettelbeck. Nördlingen：Greno.（Band 1：*ΓΝΩΘΙ ΣΑΥΤΟΝ oder Magazin zur Erfahrungsseelenkunde als ein Lesebuch für Gelehrte und Ungelehrte*. Erster Band（1783），1986；Band 7：*ΓΝΩΘΙ ΣΑΥΤΟΝ oder Magazin zur Erfahrungsseelenkunde als ein Lesebuch für Gelehrte und Ungelehrte*. Siebter Band（1789），1986；Band 8：*ΓΝΩΘΙ ΣΑΥΤΟΝ oder Magazin zur Erfahrungsseelenkunde als ein Lesebuch für Gelehrte und Ungelehrte*. Achter Band(1791)，1986；Band 15：*Anton Reiser. Ein psychologischer Roman*. Erster Teil. 1987.）

Moritz，Karl Philipp：*Schriften zur Ästhetik und Poetik. Kritische Ausgabe*. Hg. von Hans Joachim Schrimpf. Tübingen：Niemeyer 1962.

Moritz，Karl Philipp：*Werke in 3 Bänden*. Hg. von Horst Günther. Band 3：*Erfahrung，Sprache，Denken*. Frankfurt am Main：Insel 1981.

Müller，Götz：*Jean Paul im Kontext：gesammelte Aufsätze*. Würzburg：Königshausen & Neumann 1996.

Müller-Tamm，Jutta：*Kunst als Gipfel der Wissenschaft. Ästhetische und wissenschaftliche Weltaneignung bei Carl Gustav Carus*. Berlin/New York：de Gruyter 1995.

Neumann，Michael："Wilhelm Meister und seine Söhne". In：Dolle，Verena（Hg.）：*Das schwierige Individuum. Menschenbilder im 19. Jahrhundert*. Regensburg：Friedrich Pustet 2003.

Nonnenmacher，Kai：*Das schwarze Licht der Moderne. Zur Ästhetikgeschichte der Blindheit*. Tübingen：Niemeyer 2006.

Nünning，Ansgar（Hg.）：*Metzler Lexikon. Literatur- und Kulturtheorie. Ansätze - Personen - Grundbegriffe*. 5. Aufl. Stuttgart/Weimar：Metzler 2013.

Nünning，Ansgar/Nünning，Vera(Hg.)：*Konzepte der Kulturwissenschaften. Theoretische Grundlagen - Ansätze - Perspektiven*. Stuttgart/Weimar：Metzler 2003.

Osinski, Jutta: *Über Vernunft und Wahnsinn. Studien zur literarischen Aufklärung in der Gegenwart und im 18. Jahrhundert.* Bonn: Bouvier 1983.

Pestalozzi, Johann Heinrich: *Lienhard und Gertrud. Ein Versuch, die Grundsätze der Volksbildung zu vereinfachen.* Ganz umgearbeitet. 3. Teil. Zürich/Leipzig: Ziegler & Söhne 1792.

Pestalozzi, Johann Heinrich: *Meine Nachforschungen über den Gang der Natur in der Entwicklung des Menschengeschlechts.* Hg. von Arnold Stenzel. 3. Aufl. Bad Heilbrunn/Obb.: Klinkhardt 1983.

Pethes, Nicolas: "Literatur- und Wissenschaftsgeschichte. Ein Forschungsbericht". In: *Internationales Archiv für Sozialgeschichte der deutschen Literatur.* Band 28 (2003). Heft 1.

Pethes, Nicolas: *Zöglinge der Natur. Der literarische Menschenversuch des 18. Jahrhunderts.* Göttingen: Wallstein 2007.

Pfotenhauer, Helmut: *Jean Paul. Das Leben als Schreiben. Biographie.* München: Hanser 2013.

Pfotenhauer, Helmut: "Jean Paul - ein Gegenklassiker. Eine Einführung". In: *Jahrbuch der Jean-Paul-Gesellschaft.* 35./36. Jg. (2000/2001).

Platner, Ernst: *Anthropologie für Ärzte und Weltweise. Erster Teil.* Hildesheim/Zürich/New York: Olms 1998.

Pope, Alexander: *Vom Menschen/Essay on Man.* Hg. von Wolfgang Breidert. Hamburg: Meiner 1993.

Ricken, Friedo (Hg.): *Lexikon der Erkenntnistheorie und Metaphysik.* München: Beck 1984.

Riedel, Wolfgang: "Anthropologie und Literatur in der deutschen Spätaufklärung. Skizze einer Forschungslandschaft". In: *IASL.* Sonderheft 6. Tübingen 1994.

Riedel, Wolfgang: "Literarische Anthropologie. Eine Unterscheidung". In: Braungart, Wolfgang/Klaus Ridder/Fridmar Apel (Hg.): *Wahrnehmen und Handeln. Perspektiven einer Literaturanthropologie.*

Bielefeld：Aisthesis 2004.

Rose，Ulrich：*Poesie als Praxis. Jean Paul，Herder und Jacobi im Diskurs der Aufklärung*. Wiesbaden：Deutscher Universitätsverlag 1990.

Salzmann，Christian Gotthilf：*Ameisenbüchlein oder Anweisung zu einer vernünftigen Erziehung der Erzieher*. Hg. von Prof. Dr. Theo Dietrich. 2. Aufl. Bad Heilbrunn：Klinkhardt 1964.

Schiller，Friedrich：*Sämtliche Werke*. Hg. von Wolfgang Riedel. Band V：*Erzählungen und theoretische Schriften*. München：Hanser 2004.

Schiller，Friedrich：*Werke und Briefe in zwölf Bänden*. Hg. von Otto Dann/Gelhaus，Axel/Hilzinger，Klaus Harro u. a. Band 12：*Briefe II 1795-1805*. Frankfurt am Main：Deutscher Klassiker Verlag 2002.

Schings，Hans-Jürgen（Hg.）：*Der ganze Mensch. Anthropologie und Literatur im 18. Jahrhundert*. DFG-Symposion 1992. Stuttgart/Weimar：Metzler 1994.

Schings，Hans-Jürgen：*Zustimmung zur Welt：Goethe-Studien*. Würzburg：Königshausen & Neumann 2011.

Schlegel，Friedrich："Über Goethes Meister". In：Fambach，Oscar（Hg.）：*Goethe und seine Kritiker*. Düsseldorf：Ehlermann 1953.

Schlegel，Friedrich：*Friedrich Schlegel. Kritische Ausgabe seiner Werke*. Hg. von Ernst Behler u. a. Abtl. I. Band 1：*Studien des klassischen Altertums*. Paderborn/München/Wien：Schöningh 1979；Band 2：*Charakteristiken und Kritiken I（1796-1801）*. Paderborn/München/Wien：Schöningh 1967.

Schmidt，Siegfried J.：*Die Selbstorganisation des Sozialsystems Literatur im 18. Jahrhundert*. Frankfurt am Main：Suhrkamp 1989.

Seidel，Siegfried（Hg.）：*Der Briefwechsel zwischen Schiller und Goethe*. Band 1：*Briefe der Jahre 1794-1797*. Leipzig：Insel 1984.

Sömmerring，Samuel Thomas：*Werke*. Hg. von Jost Benedum und Werner Friedrich Kümmel. Band 9：*Über das Organ der Seele. Über den*

Tod durch die Guillotine. Meine Ansicht einiger Gallschen Lehrsätze. Basel: Schwabe 1999.

Sow, Alioune: *Entwicklungsoptionen der Goethe-Zeit.* München: Iudicium 2003.

Spieß, Christian Heinrich: *Biographien der Wahnsinnigen.* Hg. von Wolfgang Promies. Neuwied/Berlin: Luchterhand 1966.

Stiening, Gideon: "Am 'Ungrund' oder: Was sind und zu welchem Ende studiert man 'Poetologien des Wissens'?" In: *KulturPoetik* 7 (2007)

Stuve, Johann: "Einleitung über die Wichtigkeit und Nothwendigkeit der Kenntniß des Menschen für den Erzieher". In: Campe, Joachim Heinrich (Hg.): *Allgemeine Revision des gesamten Schul- und Erziehungswesens von einer Gesellschaft praktischer Erzieher. Erster Theil.* Hamburg: Carl Ernst Bohn 1785.

Tabarasi, Ana-Stanca: *Der Landschaftsgarten als Lebensmodell. Zur Symbolik der "Gartenrevolution" in Europa.* Würzburg: Könighausen & Neumann 2007.

Tieck, Ludwig: *Werke in vier Bänden.* Hg. von Marianne Thalmann. Band 2: *Die Märchen aus dem Phantasus. Dramen.* München: Winkler 1964.

Titzmann, Michael: *Anthropologie der Goethezeit. Studien zur Literatur und Wissensgeschichte.* Berlin/Boston: de Gruyter 2012.

Verschuren, Harry: *Jean Pauls "Hesperus" und das zeitgenössische Lesepublikum.* Assen (Niederlande): Van Gorcum 1980.

Vogl, Joseph: Einleitung. In: ders. (Hg.): *Poetologien des Wissens um 1800.* München: Fink 1999.

Vogl, Joseph: "Mimesis und Verdacht. Skizze zu einer Poetologie des Wissens nach Foucault". In: Ewald, François/Waldenfels, Bernhard (Hg.): *Spiele der Wahrheit. Michel Foucaults Denken.* Frankfurt am Main: Suhrkamp 1991.

Vogl, Joseph: "Robuste und idiosynkratische Theorien". In: *Kul-*

turPoetik 7 (2007).

Wagner, Rudolph: *Samuel Thomas von Sömmerrings Leben und Verkehr mit seinen Zeitgenossen*. Erste und zweite Abtl. Nachdruck der Ausgabe von 1844. Hg. von Franz Dumont. Stuttgart/New York: S. Fischer 1986.

Wegmann, Nikolaus: *Diskurse der Empfindsamkeit. Zur Geschichte eines Gefühls in der Literatur des 18. Jahrhunderts*. Stuttgart: Metzler 1988.

Werner, Hans-Georg: "Literarische 'Klassik' in Deutschland? Thesen zum Gebrauch eines Terminus". In: *Jahrbuch der Deutschen Schillergesellschaft*. Jg. 32 (1988).

Wetzel, Karl Friedrich Gottlob: *Prolog zum großen Magen*. Leipzig/Altenburg: F. A. Brockhaus 1815.

Wezel, Johann Karl: *Gesamtausgabe in 8 Bänden*. Hg. von Klaus Manger. Band 7: *Versuch über die Kenntniß des Menschen* [*u. a.*]. Heidelberg: Mattes 2002.

Wezel, Johann Karl: "Vorrede zu 'Herrmann und Ulrike'". In: Steinecke, Hartmut/Wahrenburg, Fritz (Hg.): *Romantheorie. Texte vom Barock bis zur Gegenwart*. Stuttgart: Reclam 1999.

Wieland, Martin Christoph: *Wielands Werke*. Historisch-Kritische Ausgabe (Oßmannstedter Ausgabe). Band 8. 1: *Text*. April 1766-Dezember 1769. Berlin/New York: de Gruyter 2008.

Winckelmann, Johann Joachim: *Kleine Schriften, Vorreden, Entwürfe*. Hg. von Walther Rehm. Berlin: de Gruyter 1968.

Witte, Bernd/Buck, Theo/Dahnke, Hans-Dietrich u. a. (Hg.): *Goethe-Handbuch in vier Bänden*. Band 3: *Prosaschriften*. Stuttgart/Weimar: Metzler. 1997.

Wokalek, Marie: *Die schöne Seele als Denkfigur. Zur Semantik von Gewissen und Geschmack bei Rousseau, Wieland, Schiller, Goethe*. Göttingen: Wallstein 2011.

Wulf, Christoph: “Magen. Libido und Communitas-Gastrolatrie und Askese”. In: Benthien, Claudia/Wulf, Christoph (Hg.): *Körperteile. Eine kulturelle Anatomie*. Hamburg: Rowohlt 2001.

Wulf, Christoph: “Mimetische Grundlagen kulturellen Lernens: Eine Forschungslücke als Chance für neue Ansätze”. In: Adamowsky, Natascha/Matussek, Peter (Hg.): [*Auslassungen*]: *Leerstellen als Movens der Kulturwissenschaft*. Würzburg: Königshausen & Neumann 2004.

Wulf, Christoph (Hg.): *Vom Menschen. Handbuch historische Anthropologie*. Weinheim/Basel: Beltz 1997.

Zedelmaier, Helmut: Rezension zu “Enzyklopädien der frühen Neuzeit: Beiträge zu ihrer Erforschung. Hg. von Franz M. Eybl, Wolfgang Harms, Hans-Henrik Krummacher und Werner Welzig. Tübingen 1995”. In: *DAJ*. Jg. 22(1): *Enzyklopädien, Lexika und Wörterbuch im 18. Jahrhundert*. Wolfenbüttel 1998.

Zelle, Carsten: “Zu diesem Heft”. In: *DAJ*. Jg. 22(1). Wolfenbüttel 1998.

Zittel, Claus: “Einleitung: Wissen und soziale Konstruktion in Kultur, Wissenschaft und Geschichte”. In: ders. (Hg.): *Wissen und soziale Konstruktion*. Berlin: Akademie Verlag 2002.

Zittel, Claus: “Konstruktionsprobleme des Sozialkonstruktivismus”. In: ders. (Hg.): *Wissen und soziale Konstruktion*. Berlin: Akademie Verlag 2002.

Zittel, Claus: “Wissenskulturen, Wissensgeschichte und historische Epistemologie”. In: *Rivista Internazionale di Filosofia e Psicologia*. Vol. 5 (2014), n. 1.

[德]爱克曼辑录:《歌德谈话录》,朱光潜译,北京,人民文学出版社,1982。

[德]弗里德里希·席勒:《审美教育书简》,冯至、范大灿译,上海,上海人民出版社,2003。

[德]弗里德里希·席勒：《秀美与尊严——席勒艺术和美学文集》，张玉能译，北京，文化艺术出版社，1996。

[德]歌德：《浮士德》，郭沫若译，合肥，安徽人民出版社，2013。

[德]歌德：《歌德文集》，绿原等译，北京，人民文学出版社。（第2卷《维廉·麦斯特的学习时代》，1999；第8卷《诗歌》，1999）

范大灿主编：《德国文学史》(第2卷)，南京，译林出版社，2006。

冯亚琳：《限定、保留与平衡——歌德教育思想的再解读》，载《外国文学》，2007(4)。

[古希腊]柏拉图：《理想国》，郭斌和、张竹明译，北京，商务印书馆，1986。

谷裕：《德语修养小说研究》，北京，北京大学出版社，2013。

李秋零主编：《康德著作全集》，北京，中国人民大学出版社。[第3卷《纯粹理性批判》(第2版)，2004；第5卷《实践理性批判、判断力批判》，2006；第7卷《学科之争、实用人类学》，2008；第8卷《1781年之后的论文》，2010；第9卷《逻辑学、自然地理学、教育学》，2010.]

[法]拉·梅特里：《人是机器》，顾寿观译，北京，商务印书馆，1996。

[法]卢梭：《爱弥儿：论教育》，李平沤译，北京，商务印书馆，1996。

[法]米歇尔·福柯：《不同的空间》，见[法]福柯、[德]哈贝马斯、[法]布尔迪厄等：《激进的美学锋芒》，周宪译，北京，中国人民大学出版社，2003。

[法]米歇尔·福柯：《疯癫与文明：理性时代的疯狂史》，刘北成、杨远婴译，北京，生活·读书·新知三联书店，2003。

[法]让-弗朗索瓦·利奥塔尔：《后现代状态：关于知识的报告》，车槿山译，北京，生活·读书·新知三联书店，1997。

王炳钧：《文学研究中的历史人类学视角》，载《外国文学》，2005(4)。

新华通讯社译名室编：《德语姓名译名手册：修订本》，北京，商务印书馆，1999。

新华通讯社译名室编：《世界人名翻译大辞典》，北京，中国对外翻译出版公司，1993。

[英]C. P. 斯诺：《两种文化》，纪树立译，北京，生活·读书·新知三联书店，1994。

赵蕾莲：《让·保尔〈美学预备学校〉中的幽默诗学》，载《同济大学学报(社会科学版)》，2018(4)。

张玉书选编：《席勒文集》，第6卷《理论卷》，张佳珏、张玉书、孙凤城译，北京，人民文学出版社，2005。

图书在版编目（CIP）数据

文学与知识：1800 年前后德语小说中人的构想/贾涵斐著. —北京：北京师范大学出版社，2019.12
（文化学 & 文学研究丛书）
ISBN 978-7-303-25366-1

Ⅰ. ①文… Ⅱ. ①贾… Ⅲ. ①德语—文学研究—德国
Ⅳ. ①I516.074

中国版本图书馆 CIP 数据核字（2019）第 263938 号

营销中心电话 010-57654778
北京师范大学出版社谭徐锋工作室微信公众号 新史学 1902

WENXUE YU ZHISHI YIBALINGLING NIAN QIANHOU DEYU XIAOSHUO ZHONG REN DE GOUXIANG
出版发行：北京师范大学出版社 www.bnup.com
北京市西城区新街口外大街 12—3 号
邮政编码：100088
印 刷：北京盛通印刷股份有限公司
经 销：全国新华书店
开 本：787 mm ×1092 mm 1/32
印 张：10.5
字 数：202 千字
版 次：2019 年 12 月第 1 版
印 次：2019 年 12 月第 1 次印刷
定 价：68.00 元

策划编辑：谭徐锋 责任编辑：曹欣欣 于东辉
美术编辑：王齐云 装帧设计：宋 涛
责任校对：段立超 责任印制：马 洁